"以后都是好日子"

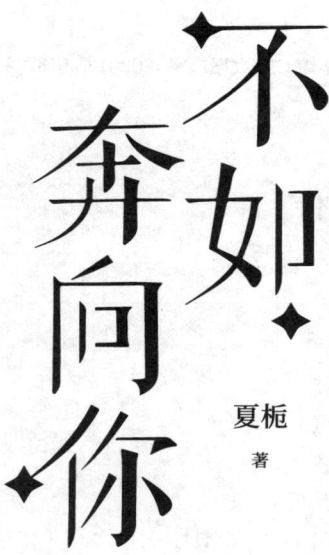

夏栀 著

图书在版编目（CIP）数据

不如奔向你 / 夏栀著. — 南京：江苏凤凰文艺出版社，2023.8
ISBN 978-7-5594-7500-8

Ⅰ.①不… Ⅱ.①夏… Ⅲ.①长篇小说－中国－当代 Ⅳ.① I247.5

中国国家版本馆CIP数据核字(2023)第013729号

不如奔向你

夏栀 著

责任编辑	张　倩
出版统筹	曾英姿
特约编辑	唐　慧
装帧设计	阿　和
内页设计	刘芳英
出版发行	江苏凤凰文艺出版社
	南京市中央路165号，邮编：210009
网　　址	http://www.jswenyi.com
印　　刷	湖南天闻新华印务有限公司
开　　本	880mm×1230mm　1/32
印　　张	9
字　　数	242千字
版　　次	2023年8月第1版
印　　次	2023年8月第1次印刷
书　　号	ISBN 978-7-5594-7500-8
定　　价	46.80元

江苏凤凰文艺版图书凡印刷、装订错误，可随时向承印厂调换

目录
Contents

第一章 但凡她还有点儿良知	/001
第二章 迎接新生活	/019
第三章 只有相看两相厌	/037
第四章 玫瑰项链	/057
第五章 步步后退	/084
第六章 宋柏走了	/110

目录
Contents

第七章　　　　　／135	
夏天来了	
第八章　　　　　／160	
只是一点儿吗	
第九章　　　　　／181	
去见宋柏	
第十章　　　　　／207	
他已经那么可怜了	
第十一章　　　　／235	
你为什么不管管我啊	
第十二章　　　　／256	
以后都是好日子	
番外　　　　　　／271	
我们的后来	

第一章
但凡她还有点儿良知

【1】

三月,潮湿多雨。

整个小镇都被罩在灰暗的天幕下,像一张密不透风的网,让人觉得十分憋闷。

宋燃燃透过工厂的窗户,似乎看到了即将到来的风雨。

耳边是机器的轰隆声。

这里是一家服装厂,不知道老板是想惠及家乡,还是因为外面找不到工人,竟在这样的穷乡僻壤开了一家工厂,员工大多是附近村里的妇女,没有底薪,工资计件,干多少活拿多少钱。

空气里灰尘很多,肉眼看不见,鼻子却老老实实地作出了反应,她已经打了好几个喷嚏了。

一双大手伸了过来,接着,一个口罩包裹住了她的口鼻。宋燃燃有些呼吸不畅,直接将口罩扯了下来。

"灰多。"宋柏的声音没什么起伏,又补充道,"听话。"

他的声音很温柔,并没什么威慑力。

"呼吸不过来了,不信你试一试?"宋燃燃不满地回答。

"宋燃燃,你哥是关心你,你别不知好歹了!"坐在宋柏另外一边的是个看起来不太好惹的女孩,她叫作郭娅。

她是跟着宋燃燃来的,自从宋柏退学来这里打工后,她就像是一片狗皮膏药,每天等着宋燃燃放学,跟她一块儿来这里"吃灰"。

"你就不关心关心我?我也打了两个喷嚏呢!"虽然她是假装的。

宋柏没有理她,口罩是他花钱买来的,就剩最后一个。

以往工厂里的阿姨、婶婶们还会调侃他们几句,但今天这里的气氛格外沉重,谁也没心思开玩笑。

这里就要关闭了。

老板一个星期前就公布了这个消息。他还是决定把工厂开到城市里去。都是被生活锤打过千遍万遍的人,大家很容易接受生活中的一些突发事件。他们能做的也只有一件事,那就是上好最后一天班,做好手里的活。

晚上七点,郭娅不得不回去吃饭了,她依依不舍地挥手告别。

宋柏朝她微微点头。

晚上八点,宋柏偏头发现宋燃燃已经找了一个地方在写作业,他默默地加快手里的动作,交接好后,他领到了一个红色的信封。

里面是他的工资。

宋燃燃看了一眼,很薄,她大概能猜到金额是多少。

安静的工厂此刻才恢复了一些以往的嘈杂,大家都在互相告别。

"唉,这里虽然工资低,但多少能补贴点儿家用,还能照顾家里,现在猛地没了,真的挺难受的。"

"对啊,我们也老了,到外面也找不到工作了,不像宋柏这样的年轻人,随便去外面闯荡,怎么都能找到工作。"

被点名的宋柏只是笑了笑。

他今年才二十岁,只比宋燃燃大五岁,正是上大学的年纪。

"我们燃燃有个好哥哥啊。"大家都夸宋柏,也不知道哪句话触犯了宋燃燃,她拉长着一张脸,整个人都散发着生人勿近的气息。

"脾气古怪的小丫头。"大人们调侃一句,三三两两结伴走了。

宋柏伸手摸了摸她的脑袋,算是安抚:"不古怪,是可爱。"

夜已经深了，小镇上的店铺却还开着。天下着大雨，宋燃燃没带伞，躲在宋柏的伞下。

宋柏搂着她，伞面朝她那边倾斜。

"饿了吧？"他问。

"不饿。"宋燃燃说，"我吃了零食。"

宋柏是个很周到的人，他不让宋燃燃去工厂等他，但拗不过她，于是他工位的抽屉里每天都会给她备点儿零食，有时候是一些糖果，有时候是一些梅干或者垫肚子的面包。

等发工资的时候，他就会给她买排骨吃。

"再忍一忍，回家给你做排骨。"

雨下得很猛，砸落在地上，水溅在小腿上，噼里啪啦的。

宋燃燃的脚很不舒服，黏糊糊的，还有点儿凉——鞋进了水。

鞋底有条细小的裂缝，宋燃燃一直没说。她看了一眼宋柏，又低头看了一眼自己的脚。

她脚上的是一双时下学生们最喜欢的小白鞋，宋柏的脚上还是一双老旧的便宜胶鞋，不到五块钱。宋燃燃还有什么可说的？

两人沉默地在雨里穿行，想着快点儿回家吃口热乎饭。

他们的住处有些偏僻，大约生活条件比较差劲的人家都住在这一边。

房屋老旧又简陋，有点儿钱的人家早就建新房了。

两人快到家时发现院子门口站着一个人，打着一把印栀子花的伞，手里拎着一大堆东西，正在四处张望。她见到兄妹俩后，眼睛都亮了。

那是一个普通的中年妇女，如果要说特别的地方，那就是眉眼和宋燃燃有几分相似。

"这个请一定要收下。"张玫瑰将东西往宋柏手里塞，又分神去看宋燃燃。

宋燃燃目不斜视，表情十分冷漠。

张玫瑰失落地收回目光："我听说那个厂子要关了，你以后有什么打算？"

宋燃燃听到她的声音，有点儿不耐烦地拉了一下宋柏："哥，我饿了。"

宋柏安抚地将手搭在宋燃燃的肩膀上，看向这个熟悉又陌生的女人。

这个女人几乎每天晚上都会来，她已经在这里蹲守大半年了。她送来的礼物很多，但宋燃燃不点头，他从来都不会收，他知道收了意味着什么。

可现在，他犹豫了。

他只用了一分钟就做出了选择："给我吧。"

张玫瑰陡然被惊喜砸中，一股脑将手里的礼物都塞进了宋柏的怀里，又激动地握住了宋柏的手，结结巴巴地说道："谢谢……好孩子。"

宋燃燃更暴躁了，用力跺了一下脚，地面上的水溅到宋柏的腿上，她自己跳出了庇护她的雨伞，冒雨跑进了院子。

以往，宋柏都会去追她的。

但今天他没有追。

大雨里，他的脚就钉在原地，看着对面的女人。

"这孩子，会感冒的。"张玫瑰的目光追随着女孩的背影，心疼地说道。

宋柏拎着礼物，平静地说道："我会给她煮姜汤的，你先回去吧。"

【2】

宋柏推开吱呀作响的木门，宋燃燃就坐在靠窗的木椅上，那窗户正好可以看到外面。

宋柏知道宋燃燃在生气。

他将礼物放在她面前的桌子上，给她拎了一双拖鞋放在脚边，转身去厨房打开煤炉的盖子,将一个大的烧水锅放在煤炉上,这才回来清理那堆礼物。

宋燃燃一直保持着那个姿势,气鼓鼓地坐在椅子上一言不发。

宋柏觉得她有点儿可爱。

他当着宋燃燃的面拆开了那堆礼物,有两件现在能穿的厚外套,还有三罐奶粉、一罐蜂蜜。宋柏道:"衣服给你放到柜子里去了。"

说着,他拿了衣服走了。

至于奶粉和蜂蜜,他要提醒自己每天早晚给宋燃燃冲泡。

宋柏像个陀螺一样不停地转动,他在厨房忙了一会儿,又转身去浴室拿了水桶,再去厨房接了烧好的热水,这才过来拉她的手:"换鞋,去洗澡、洗头发。"

"不洗。"宋燃燃说。她就淋了一小段雨,身上压根就没湿。

"那至少洗个头发。"

头发湿了,贴着头皮,看起来像个小秃子。

"我不洗。"她闹脾气。

宋柏没办法,蹲下身子帮她把鞋脱了。白色的袜子已经湿透了,他顺手脱下来放在一边,将两只白嫩嫩的脚丫子塞进拖鞋里,又拉着她进了浴室。

浴室里已经放了一条长凳子。

宋燃燃在上面躺下来,宋柏给她冲水洗头发。

空气里已经飘出了肉香味,也不知道宋柏是什么时候把排骨炖上的。宋燃燃没说话,僵直着身体,任由宋柏摆弄,任由他为自己冲水、搓揉头发、用毛巾擦干头发。

她想用这种方式表达抗议,可肚子不争气地叫了起来,好不容易积攒的气势一下就弱了下来。

宋柏想假装没听见也难。

"饿了?"

宋燃燃腹诽道:别问了,这还不明显吗?

宋柏将她拉起来，用剩余的热水冲了一下她的脚丫："去等着。"

宋燃燃坐到餐桌边的椅子上，宋柏很快给她端来了一大碗排骨汤。宋燃燃扒拉了一下，全是排骨，汤少得可怜。

"哥。"宋燃燃突然喊他。

"怎么了？"宋柏正准备去帮她把鞋袜洗了，看她不吃，只扒拉着玩，疑惑地问道，"是不是盐味不够？"

"我只喜欢吃哥做的饭菜。"她说完这话便开始喝汤，头都埋在汤碗里了。

这没头没脑的话宋柏却听明白了。

他和宋燃燃相依为命这么多年，彼此早已经了如指掌。他心里有些难受，想去抱抱她，可他又必须狠下心肠来。

他蹲在浴室里刷鞋，袜子泡在盆里，被泡沫藏了起来。

这样的事情，宋柏从小到大不知道做了多少回。

白天上班，晚上回到家做家务，从前没时间想的事情一下挤到眼前，比如自己的事、未来的事，比如梦想。但现在有一个机会摆在了面前，他却没有想象中的那样轻松。

他出来时，餐桌上已经收拾干净了，家里静悄悄的。

他知道宋燃燃已经回房了，悄悄地打开了宋燃燃卧室的门。他没开灯，窗户外面照进一点儿不知道哪里来的光。

他弯腰触碰了一下她的枕头，有些湿。

女孩翻了个身，背对着他。

她在思考到底要怎样做才是对宋柏好，是这样继续赖着他、拖累他，还是让他解脱？

她想，但凡她还有点儿良知，肯定是后者。

学校里交朋友，一天，两天，如果没有得到回应都会疏远。她知道日复一日对一个人好有多难。宋柏却是倾其所有地对她好。

在这件事上，无论她说什么、做什么都是自私的。她不能要求宋柏怎么做，只能遵从宋柏的意愿。宋柏养了她这么多年，她不应该为难他。

可她还是觉得难过。

雨一直下到早上才停，雨停后，天空亮了很多。

客厅里，郭娅背着书包围着宋柏转，叽叽喳喳地说着什么，宋燃燃习以为常，揉着眼睛径直去浴室洗漱。

"厂子倒闭了，你接下来有什么打算啊？"郭娅问宋柏。

"再找一份工作。有个木材加工厂需要人。"宋柏平静地说道。

郭娅："扛木头？那个很重的，太辛苦了。"

"我没问题的。"

"就没想过把她……"郭娅欲言又止，"至少你的压力不会那么大了。"

浴室门突然砰的一声打开，宋燃燃臭着一张脸盯着郭娅看，郭娅被看得有些心虚。这是人家的家事，她本就没资格说什么。

倒是宋柏，完全包容她的小脾气："给你冲了奶粉，过来喝掉。"

"你拆的你喝。"

宋燃燃重重地关上门，背着书包往外走。她隐约听到郭娅在替宋柏打抱不平，但她没收进耳朵里。

外面的空气很清新，小巷子里有一棵百年老樟树，枝繁叶茂。虽然这一片都是老房子，但因为有好些这样的大树，所以并不显得十分糟糕。

身后传来自行车铃声，她自觉地挨着墙根让路。

扎好的马尾被人揪了一下，接着，刺耳的刹车声传来。宋燃燃很讨厌这种声音，和指甲刮过黑板一样难听。

"宋燃燃，带你去学校啊！"男孩看她的眼神透着恶劣劲儿。

他几乎每次碰到宋燃燃都会这样做，那是一种捉弄。

"不坐。"宋燃燃无一例外都拒绝了。

"怎么，嫌弃我的车破，丢人啊？"虽然确实挺破的，还会发出

007

嘎吱嘎吱的声音。他浑不在意地笑了笑，踩着脚踏板，一溜烟走了，留下一句话，"哼，胆小鬼。"

"周十八，别老对人家小妹妹耍流氓，人家可是马上要飞上枝头变凤凰了。"赵明明骂了一声。

周十八不以为然道："什么凤凰？不就是小村姑一个？能飞到哪里去？"

"人家亲生父母来找她了，要领她回去，家里条件好着呢。"赵明明简明扼要道。

周十八的笑容淡了，虚浮在脸上："真的假的啊？"

"真得很，我都听我妈说了。"

周十八沉默了很久才语带嘲讽道："看来她要抛下她那个便宜哥哥了。"

【3】

早上八点，教室里依旧闹哄哄的。上课铃的用处不是很大，班主任踏进教室才是真正的无声时刻。

周十八被人叫醒，他抬头扫了一眼，宋燃燃的位子是空的。赵明明也注意到了，小声地说："可能去见家人了。"

周十八冷哼一声。

宋燃燃没去学校，她假借宋柏的名义发消息给老师，替自己请假了。

她漫无目的地走着，在路上遇到了一只橘猫，蹲下来陪它玩起来，等橘猫厌倦和她玩了，自己走了，她才站起来继续走。

她走了很远，太阳都快升到头顶了，她才终于停下了脚步。

那是一个忙碌的工厂，靠着山，很多男人从山上扛着一整棵杉树下来，人来人往。

她一眼就看到了宋柏，他正吃力地弯着腰扛树。

身板瘦弱的他夹杂在一群经年累月干重活的中年男人中，显得有些格格不入。旁边的工友也坏，路过他身边的时候还会取笑几声："行不行啊，小伙子？"

宋柏抬起一张白净的脸，将腰杆挺直了些。

他是穿着外套来的，怕弄脏衣服，就脱了外套，里面是一件旧衣服。杉树的树皮被昨夜的大雨淋湿，压在肩膀上，衣服早已经染上了污垢，他看起来有些狼狈。

过了一会儿，男人们停下来休息了，他们的胸前、肩膀跟后背处都被汗水浸透了。

他们翻出从家里带的饭盒来吃，虽然早已经凉了，但不影响大家的食欲。

宋柏坐在原地发呆，他太累了，累得脑子都转不动了。

"小伙子，没带饭啊？"

"忘记带了。"宋柏有气无力地回道。

工友立刻扒拉出一部分饭菜放在饭盒盖子上，递给宋柏："不嫌弃的话，吃点儿？"

"不嫌弃。"小时候他还吃过更糟糕的。他斯斯文文地说了一声"谢谢"，接过来正准备吃，盒盖被一双手按住了。

他一抬眼，是宋燃燃。

"不准吃。"宋燃燃凶巴巴道。

从昨晚开始，两个人就在冷战，气氛也变得古怪了。

从前他们两个人相处，总是保持着微妙的平衡，每当产生矛盾，总有人会退一步。一直以来，退一步的那个人都是宋柏。

宋柏知道，这次是宋燃燃退让了。

宋柏真的就不吃了，他也吃不下，饥饿感好像一下子就跑光了。他的心情很复杂，像是有两个小人在打架，一边不想放手，一边想放手让她去过更好的生活。

宋燃燃身上的衣服是张玫瑰送来的，她也不心疼，直接挨着宋柏坐下，打开书包，拿出饭盒递给宋柏。

一边的男人们都笑了。

宋柏终于回神："怎么了？"他觉得宋燃燃有些不对劲，"是不是学校有人欺负你了？"

他不责怪她逃课，只担心她是不是受委屈了。

酸涩感涌上心头，宋燃燃偏头看向一边："没有，就想来看看你。"她又补了一句，"多看看你。"

宋柏笑："我在呢。"

"我已经给他们发消息了。"宋燃燃说，"他们说晚上来接我。"

"这么……"宋柏想说"这么快"，话到嘴边又咽了回去，改口道，"挺好。"

兄妹俩又沉默了一会儿。

"能不能别在这里干活了？"宋燃燃的眉头皱起来，手指无意识地揪起了脚边的杂草，"我不喜欢。"她不喜欢看他干这种重活，这赚的是真正的血汗钱。

她的声音闷闷的，宋柏知道，如果他说不，下一秒她的眼泪就会流下来。

他只能答应。

"那我以后……还能回来吗？"她继续蹂躏脚边的杂草。

"能，只要有我在，那里永远都是你的家。"宋柏说。

宋燃燃将手里揪下来的杂草全撒在宋柏的头顶上，宋柏只是无奈地笑。

宋燃燃陪着宋柏去结了上午的工钱，两兄妹就回家了。

其实两人待在一起也没有什么话说，小时候可以亲密无间，长大后话却变少了。

其间，张玫瑰兴高采烈地给宋柏打电话约定时间。宋柏没有意见，无论张玫瑰说什么，他一概说好。

宋柏坐了一会儿便开始帮宋燃燃收拾东西。

宋柏比她更了解她的东西放在什么位置，每次她找不到的东西，只要问问宋柏，准能找到。

宋燃燃坐在沙发上看电视，看累了，就趴着看宋柏收拾。

昏暗的房间里，宋柏佝偻着腰在整理她的东西。

她经常在宋柏的身上看到属于中年人的疲惫和不堪重负，以后，会看到一些别的吗？

傍晚时分，她听到了自行车的车铃声，还有小汽车的鸣笛声。

张玫瑰来了，身边还跟着一个憨厚老实的中年男人。

他们手里拎着很多红色的礼盒，张玫瑰一见到宋燃燃就跟她介绍："快叫爸爸。"

男人冲她笑，上下打量她道："乖孩子，你受苦了。"

男人长得很普通，还有点儿秃顶，可脸上的笑容十分和善和熟悉。但宋燃燃不知道为什么会对他们产生一种天然的排斥，她有点儿拘谨。

他们对现在的她来说太陌生了。她想躲在宋柏的身后。小时候家里来亲戚时，她就是这么干的。但现在她不能了。

宋柏的表情一直没什么变化，没有拒绝礼物，只是沉默地搬运着她的行李。

张玫瑰和宋志国一直在对宋柏说着感谢的话，宋柏偶尔会回复一句。

"走吧，我们回家。"张玫瑰想伸手去拉宋燃燃，但被宋燃燃避开了。她自己站起来，最后看了一眼这个家，还有宋柏。

她想说再见，但说不出口。

"哥，是我自己选择要回去的。"她没头没脑地说了这么一句。

宋柏捏了捏拳头，说道："是我让你回去的。"

两个人像在打哑谜，但都知道彼此在说什么。

两人没再说话。

宋燃燃跟着张玫瑰和宋志国上了那辆崭新的黑色小汽车。

她一上车就看到后座摆出一副臭脸的女孩，她知道那是她的姐姐，宋淼淼。

"磨磨蹭蹭，烦死了。"她嫌时间拖得太久了。

张玫瑰坐上副驾驶座,系上安全带,她一边小心翼翼地透过后视镜看宋燃燃的表情,一边训斥宋淼淼:"耐心点儿,今天接你妹妹回家,是个好日子。"

宋淼淼没再说话。

宋燃燃则扭头看着站在门口的宋柏。

他就站在原地,目送车子慢慢离开,甚至不曾开口和宋燃燃说一句再见。

还是可以再见的,他安慰自己。

他也不知道自己在外面站了多久才回家关门。

他原本应该觉得轻松的,脚步却那样沉重。

屋子里空荡荡的。他想起自己刚刚一点儿一点儿地收拾,一点儿一点儿地清空,将自己一手养大的妹妹驱逐出去。

但他很快又说服自己,宋燃燃是去过好日子了。

他从前不想别的,就想让她过上好日子。现在这个愿望实现了,应该开心。

墙壁上的时钟提醒他该做晚饭了,他驱动自己去厨房做饭,无意识地搅动锅里的食物。隔壁房间突然传来咚的一声响,像是有什么重物掉落在地上了。

他丢下勺子,飞奔出去:"怎么了?"

宋燃燃睡觉不老实,偶尔会掉下床,每次听到这种声音,他总是会第一时间赶过去。可他推开门,屋子里压根没有人。窗户没关,是风把书桌上的笔筒吹倒了。

他沉默地将笔筒捡起来摆正。

她还会回来的,家里不能乱,不然她会生气。

他颓然地走出来,坐在沙发上,突然捂住眼睛,开始抽泣。

他没有那么坚强,每天都在强撑。现在,他好像失去了精神支柱一般,十分迷茫。这个世上,他只有宋燃燃一个亲人。他以为自己会习惯,可他终究高估了自己。

站在窗外的宋燃燃没有出声,她静静地背靠着墙壁。她也不知道自己为什么会在巷子口叫停了车子,借口有东西落下,折返了回来。

她不知道站了多久,直到汽车鸣笛催促。

屋子里的人动了,似乎发现了什么,宋燃燃却转身跑开了。

她在转角处迎面撞上了周十八。她低头避开他,周十八却狠狠地撞上她的肩膀。

"小白眼狼,这就抛弃你可怜的哥哥了?"他向来毒舌,"我可真替你哥不值。"

宋燃燃没搭理他,想绕开他。

但周十八不打算放过她,仗着手长腿长,死死拦住她的去路。

"生气了?宋燃燃,给我看看。"

周十八弯腰想去看她的表情,宋燃燃却突然抬起脸,双眼发红,怒声道:"让开!"

她这突然的情绪爆发让周十八愣了一会儿,等他回神,宋燃燃已经走远了。

周十八盯着她的背影,"喊"了一声,和她背道而驰。

宋燃燃走向光明,他依旧在淤泥里沉沦。

如果可以,他可真想抓住她。

【4】

张玫瑰和宋志国的家开车倒是不远。

房子是一栋三层小楼,很新,装修得很时髦。他们两个人年轻时受了不少苦,为了挣钱,各行各业都折腾过,但都没赚到钱,反倒赔了不少。最后是老房子拆迁,天降了一笔横财,他们在城里买了几套房子,现在全靠收租生活。

宋淼淼下车后就直接进屋上了二楼,关门的声音很大,似乎在宣泄不满。

宋燃燃感觉到了这个姐姐莫名的敌意。

张玫瑰却笑了:"你别看她这样,出发前她一直催我们快点儿,还因为我们去晚了闹脾气,被我说了几句。"

宋燃燃没去探究真假。

她的行李被张玫瑰和宋志国搬到了二楼左边的房间。

粉白墙,床上摆着不少兔子、熊猫等玩偶,床边放着一张书桌,书桌边上放着小书柜和零食柜,桌面上甚至还放了绿植和鲜花。

张玫瑰和宋志国两人就站在门边,用一种忐忑不安的眼神望着她。

"喜欢吗?"张玫瑰问。

"要是不喜欢的话,告诉妈妈,妈妈给你换。"她又补充了一句。

宋燃燃点头,又开口补了一句:"喜欢。"

"喜欢就好。"张玫瑰松了一口气,"你先休息一会儿,妈妈去给你做饭,想吃什么告诉妈妈。"

"对对对,这里的东西不用急着收拾,等一下爸爸妈妈都可以帮你。"

他们话语里的关心都快要溢出来了,热烈得令她感到不自在。

宋燃燃下意识地有些抵触:"不用了,我不饿。"

"那怎么行?不吃东西对胃不好,多少吃点儿。"

宋燃燃不说话了,蹲下身子开始整理行李。

张玫瑰还想说点儿什么,一边的宋志国拉着她出去了,顺带关上了门。

他说:"先让孩子适应一下,不着急,慢慢来。"

张玫瑰有些难受。

宋燃燃和他们本该是亲密无间的亲子关系,现在却和陌生人一样客套。

宋志国搂着她下楼做饭。冰箱里填得满满的,都是特意为宋燃燃准备的菜和水果。这么多年过去了,他们不知道宋燃燃的口味变了没有。

宋燃燃带来的东西很多,宋柏好像把她所有的东西都塞进来了。她拉开衣柜,里面挂着好几件新衣服。

宋燃燃沉默一会儿，拿出手机对着衣柜拍了几张，又对着卧室拍了几张，然后全部发给了宋柏。

手机是宋柏咬牙给她买的。其实学校是不允许带手机进校的，但宋柏担心她在学校遇到什么事。

宋柏的回应很简短："好好吃饭。"

屋子里的气味很陌生，宋燃燃在床上躺了一会儿，还是起身下楼了。

客厅里，张玫瑰、宋志国和宋淼淼正准备吃饭。张玫瑰第一个看到她，立马招呼她："快来吃饭，我去给你拿碗筷。"

长方形的实木餐桌旁，父母坐在一边，她坐在宋淼淼的身边。

"我还以为你是铁人呢。"宋淼淼的声音不大不小。

宋志国尴尬地笑了一声，打圆场道："你姐姐的意思是，人是铁，饭是钢，一顿不吃饿得慌。"

张玫瑰将装满米饭的碗和一份切好的水果都放在了宋燃燃的手边。

宋淼淼伸手将果盘拖到了两人的中间："干吗？还厚此薄彼啊？"

张玫瑰有些尴尬地给宋燃燃夹菜，宋燃燃礼貌地说了一声"谢谢"。

除此之外，一家人没有其他交流。

张玫瑰想关心她几句，却无从开口。

四人在这样尴尬的氛围中吃完饭，宋淼淼下意识起身收拾碗筷，忽又顿住，将手里的碗筷一放，使唤宋燃燃去收拾并洗碗。

宋燃燃在宋柏那里很少洗碗，宋柏心疼她，说女孩子的手很娇贵，不让她干这样的活。

张玫瑰赶紧道："我来洗，你们都去休息吧。"

"我都洗了这么多年，她洗一天不行啊？"张淼淼站得笔直，"我先说清楚规则啊，既然回来了，你就是这个家中的一员，洗碗这种事情我和你轮流做，今天我洗，明天你洗。"

她说完自顾自地收拾碗筷回了厨房。比起张玫瑰和宋志国小心翼翼的讨好，宋淼淼的反应简单粗暴，直接将她纳入了家庭中，拉到这个规则当中。

张玫瑰看着宋燃燃:"你别在意。你姐姐就是这个性格,你小时候很喜欢她的……"

"明天我洗。"宋燃燃打断了张玫瑰的话,直接上楼去了。

在新的环境里,人容易变得敏感起来,细小的情绪都会被放大。

宋燃燃觉得宋淼淼不喜欢自己,她讨厌张玫瑰和宋志国小心翼翼的样子,她更讨厌这样拘谨的感觉。

她很想宋柏,迫切想要立刻飞奔回家见到他。

也不知道是不是各怀心思的缘故,一家四口第二天早上全部起晚了。

张玫瑰给了两姐妹一人二十块钱,让她们自己去买早餐,剩余的就是吃中餐的钱。

宋燃燃都做好了迟到的准备,宋淼淼叼着苹果从后院推出一辆崭新的自行车,超过她之后刹车停在不远处,继续啃苹果。

宋燃燃不知道她想干什么,越过她往前走,宋淼淼又追上来停在她的正前方,然后继续啃苹果。

宋燃燃顿悟,一屁股坐在自行车后座上。

这下,宋淼淼扔掉了苹果核,一路骑到一家早餐店。

宋淼淼买了四个肉包子,给了十块钱,找零六块钱,她将包子全挂在车把上,径直骑到了一中校门口。

宋燃燃跳下车,刚想说一句"谢谢",宋淼淼早已经骑远了。

宋淼淼的学校是二中,就在斜对面,两个学校都很小,其实早年算是一个学校的分区,后来才彻底分成两个学校。

宋燃燃看了一眼手腕上的表,距离上课就差三分钟了。她转身就跑,但一股反作用力死死拉着她,她皱眉回头一看,始作俑者一身蓝白色的校服松松垮垮地挂在身上,头发被风得向后背过去,五官轮廓十分立体的脸完全暴露出来,极具冲击感。

周十八长得挺好看的,这是众所周知的。

"走那么快做什么？看到我就跑？"周十八阴阳怪气地说道，"姐妹俩感情真好，还送你上学。你没迟到，她肯定得迟到。"

"跟你没关系。"宋燃燃瞪他，"松手。"

"我就是单纯看不惯你这种白眼狼。"周十八死死抓着她的书包，就是不撒手。宋燃燃知道挣扎不过，干脆不挣扎，心平气和地站在原地。

猎物不反抗，势必会引起猎人的好奇心。

"怎么，你也心虚了？"

"你想让我迟到，但是周十八，你知道的，我并不在意。"

上课铃声响起，校园里迅速安静下来。教导主任注意到这边，朝他们大喊："哪个班的？怎么还在这里？"

周十八突然松开手，偏头冲她笑了一下，随后像是离弦的箭一般冲了出去，只留下一句带着警告意味的话："宋燃燃，不该说的闭紧你的嘴。"

周十八跑得够快，所以被抓的只有宋燃燃。

教导主任："哪个班的？叫什么名字？"

…………

教学楼里飘来琅琅的读书声，走廊空无一人。

透过教室的玻璃窗，宋燃燃看到了坐在讲台上的胡明全。胡明全是个很严肃的小老头，身为班主任，他抓纪律抓得特别严，不论男女，若有违犯，绝不姑息。

不出意外，胡明全让她在走廊上罚站。

宋燃燃用余光扫了一眼周十八，他正得意地冲她挑眉笑，但这笑容刹那间就凝在了脸上。

教导主任从宋燃燃身后走出来，表情严肃地说道："你们班上还有个叫周十八的，也迟到了。"

于是，宋燃燃不再寂寞。

胡明全不让两人干站着，命他们拿了课本在外面背书。

胡明全要抽查背诵，宋燃燃正朗诵《琵琶行》，马尾被人扯了一下，头皮产生轻微的痛感，但宋燃燃并没有停止朗诵。

"宋燃燃，你的胆子挺肥啊？"周十八又扯了一下。

挡住脸的书本放下来，露出一双水汪汪的大眼睛，像是被雨洗过的天空一样澄净明亮。

"你想怎么样？"她问。

周十八一下子被问住了，憋了半天才吐出一句："那你惨了。"

第二章
迎接新生活

【1】

早读课后就是胡明全的语文课。

语文课上,大家大多不会有什么紧迫感,上数学课和英语课才会有这样的感受。

胡明全在讲台上授课,很多学生都在发呆或者开小差,宋燃燃就是其中一个。周十八说她惨了,到底是个什么样的惨法,她也不知道,周十八说要好好想想。

她看着外面的云一会儿被吹成小狗的形状,一会儿又变成了兔子的形状。

窗户外面有好几棵松柏树,长得郁郁葱葱的,还能看到红的橡胶跑道和绿的人造草坪。有班级在上体育课,学生们优哉游哉地在操场上漫步。

胡明全屈起手指敲了敲讲台,神游的学生们都稍稍集中了注意力。宋燃燃也收回了视线,拿起笔在课本上乱画小人。

胡明全的脸被课本挡着,但大家还是听到了他夹杂在朗诵声中的一声恨铁不成钢的叹息。

高一五班是个普通班,成绩一直垫底。他想让大家向上,但有心无力。他放下课本,开始了老生常谈——都高中了,不能只靠老师管着,要自觉去读书,怎么还这么散漫?不想考大学吗?不要前途了吗?

他正说得唾沫星子乱飞,下课铃声响了。

学生们躁动起来,胡明全便不再说话了,他径直走向宋燃燃,敲了一下她的课桌。

就像是某种暗号,宋燃燃起身跟着胡明全去了走廊上。

胡明全不轻不重地训斥道:"上课不要开小差。"

宋燃燃点头答道:"知道了。"

胡明全还想多说几句,但克制住了。即便在这样的班级,依旧还是有想学习的学生,宋燃燃就是其中之一。她的成绩说不上好,也说不上坏,不值得夸,也不至于贬。

"你家里的变故我听说了。"

这个地方太小了,什么人发生了什么事,消息很快就会像是细菌一下扩散开来。

他得知消息,宋燃燃毫不意外。

"你家里如何?还适应吗?"这是来自老师的关心。

宋燃燃沉默了,她也没有答案。

胡明全也没有为难她,叮嘱了几声就让她回教室了。

周十八准时在第二节课快要上课前醒了。

他睁开眼睛看到宋燃燃乌黑的青丝柔滑地贴着单薄的脊背,马尾松开了。

周十八冷笑一声,这是防着他呢!

有不少女生围着她,叽叽喳喳地八卦。

"宋燃燃,你真的回自己爸妈家里了啊?"

宋燃燃点点头:"嗯。"

"你的新衣服都是爸妈买的吗?好漂亮。"

"对啊,看起来很贵的样子。"

"他们应该很爱你吧?"

"可是如果真的爱的话,当时为什么要丢下燃燃呢?好奇怪啊。"

刘小兰说完后,大家都安静了下来。她知道自己说错了话,也闭嘴了。

头皮突然传来轻微的痛感,宋燃燃扭头看向始作俑者,那双无辜的大眼睛里面像闪烁着星光。

周十八说:"我想到了。"

宋燃燃疑惑地看着他。

"今天我值日,你帮我值日,早上那事就算过去了。"

"不可能。"

嘴突然被刘小兰捂住,刘小兰小声地在她耳边说:"你不怕他啊?他看起来好凶。"

那群坐在后面,经常被胡明全批评的学生,和前面安分守己的学生似乎分属不同阵营,平时几无交流,泾渭分明。

周十八沉默寡言,个子也高,不怎么爱笑,看起来很凶。每次被任课老师点名批评,他站起来比老师都高出一个脑袋,老师们都有些发怵,更别提班上的学生了。大家都对他敬而远之。

宋燃燃说:"不怕。"

刘小兰朝她竖起了大拇指:"勇士。"

宋燃燃骨头多硬啊,说不可能就是不可能。

傍晚放学,她背上书包,当着周十八的面直接就走了。赵明明喷了一声道:"周十八,人家今非昔比了,看不上我们了。"

周十八的脸色沉了下来,扔了一把扫帚给他:"别酸了,她就是这狗脾气,你不知道啊?"

赵明明咂舌,将扫帚放在一边,背起书包就跑:"别说兄弟不帮你,我家里今天有事,你自己慢慢扫吧。"

周十八狠狠骂了一句:"滚。"

扭头发现另外一个值日的女同学正在看他,脸上写满了惊恐,他冷笑一声:"看什么看?"

女同学立刻扭过头去不再看他,说话也结巴了:"那个……你要是有事可以先走,这里我……来就好。"

021

周十八偏不："我就喜欢扫地。"

傍晚的校园，就像是蒙上了一层玫瑰金的轻纱。

周十八锁了门，骑着自行车回家。他的心情很差。

车拐入一条小巷子里时，他看到了一个熟悉的背影。

周十八加快了骑车速度，等到她身边时又放慢速度。

"嘿！"他恶作剧地大喊一声。

女孩并没有被吓着，只是扭头看着他。

"还算你有点儿良心。回来看你哥？"周十八问。

宋燃燃说："不关你的事。"

"上来，我带你去，能快点儿。"周十八拍了拍他的自行车后座。

天边的夕阳快要退场了，虽然无论是宋柏家，还是张玫瑰家，距学校都不算远，但偏偏宋柏家和张玫瑰家是两个相反的方向，这样一来距离就远了。

这次宋燃燃没有拒绝，二话不说跳上了周十八的自行车后座。周十八突然笑了："那你坐好了，要是摔着了可怪不了我。"

轮胎轧过凹陷的地面，车身晃荡了一下。宋燃燃下意识地想抓住什么，于是抓紧了周十八的车座尾部。

周十八啧了一声，似乎有些惋惜。

宋燃燃到宋柏家时，正好到饭点了。小巷子里家家户户都飘荡着饭菜香，勾出了肚子里的馋虫。

周十八把她放下后却没走，仍跟着她。

宋燃燃站在门口，没有急着进去。熟悉的家门前，往日永远不会在意的细节，此刻突然被留意到了，比如木制的大门不知道被谁划了一道口子。

宋燃燃拿出手机给宋柏发消息："吃饭了没？"

宋柏："正在吃，你呢？要好好吃饭。"

"吃的什么？"宋燃燃问。

宋柏："排骨，还有鸡蛋。"

宋燃燃犹豫了一会儿，绕到了客厅的窗户边上，悄悄地往里看。

宋柏正在吃饭，餐桌上摆着萝卜干。这是去年她和宋柏从地里拔回来的萝卜切块晒干后，放在坛子里腌制成的。现在宋柏将这个当菜，正就着它喝白米粥。除此之外，没有别的了。

她鼻子一酸："那挺好。"

宋柏："你呢？还适应吗？"

宋燃燃："适应，他们都对我挺好的。"

周十八在心里"啧"了一声，心道，宋柏真没白带她，兄妹俩一个赛一个地会骗人。但是怎么办呢？他就是看不得这样煽情的场面，鸡皮疙瘩都起来了。

他用力敲了一下玻璃窗，恶劣地冲里面大喊："柏哥，排骨好吃吗？"

宋柏闻言回头，一下子就对上了宋燃燃的视线。

"呜呼——"耳边是周十八看热闹不嫌事大的声音，他踩着自行车一溜烟跑了。这一次他的心情好多了，甚至还哼起了歌。

【2】

但周十八到底低估了两人。

兄妹两人相依为命，一路扶持，不知道经历过多少尴尬事。生命里总有些不完满的地方，他们会心照不宣地忽略掉。

宋燃燃没问饭菜的事情，宋柏匆忙将餐桌上的东西收进了厨房，然后端着洗好的水果放到宋燃燃的手边："吃。"

宋燃燃拿了一颗葡萄。

"先垫一下肚子，我给你煮点儿面条。"

宋柏好像是她肚子里的蛔虫，只要看一眼她，就知道她吃没吃饭。

宋燃燃也没有拒绝。宋柏的厨艺很好，即便是最简单的面条也做得有滋有味。

张玫瑰的厨艺也不错，但她好像还是更习惯宋柏做菜的口味。她打开了客厅的老旧电视,找到自己喜欢的频道看动画片。

过了几分钟,面条端上来了。宋燃燃吃面条,宋柏就坐在旁边看。宋燃燃从底下翻上来两个荷包蛋,起身去厨房拿了一双碗筷,分了一个荷包蛋和一半面条给宋柏。

"不准拒绝。"她凶巴巴地说道。

往往这时候宋柏都不会拒绝。他太好拿捏了。

吃完面条,宋柏收拾好餐具,拎起她的书包:"走吧,我送你回去。"

宋燃燃坐着没动。

宋柏伸手拉她起来:"听话,不然他们会担心。"

宋柏也有一辆老旧的自行车,但保养得很好,干干净净的,也没有什么异响,后座还包了一层软海绵,不会硌屁股。

她双手搂着宋柏的腰,仰头看天空。

天色有点儿暗了,衬得云都是深色的了。

两人一路都没说话。车停在距离宋燃燃家不远处的街道上,宋柏将书包递给了宋燃燃:"按时吃饭,有什么事情要告诉我。"

宋燃燃"哦"了一声,站在原地不动。

宋柏想让宋燃燃先走,但宋燃燃一直没动,于是自己推着自行车走了。走出去一段距离,他回头朝宋燃燃挥手,让她回去。

宋燃燃依旧没动,直到宋柏的身影消失在视线里,她才回头走进了这看起来有些陌生的区域。

张玫瑰的家在主街上,那一块儿聚集了不少店面,包括学校老师最为头疼的网吧。

三三两两的学生从网吧出来,其中有个熟悉的身影,对方似乎也看到她了。

两人都没说话,一前一后进了家门。

饭菜都已经凉了,张玫瑰去厨房热菜,宋燃燃从书包里拿出两个肉包子:"买多了,吃不下,别浪费。"

张玫瑰将包子放在米饭上热着,忍不住问道:"早上迟到,老师又罚你值日了？"

宋燃燃看向宋淼淼，她平淡地回答道："嗯，值日三天。"

张玫瑰又看向宋燃燃："燃燃呢？"

"一样。"她脸不红心不跳地吐出两个字。

宋淼淼从鼻子里发出一声冷哼。她隐约看到了一个男生的背影，她猜想应该是那个叫宋柏的人。

"怎么了？"张玫瑰察觉到姐妹两个的细微情绪。

"没什么，鼻子有点儿痒。"宋淼淼揉了一下鼻子，目光却盯着宋燃燃，用口型道，"撒谎精。"

宋燃燃回道："彼此。"

宋淼淼鼻子里又发出一声轻哼。

晚餐是五道菜，四荤一素。

宋淼淼早饿了，狼吞虎咽。

宋燃燃早饱了，慢条斯理。

宋志国看在眼里，想起张玫瑰埋怨他不关心女儿们，难得地给两个女儿各夹了一些剔了刺的鱼肉。

宋淼淼觉得有些惊奇，宋燃燃则用手盖住了碗。

宋志国慈爱的笑容僵在脸上，气氛一下子变得有些尴尬。

张玫瑰小心地看向宋燃燃："怎么了？不爱吃吗？"她记得宋燃燃小时候是爱吃鱼的，还记得宋燃燃被鱼刺卡住喉咙过，当时她急得直掉眼泪。

宋淼淼阴阳怪气地说："身在曹营心在汉呗。"

"淼淼，别瞎说。"宋志国正准备收回筷子时，宋燃燃松开了手。宋志国心中一喜，将鱼放进了碗里。宋燃燃夹起来，面无表情地吃了下去。

张玫瑰和宋志国脸上都浮现出了一丝喜悦。

宋淼淼不屑地说："瞧你们那点儿出……"她的话还没说完，宋燃燃已经站起身，旋风一般冲进了浴室。

随后,他们都听到了一阵剧烈的呕吐声,像是要把整个胃都吐出来。

张玫瑰最先站起来去敲门:"燃燃,你怎么了?开门给妈妈看看。"

浴室里头传来水流声,张玫瑰和宋志国急得不行,宋淼淼眉头紧锁,烦躁地说道:"就吃了一口鱼,能有什么事?"

话音刚落,门被打开,她看到宋燃燃那张惨白的脸,将剩下的话吞进了肚子里。

"怎么了?鱼不能吃吗?告诉妈妈。"张玫瑰将手贴在宋燃燃的额头上,"有点儿发热。"

宋燃燃有气无力道:"我先上去休息一下。"她拿开了张玫瑰的手,径直上楼了。

宋淼淼站在原地,脸色一阵青,一阵白。

宋燃燃在床上躺了一会儿,杂乱的记忆纷至沓来。漆黑的夜晚,腥臭的鱼,还有落在身上的疼痛……她胃里的恶心感如同潮水般涌了过来。她只能闭上双眼。

许久之后,卧室门被人敲响,宋燃燃艰难地爬起来开门。

是宋淼淼,她手里端着一杯牛奶。

"来道歉?不需要。"宋燃燃道。

"想屁吃吧?"宋淼淼翻了个大白眼,将牛奶递到宋燃燃面前,"我来就是想告诉你,昨天你看到的要是被妈知道,我可饶不了你。"

"没兴趣。"宋燃燃没接牛奶,直接关上门。

宋淼淼炸毛了:"宋燃燃,你要是真的这么讨厌我们、讨厌这个家,又何必回来?"

【3】

宋柏五点就睁开了眼睛。

这是多年来形成的生物钟。他要起来给宋燃燃做早餐,准备午餐饭盒,还要赶着去上班。从前做这些会觉得时间很紧张,现在大早上起来做完早餐,时间多得让他有些不知所措。

他想起那日在拐角处看到的宋燃燃，那瘦削的背影看得他心里发酸。平心而论，宋燃燃很难养，好像无论喂多少东西进去都不长肉。

"卖李子喽，新鲜的李子。"

外面传来熟悉的叫卖声。每年到了李子成熟的季节，有些上了年纪的果农便会挑着担子挨家挨户地叫卖，今年雨水多，果子成熟得晚，果农来得也晚。宋燃燃先前还和他抱怨过，为什么卖李子的还不来。

宋柏起身出去叫住了果农。果农在门口卸下担子，熟络地同他聊天："给你妹妹买的吧？"

宋燃燃算是他的忠实顾客了。小姑娘模样好，又嘴馋，给他留下了深刻的印象。

宋柏"嗯"了一声。她就爱吃这些酸酸甜甜的果子，要是她在家的话，肯定忍不住要尝几颗。宋柏又突然想起，宋燃燃已经不住在这里了，他也不爱吃，买了有什么意义？

但他还是买了。

掏钱的时候，宋柏从口袋里掏出了两张崭新的十元纸币。他对这钱完全没印象，愣了一会儿，想起某天晚上放在他腰间的手。

因为是工作服，不经常洗，所以直到现在他才发现。

果农发现了他的神情不对劲，好心地问了一声："怎么了？"

"没什么。"

宋柏付了钱，听到身后传来一阵叫骂声："小兔崽子，你怎么跟你老子说话的？你给我站住！"一个中年男人穿着连体下水裤，上面沾满了淤泥，手里还拿着一个破旧的捞鱼网在追一个男孩。

父母教训孩子，这样的场面，在这一块很常见。

衰老肥胖的身躯自然追不上年轻有力的，于是他狠狠地将捞鱼网扔了出去，砸在男孩的后脑勺上，骂骂咧咧："读书读到狗肚子里了！敢和老子顶嘴！这学别上了，浪费老子的钱！"

那捞鱼网就落在宋柏的身边，男人讪笑着看向宋柏："小柏，给叔搭把手。"怕宋柏没听明白，他还补了一句，"捞鱼网。"

宋柏视若无睹。

周年辉有些尴尬，想发火但又无处可发，只好窝着火自己去捡。

宋柏进了院子，径直走向那辆保养得特别好的自行车，将李子挂在车把上。他推着车出门时，正好撞见周年辉在朝门上吐口水。

被逮个正着，周年辉往后退了好几步，转头想跑。宋柏将车靠在门边，三步并作两步冲上去，一把按住了周年辉。

"周叔，擦干净。"宋柏语气阴沉，带着暴风雨来临前的压迫感。

周年辉知道宋柏是个什么性子，尴尬地笑了笑，抓起地上的沙子直接抹掉了那口唾沫："叔不是故意的。"

宋柏这才松开他："周叔，下不为例。"

周年辉呵呵一笑："知道，知道。"

眼看着宋柏离去，方才还一脸讨好的周年辉脸色瞬间阴沉下来，浑浊的眼睛里满是鄙夷："呸，我不要的女儿，你还不是巴巴地养着！"

周年辉骂完后心里平衡了很多，背着手哼着歌回去了。

天空万里无云，阳光晒在身上暖洋洋的，宋柏骑车也不觉得手冷。他骑得很快，终于在十分钟后追上了前面的周十八。

男孩的校服松松垮垮地挂在身上，身材实在瘦削，但个子高挑，看起来特别像是一棵还没有成材的小松柏。

他走得很慢，手一直在后脑勺上揉搓着。

宋柏停在他的身边。男孩的头发有些长，齐齐偏向一边，似乎在掩盖着什么，见到他后立马将脸扭向另外一边，躲开他的正面打量。

宋柏没有多问，只道："上来。"

"干吗？"

"捎你去学校。"

周十八跳上了后座,软绵的坐垫让他觉得有些新奇。

宋燃燃,命可真好。

"以后别跟你爸对着干,有什么事情就来找我。"

宋柏的话宛如春风吹在心头,周十八"哦"了一声。周十八也就听宋柏的话。

宋柏将人送到了一中。

周十八慢腾腾地下来,宋柏叫住他:"帮我把这个给燃燃。"

宋柏从车把上取下一个袋子,透明的塑料袋里装着青翠欲滴的李子。

"你怎么不自己去?"周十八问。

宋柏看了一眼安静的校园,看到几位面熟的老师,眸光暗了下来。他没忘记自己离开学校时,那些老师苦口婆心的挽留。

他辜负了别人的期待,自觉无颜面对他们。

周十八不知道宋柏在想什么,他接过袋子,选了两颗李子塞进了嘴里,酸涩感侵袭了口腔,周十八的五官都皱成一团了。

宋燃燃喜欢吃这玩意?!

刚下第一节课,宋燃燃还在重温老师讲课的内容,一个袋子抛了过来,落在桌面上发出一声巨响。身边的刘小兰被吓得差点儿跳起来。

袋子没扎紧,有几颗李子滚了出来。宋燃燃见了,眼睛都亮了起来。

周十八坐在位子上,跷着二郎腿。

赵明明凑过来问:"哪来的?"

周十八故意提高了声音,痞里痞气道:"别太感动,亲手给你摘的。"

刘小兰露出一副见鬼的表情,生怕这些李子泡了剧毒。班上谁不知道周十八和宋燃燃不对付?

宋燃燃却淡定地解开袋子。李子上还有些水印子,她拿了一颗直接塞进了嘴里。

刘小兰吓得不轻:"没洗!快吐出来!"

"洗了的。"宋燃燃抓了一把刘小兰,发现李子下面有几张用袋子包好的纸币,打开一看,连同她给宋柏的二十元,整整五十元。

宋燃燃腾地起身,转头看向周十八,水汪汪的眼睛直直地盯着他。

周十八被她这么看着有些发怵:"早走了,看我也没用。"末了,又补了一句,"想见他就回去呗,又没有多远。"

宋燃燃确实有这个想法,但晚回去的借口已经没有了。

这些天,即便放学了,她也逗留在教室里没有立即回家,有时候老师会来检查,让她早点儿回去,她便会在家附近晃荡一圈再回去。

这是第四天了,张玫瑰掐着点,早上还特意叮嘱她早点儿回去。

"到哪儿都是乖乖女,没劲。"周十八又刺她。

他几乎每一次都能刺中宋燃燃的要害。刘小兰都看不过去了,即便有些害怕,也还是壮着胆子顶了一句:"乖乖女怎么了?难道要做坏孩子吗?"

周十八瞪了她一眼:"要你多嘴。"

宋燃燃拉住了刘小兰,阻止了一场即将爆发的骂战。

放学后,宋燃燃没走,周十八也没走,整个教室就只剩下他们两个。窗户外面的云朵是橘红色的,夹杂着一些深灰色。

她和往日一样,不知道在等什么,又在拖延什么。

周十八抬起头看了一眼前面又趴下了的宋燃燃:"打算走了就喊我一声。"他没睡着,透过手指缝看见宋燃燃收拾了东西,直接出了教室。

他在心底骂了一声,提上书包追了上去:"宋燃燃!你耳朵聋了?怎么不叫我?"

"你又没睡着。"宋燃燃一针见血道。

周十八啧了一声:"宋燃燃,你别不识好歹。"

宋燃燃很想拍死周十八这只在耳边嗡嗡叫的蚊子,但她拍不死,毕竟他个子那么高。她只能选择远离，拐向了另外一条和周十八分道扬镳的路。

周十八却如影随形。

"你跟着我做什么？"宋燃燃皱眉道。

"宋燃燃，别装蒜了，上次你出卖我的事情还没完呢！"

"是想好了，还是依旧没想好？"宋燃燃指的是"那你惨了"那句，直白地挑衅道，仿佛压根就不怕他会把她怎么样。

周十八被这种无所谓的态度激怒了，他咬了咬牙道："当然想好了。"

"哦。"宋燃燃还是一副不放心上的态度。

宋燃燃去了菜市场，她在蔬菜摊前买了五块钱的青菜，付完钱扭头发现周围人看自己的眼神都怪怪的。再看周十八，一副强行憋笑的模样。

宋燃燃一头雾水。她试探着往前走了几步，发现大家的目光都集中在她的后背。宋燃燃反手在背上一摸，果然摸到了一张纸条。

她将纸条扯了下来。上面画着一只简笔画小猫，画得非常别扭，还写着一行小字："我是小花猫！"

"幼稚。"宋燃燃将纸揉成一团，扔向了一边的垃圾桶，面不改色地往前走，丝毫没受影响。

没看到她出糗，周十八很是遗憾。

"没意思。"周十八说。

宋燃燃在猪肉摊买了二十块钱的猪肉，十分豪气地拿出了一叠钱。

周十八阴阳怪气道："你钱不少啊！果然还是回到有钱爸妈身边比较好。宋燃燃，你也给我点儿钱花花呗？"

宋燃燃抽了一张十元纸币递给周十八。

周十八的脸色却突然变了："哼，打发叫花子啊？"

宋燃燃又抽了一张十元纸币，周十八跳脚道："谁要你的臭钱！你在新家放学还要自己买菜，每天不想回家，看来新家也不怎么样嘛。"

又变成蚊子了，宋燃燃自动捂住了耳朵。

【4】

宋燃燃没回张玫瑰家，而是去找宋柏了。

她几天没见他了。她给他发消息，他每次都是简单地回两句，叮嘱她好好学习，好好照顾自己。今天还托周十八送了李子和钱。

她的心里挺矛盾的。她想让宋柏知道她过得很好，不用担心她；又想让宋柏知道她过得不那么好，多心疼心疼她。

她和周十八一起走上这条熟悉的道路，两边都是相接的水田，水稻长得十分青翠，连接成一片。路上有扛着锄头回家的农民，有一些晚归的学生说说笑笑，同班的值日生看到两人走在一块儿，表情和见鬼了一样。

"还看？"周十八挥起了拳头。

值日生立马扭过头，快步离开。

不巧的是，宋柏不在家，没有人开门。

宋燃燃熟练地从窗户下的一个石头缝里找到了钥匙，当着周十八的面打开了门。

周十八觉得好笑："你也不防着我点儿？"

宋燃燃用一副看傻子的表情看着他。

周十八看着这屋子，心想，自己确实是个傻子。宋柏家里这么穷，就是把钥匙送到他手上他也不想要。

屋子里收拾得很是干净整洁。

宋燃燃坐了一会儿仍没等到宋柏回来。已经过了平时家里的饭点了，她起身去厨房煮了米饭。

周十八已经从蚊子变成了跟屁虫。

"你还会煮饭？"周十八觉得有些意外。宋柏如何照顾宋燃燃的，周围的小孩没有不知道的，也没有不羡慕的。

宋燃燃开始洗菜、备菜，做得有模有样的。她学着宋柏的样子，开始架锅烧油。但宋燃燃没经验，油倒下去就四溅开来，一滴滚烫的油溅到了她的额头上，顿时灼痛不已。

宋柏没让她炒过菜，她只有丰富的观察经验。她想拿盖子盖上，可锅里依旧时不时溅起热油，她就有些不敢了。

"宋燃燃，搞不定了吧？"耳边传来周十八的嘲讽声，"刚才还以为你能了，你就是夸不得。"

宋燃燃冷漠地扫了他一眼，周十八却从容地将切好的肉放进了锅里，然后开始翻炒。

他的手法娴熟，和宋柏很像。

"你就在边上看着吧，娇娇女。"

宋燃燃想反驳，但又无力反驳，只好和往日一样站在灶台边上看着。周十八还特意给宋燃燃展示了一下颠锅，正想得意地嘲讽她几句，却发现宋燃燃看得十分认真，想来是在学习。

"周十八，你真的挺厉害的。"宋燃燃真心实意地说。

平时她撑他，他有一万句等着。但宋燃燃夸他，他就不知道怎么办了。

他只能咳嗽了一声，扭过头道："那是当然。"

宋柏回来时，宋燃燃正好端着炒好的菜从厨房出来。瓷碗烫手，她着急忙慌地直奔客厅的餐桌，飞快地放下菜碗，用双手捏着耳朵，然后才和他打招呼："怎么才回来？"

宋柏说："找工作。"

宋燃燃正想问宋柏要找个什么工作，周十八端着一碗菜出来，咋咋呼呼道："好烫！好烫！"

他收拾完，擦了擦手就准备走。宋柏留他一块儿吃饭，周十八却看向了宋燃燃。宋燃燃没那么白眼狼，对他道："一块儿吃吧。"

她留了周十八，周十八还是走了。

但他很快就折了回来，经过窗户的时候，他看到宋柏正在给宋燃燃抹药。

周十八转身走向小巷，哐当一声将什么东西扔进了路边的垃圾桶里。

"怎么想着炒菜了？"

昏黄的灯光下，宋柏收了药膏，问宋燃燃。

"闲着也是闲着，是周十八做的。"宋燃燃整理了一下刘海，烫伤处传来阵阵清凉感，她又补充了一句，"他们没让我做饭，我什么都不需要做。"

她听懂了宋柏的未尽之言。

"嗯。"宋柏没说好，也没有说不好。宋柏的内心也很矛盾，他希望宋燃燃在新家能做点儿家务，以便能更好地融入，但又心疼她。

两人一块儿吃完了饭，宋柏去洗碗，宋燃燃坐在沙发上看电视。外面的天色已经晚了，电视台已经开始播放肥皂剧了。

厨房里传来宋柏的手机铃声。

水声停了，宋燃燃听到宋柏的声音："嗯，她在我这里。"然后便是沉默。

宋燃燃起身走到厨房门口，冲他猛摇头。

她不想回去。

宋柏看了她一眼，语气平淡地说："她在我这里吃过饭了，今天太晚了，要不然就让宋燃燃在这里待一晚，明天早上我送她去学校？"

"这是你的意思还是她的意思？"张玫瑰的声音低沉，似在隐忍。

"我的。"

"这种事情，希望不要有下次了。我们现在需要和燃燃重新建立起亲子关系，我希望你也能支持，而不是添乱。"

宋柏很快挂断了电话，厨房门口露出的那一张小脸上充满了期待。

宋柏有些于心不忍，但还是淡淡地说道："他们等一下会开车来接你。"

宋燃燃的脸一下就垮下来了，她低垂着脑袋，好一会儿才出声："大骗子。"

宋柏愣住了，他听出了她声音里的颤抖。可他没法辩驳，沉默了一会儿，打开了水龙头继续洗碗。

他这样不声不响，简直是愤怒的催化剂，宋燃燃气得一屁股坐在沙发上。

说好的可以随时回来呢？现在见一面都难！态度就不能再强硬一点儿吗？偶尔回来一天会怎么样呢？

不知道是不是宋燃燃的错觉，她觉得宋柏变了。是不是现在她出现在这里，对宋柏来说都是一种负担？

张玫瑰和宋志国来得很快。张玫瑰放下一大堆生活用品，简单地寒暄了两句，便带走了宋燃燃。

宋燃燃回头看了一眼宋柏，脸颊鼓得像只河豚，不甘不愿地坐上了后座。

宋淼淼也在，嘴里叼着一根棒棒糖。

"哟，终于找到了啊。"宋淼淼说，"你这么晚没回家，可把爸妈急坏了，害得他们在学校找了一圈，又在周围找了一圈。"

"那个破烂的家就这么值得你稀罕啊？"宋淼淼是真的不理解。她从前在这种破旧的老屋子里住过很长一段时间，里头不仅有老鼠大摇大摆地跑来跑去，还有蟑螂出没，称得上是她的噩梦。

没有人会喜欢一贫如洗的生活。搬出来后，她再也不想回去了。

"不许你这么说！"宋燃燃的声音又尖又细，压倒性地盖过了宋淼淼的声音。

宋淼淼一时间被震住了。

"燃燃，爸爸妈妈要是哪里做得不够好，你可以随时指出来，爸爸妈妈会改的。"副驾驶位上的张玫瑰扭过头看着她,"不要让爸爸妈妈找不到你,好吗?我们会担心的。"

她眼底的担忧和小心翼翼就像是一种无声的指责。

"你们很好,是我不懂事。"宋燃燃说完扭头看向窗外,拒绝再沟通。人在不想争辩时,会说一些自我贬低的话堵住别人的嘴巴。

张玫瑰和宋志国都被噎住了,互相看了一眼,再也没说话了。

这一晚,宋燃燃怎么都睡不着。

宋柏就这么想抛下她吗?

黑暗里,枕边的手机亮了起来。

宋燃燃拿起来一看,是周十八发来了一张照片,乌漆麻黑的,什么也看不见。

他还发来了一句话:"你做什么了?柏哥在门口坐了好久。"

第三章
只有相看两相厌

【1】

人的情绪真是变化得快。

昨夜之前她对宋柏还有些怨言,担心他是不是嫌弃她是个累赘。看了周十八发来的照片后,宋燃燃开始反省自己是不是太无理取闹了。

第二天,宋燃燃一整天都有些心不在焉。她想和宋柏道歉。她心里其实知道宋柏不是这个意思,她承认当时是自己没控制好情绪。所以,一下课,宋燃燃就背着书包往外跑。

周十八想追,却被赵明明拉住了:"干吗?不是说好今晚一块儿去上分吗?"

"改天。"

"又改天?周十八你不对劲!你最近怎么老追着宋燃燃跑?"

"我还没有给她颜色瞧呢。"周十八说。

赵明明耸肩:"喊,说得跟真的似的。"

周十八一路小跑着下了楼梯,快要追上宋燃燃的时候,发现宋燃燃已经被人截和了。

"去哪儿?"宋淼淼依旧叼着一根棒棒糖。她骑了自行车,特意来堵她的。

"不用你管。"宋燃燃说。

"张女士特意让我来接你的。"后面的话不言自明,她单脚踩在踏板上，示意她上来，"上车。"

这还是两姐妹自昨天在车厢里红脸后第一次说话。

宋淼淼明显还有情绪，语气无比生硬。

家里的气氛也有些不对，好像每个人都觉得昨天她去找宋柏是一件了不得的事情，他们不喜欢她继续和宋柏接触。

这和宋燃燃之前设想的不太一样，但她也清楚自己为什么会回来——是为了减轻宋柏的负担。

她妥协地坐上后座，自行车往家的方向行驶。

"停车。"宋燃燃突然抓住了宋淼淼的腰。

宋淼淼最怕痒了，立马刹车："宋燃燃，你干什么？你这样做很危险的好不好！"

宋燃燃从后座下来，站在宋淼淼的身边，问："能不能做个交易？"

"什么交易？"

"你可以去玩游戏，我去找我哥。"宋燃燃说，"我只是想向他道歉，我保证很快就回来。"她举起四根手指，圆溜溜的大眼睛看着宋淼淼，显得十分无辜。

两姐妹其实是有几分相似的。

至少宋淼淼是这么觉得的。她平时就用这招撒娇，没想到宋燃燃也掌握了这个技能。

"你向宋柏道歉，怎么不见你向我道歉？我昨天还被你凶了呢！"宋淼淼酸溜溜地说。昨天晚上她都没睡好觉。

"对不起。"宋燃燃有求于人，只能咬咬牙低头了。

"说对不起就行了？"宋淼淼好不容易逮住机会，当然得多要点儿甜头，"你要是开口喊我一声姐姐，我就骑车载你去。"她说着看了一眼手表，"这样张女士肯定不会发现的。"

这个提议让宋燃燃觉得有些意外。她看着眼前这个女孩，动了动唇，最后还是没喊出口。

"你不帮就算了。"她赌气地坐上了自行车后座，随便宋淼淼怎么样。

"别扭怪。"宋淼淼冷哼一声,却拐了弯,往另外一个方向骑去。

她没见过那个叫宋柏的人,她倒是想看看这个宋柏到底有什么魔力,竟能让宋燃燃如此依恋?

宋柏依旧不在家。

宋淼淼看了看老旧的房子,一脸嫌弃地出去了。她实在不想再踏足这种破旧的老房子,这会让她想起一些不太好的回忆。她吃过太多苦头了,再也不想回头了。

宋燃燃选择在客厅等,宋淼淼掐着点催她回去:"喂,走了!再晚我就不好和妈妈交代了。"

宋燃燃失望地跟着宋淼淼回去了。

她给宋柏发消息,问他在哪里,宋柏很晚才回她,说在找新的工作。

但宋燃燃接连好几次去找宋柏,宋柏都不在。

她发消息问他在哪里,宋柏也含糊其词。

早读课大家都很困,困意好像会传染一样,整个教室的人都昏昏欲睡,宋燃燃托着下巴不知道在想什么。

双马尾被同时扯了一下,宋燃燃将马尾捋到胸前。

身后的人依旧不罢休,贱兮兮地问:"你是不是在找柏哥?是不是想知道柏哥这些天在哪里,在忙什么?"

宋燃燃耐着性子转头问他:"你知道他在哪里?"

"那是当然。"周十八单手敲击着课本,吊儿郎当地说,"不过,我不会告诉你。气死你。"

赵明明从课本上抬起眼睛扫了一眼两人,准备看好戏。

其实他真的挺好奇,周十八在宋燃燃面前犯过无数次贱,但宋燃燃从来没生过周十八的气,到底是宋燃燃脾气太好,还是她对周十八特殊一些?

"试卷呢?给我看看。"周十八又去闹宋燃燃。

宋燃燃："没有。"

"等一下是胡明全的课，会被打手心的。"周十八是真急了，胡明全对他从来都不手软。

宋燃燃皱了皱眉，还是将试卷给了周十八。

赵明明啧了一声，想起自己另外一科的空白试卷，又想着自己和宋燃燃也算是一条巷子里长大的，于是也试着扯了一下宋燃燃的马尾。

他下手很轻。宋燃燃是出了名的漂亮女孩，大家都很喜欢她，谁也不会真的对一个漂亮姑娘下重手的。

宋燃燃回头皱眉看着他，下一秒就站了起来，面色阴沉地伸手扯了回去。短发扎手，宋燃燃用力扯了一下，问他："好受吗？"

赵明明捂住脑袋，这力道可比他扯她的马尾时大多了，疼得他眼泪都要出来了："宋燃燃，开个玩笑不行啊？"

"不行。"

周十八在一旁憋笑："让你犯贱。"

赵明明觉得委屈："宋燃燃，我也算和你从小一块儿长大的，怎么周十八可以扯，我就不能扯？你喜欢周十八啊？"

他这话一说出口，瞬间吸引了不少八卦的耳朵。

青春期的躁动活跃在每个人的身体里，只要有一丝八卦气息，大家都会敏感地捕捉到。

"少管闲事。"宋燃燃只有一句话，完全不接这个话茬。

赵明明泫然欲泣："周十八，帮我看看是不是被薅秃噜皮了。"

周十八假模假样地看了一眼："嗯，秃了。"

赵明明被吓得不轻，赶忙问刘小兰要了一块儿小圆镜，照了好久才发现那里完好无损。

他后怕不已："怎么那么凶啊？看着挺娇弱的。"

周十八不说话，只是从鼻子里得意地哼了一声。今天宋燃燃表现得不错嘛，至少他现在觉得倍有面子。

"哎,刚刚宋燃燃没有正面回答我的问题,她该不会真的喜欢你吧?"

"不可能。"

这一点,他心知肚明。

他和宋燃燃之间,只有相看两相厌,最多还有那么一丁点儿小时候的交情。

【2】

一中和二中学校中间有一条小吃街,那里的东西价格实惠又好吃,比起学校食堂,选择性更多,不少学生都会来这里吃午餐。

张玫瑰希望两个孩子有个午休时间,不至于来回奔波,给了姐妹俩足够的生活费,每天早上千叮万嘱,要她们好好吃饭,不要省着。

如果不是宋柏做的饭菜,宋燃燃吃什么都一样,所以她基本上都在食堂吃。

到了饭点,周十八抓住了她的书包:"带我去吃好吃的,我就告诉你柏哥在哪里。"他心想,就看在她今天表现不错的分上。

刘小兰拉住宋燃燃:"别浪费钱,他就是想蹭顿饭吃。"

宋燃燃问周十八:"想吃什么?"

刘小兰皱眉抱住她的手臂:"那我跟你一块儿去。"

她看周十八和宋燃燃就像是看狼在玩弄一只小白兔,她只能在边上盯着点儿,防着小白兔被欺负。

周十八也没有客气,挑了一家比较贵的饭店。

三个人,他点了五个菜还在选。刘小兰觉得浪费,可又害怕激怒周十八,只能试探性地开口:"差不多了吧?别浪费了。"

"你要是不来,那我肯定就点三个菜。"周十八理直气壮道。

言下之意就是刘小兰是多余的。

刘小兰被堵得说不出话来。

宋燃燃拉住刘小兰,给刘小兰点了一杯饮料:"别生气。"哄完这个,又看向周十八,"现在可以告诉我了吧?"

"着什么急?"周十八合上了菜单,"吃完再说吧。"

宋燃燃的耐性很好,陪着周十八一块儿吃了饭,付了钱。周十八拿了牙签剔牙,吊儿郎当道:"走吧,回学校吧。"

"你是不是忘记了什么?"宋燃燃提醒了一声。

周十八轻笑一声,装傻充愣道:"没有啊。"他就喜欢激怒宋燃燃,喜欢看她那张淡漠的脸上出现一些别的情绪,比如愤怒,又比如无奈。

但宋燃燃好像知道他在想什么,就是不如他所愿。

"那你自己回去吧。"宋燃燃说。

"哦,我想起来了,柏哥是吧?"周十八像是突然想起了这茬,完全不知道自己的演技有多么拙劣,"吃饱喝足,还差点儿零食,宋燃燃你给我买吧。"

刘小兰拉住了宋燃燃,冲她摇头。

"这次一定带你去找柏哥,信不信由你。"周十八说着自己走了。他的身材高挑瘦削,走路的时候懒懒散散的,也不东张西望,就纯粹地散步。

宋燃燃还是跟了上去。刘小兰都不知道宋燃燃为什么总是选择相信这个无赖。

周十八停在最近的一家小卖部。

刘小兰小声地念出了招牌:"百宝箱。"她似乎想起了什么,扯了扯宋燃燃的胳膊,"班级群里最近都在讨论这个店铺哎,说是这里来了一个长得不错的帅哥。"

其实只是一家非常普通的路边小店,墙壁上爬满了翠绿的藤蔓。

周十八指挥宋燃燃:"你帮我买瓶水就行了,那边女生多,我就不去凑热闹了,你们快点儿。"

这种颐指气使的态度实在算不上好。

刘小兰又要生气,宋燃燃按住了她的手:"刚好我自己也想买点儿零食。你想吃点儿什么？我请你。"

宋燃燃这么说，刘小兰哪里还有脾气？

也许是因为新来了一位帅哥，店铺里挤满了女生。但很遗憾，那位帅哥似乎不在。宋燃燃拿了购物篮，站在冰柜前拿水，冷不丁地听到几个女生在说人坏话。但因为隔了一个货架，看不到脸。

"宋淼淼，是你姐姐吧？"刘小兰小声地问。

宋燃燃竖起了耳朵。

"徐芸芸，宋淼淼家真的变有钱了啊？"

"是又怎么样？她和从前有什么两样吗？小气得很，早上最多吃两个素菜包，她连肉包子都舍不得买！中午就吃最便宜的食堂，一周能买一次零食就算多的，去打游戏最多玩一个小时。你想让她请客更是不可能。"

"这么抠门呢？"

"那可不。"

刘小兰觉得自己听到了一些不该听的，偷偷去看宋燃燃的表情。宋燃燃倒是没有太大的反应，只是微微皱起了眉。

但她总觉得有些尴尬，便想咳嗽一声，提醒一下那些人。她还没开口呢，就听到一阵咳嗽声。

方才还叽叽喳喳说个不停的女生们瞬间噤声了，话最多的那个女生沉默了一瞬后又嘴硬地说了一句："我说的是事实。"

"是事实啊，我就是抠门。"一个新的声音冒了出来，铿锵有力。

刘小兰有些震惊地看向宋燃燃，这是背后说人坏话撞上本人了？

宋燃燃站到了最佳的看热闹的位置。

刘小兰大步跟上，挽着宋燃燃的胳膊。

她看到一个长相和宋燃燃有几分相似的女孩，正大大方方地蹲在女生们中间挑选薯片，还挺酷。

宋淼淼左手拿起一包黄瓜味的，右手拿起一包青柠味的，看上去难以取舍。

"就两个口味，用得着这么纠结吗？"

"没钱，我再纠结一下。"她理直气壮道。

徐芸芸快走了几步，特意将每个口味的薯片都拿了一包："明明家里不缺这点儿钱，小家子气。"

"我就是想节约，怎么着，你看不起中华传统美德啊？"宋淼淼毫不留情地回怼道，"徐芸芸，你就是总想赢我。不要把心思放在这些无聊的事情上，有本事你就在成绩上超过我。"

"你！"被戳中小心思的徐芸芸恼羞成怒。

班上有个永远无法超越的第一名，且分数差距太大，她被压得死死的。

"下次我一定超过你。"她底气不足地喊道。

"死心吧。"宋淼淼说着丢下了刚刚徐芸芸碰过的那包青柠味的薯片，起身去了收银台。

刘小兰捂嘴偷笑："你姐姐还挺帅的。"

"也就那样吧。"宋燃燃说。

刘小兰好奇地问："你不去和你姐姐打个招呼吗？"

"不去。"要是她知道自己撞见了这一幕，估计会更加生气。

宋燃燃故意藏在宋淼淼看不见的地方拖延时间，确定宋淼淼走了，她们才去结账。

也不知道怎么的，经过膨化食品那个货架时，她悄悄拿了一包青柠味的薯片扔进了篮子里。

"老板，结账。"宋燃燃埋头将篮子里的东西拿出来，完全没发现收银台换了个人。

"好。"回答她的是个很年轻的声音，太过熟悉了。

身边的刘小兰不由自主说出一句："好帅。"

宋燃燃闻言抬头，惊呼道："哥！"

她没想到宋柏新找的工作就在这里，之前不告诉她，是为了给她一个惊喜吗？

宋柏的嘴角微微上扬，宋燃燃难得在他脸上看到了属于年轻人的阳光的一面。

"想吃什么随便拿，我请客。"宋柏说。

宋燃燃眼睛有点儿发酸。

等到店里没有其他的顾客后，他们在店铺门口的长椅上并排坐下来。

四月初了，阳光还算暖和，很多学生在这条街上漫步。宋燃燃让刘小兰去给周十八送水，她有话想和宋柏说。

"对不起，哥。"她这话憋了很久。

宋柏摸了摸她的脑袋。

"永远不用和我说对不起。"宋柏说，"我也不会改变。以后你随时来找哥，我就在这里。"

"我知道了。"

"是不是快要月考了？"宋柏感觉又回到了从前，自己又可以事无巨细地照顾宋燃燃了。这让他莫名觉得心安。

"嗯。"

"明天哥给你带排骨汤，你下课后来我这里取。"

"好。"

那天放学，宋燃燃破天荒地没要求去找宋柏。

宋淼淼还觉得古怪，一路骑车带她回家，发现宋燃燃的心情很不错。

张玫瑰在厨房择菜，也好奇地出来张望，用眼神询问宋淼淼。

宋淼淼耸肩，用眼神回答她：天知道。

她上楼回到自己的卧室，将书包放下，从里面拿出来两包薯片，一包黄瓜味，一包青柠味。她想起了店铺里那个年轻的收银员。

结账时，他给她塞了一包青柠味的薯片，当时她还以为对方是可怜她穷，差点儿孝毛。

"今天有促销活动，送的。"

他的声音温温柔柔的，至于长相……好吧，宋淼淼承认，比起班上那群毛猴子，他算长得清秀。

咚咚，外面传来敲门声，打断了宋淼淼的思绪。宋淼淼将薯片塞进了抽屉里，转身去开门。

是宋燃燃，她将一包青柠味的薯片往她面前一递："给你。"

"嗯？"

"算是回报你之前的两个肉包子。"虽然她也没吃到。

宋淼淼愣了一下，反应过来后立马麦毛："你少自恋了！我当时不是给你买的，我胃口就有那么大。"

"少骗人了，你连肉包子都舍不得买。"

宋淼淼像是被踩中了尾巴，砰的一声将门狠狠关上了。

【3】

宋燃燃的薯片到底还是送出去了。

她将薯片放在门口，说道："你不吃的话，我就扔掉了。"

气得宋淼淼立即打开门，一把抢过薯片："败家！"

宋燃燃好像抓住了宋淼淼的一个弱点。

那个叫徐芸芸的女生说得没错，宋淼淼确实有点儿抠门，也许不止一点点儿。

日子就这么平淡地过去，无论每个人的生活中发生了什么，学校总是有自己的节奏。

月考来了。

自从上高中后，几乎每个月都会有一次考试，检查学生们知识掌握的情况。成绩好的学生自是坦然，成绩差的也不会太在意，紧张的都是成绩不上不下的学生。

张玫瑰和宋志国知道今天月考，还特意煮了猪脑汤给姐妹俩喝，出门前千叮万嘱不能马虎，要认真检查。

两口子都没读多少书，对学习有种天然的敬畏。

宋淼淼轻松自若："放心吧，不是第一就是第一，没有第二种可能。"反正第一名不可能让给徐芸芸。

宋燃燃就有些底气不足了："我……我尽量吧。"

她找到了考场，拿出考试用的笔袋和草稿纸，将书包放在教室外面的课桌上，进教室找到座位坐下来，这才发现右边就是周十八。

此时他正懒懒散散地将头枕在胳膊上，一副半死不活的样子，见到宋燃燃顿时就活了。

他踹了一下宋燃燃的桌子腿："哎，上次的事情我没骗你吧？"

他指的是告诉她宋柏的下落那件事。

宋燃燃偏头看他："所以呢？"

"等一下试卷别挡。"

宋燃燃充耳不闻，只是看着黑板正上方的钟表，等待开考。

坐在周十八旁边的赵明明一脸急切，小声地问周十八："怎么样啊？能不能行？"

周十八比了一个搞定的手势："放心吧，我已经和她打过招呼了。"

赵明明松了一口气。

他的父母许诺他，这次考试要是进了前二十名，就给他买他一直都想要的游戏机。赵明明太想要那个游戏机了，但他的成绩一直在第二十七八名徘徊，这个目标对他来说有些困难。看到考场布置后，他更加绝望了——他几乎被"学渣"包围了。

但山重水复疑无路，柳暗花明又一村，他发现周十八的座位挨着宋燃燃。

宋燃燃是整个考场唯一一个成绩排在前二十名的学生，他将希望都放在了宋燃燃的身上，于是带着一帮人去游说周十八。

"要是真的成了，我承包你一个星期的早餐行不行？"赵明明说。

"不行。你们想进步就自己努力，全凭本事。我就算考倒数，也是凭自己的本事考的。"周十八摆手道，他向来对这种事情不屑一顾，"而且，你们为什么不自己去找她？"

"宋燃燃就对你一个人特别些,你看过她给过别人好脸色吗?"

"就是,就是。"

"只有你去说,宋燃燃才会答应。"

"兄弟们就真的靠你了。"

听到这一声声恭维,周十八逐渐迷失了自我。他转动手中的水性笔,明明心里已经认同了这些说法,偏偏还要反问一句:"有吗?我怎么不知道?"

赵明明赶紧道:"有啊。那天我扯她头发你也看到了,完全就是'双标'。"

那倒也是。他从小到大不知道扯了多少次宋燃燃的马尾辫,宋燃燃好像从来都没有生过他的气。

周十八还要推托,但架不住大家你一言我一语的恭维和请求。

"行吧,包在我身上。"他大手一挥,就答应下来了。

监考老师很快就进来了,看清楚来人时,赵明明在心里哀号了一声。

监考老师临时换成了胡明全。

他扫了一眼教室的学生,略带警告道:"这里大多都是自己班上的人,别做些让大家都难看的事。"胡明全的严格在一中是出了名的,普通的月考也当成高考来抓纪律。

赵明明瞬间有些退缩了。

其他学生已经开始奋笔疾书了,赵明明看了一眼宋燃燃,她已经在认真地答题了。他也强迫自己认真地做题,刚开始还算顺利,但最后好几道题他都不太确定是不是做对了。

时间一点儿一点儿地流逝,到了要填答题卡的时间了,赵明明空出了那几道没有填。他总觉得不太放心,想和别人对对答案。

他一抬头发现周十八又睡着了,着急地发出"喷喷"的信号。

周十八毫无动静,反倒吸引了胡明全的目光。胡明全走到他的身边敲了一下桌子以示警告:"吵什么?遵守考场纪律。"

说罢，又恨铁不成钢地敲了一下周十八的桌子。

周十八迷迷糊糊地睁开眼睛，对上了赵明明焦急的眼神，打了个哈欠，又扭头看向宋燃燃。

宋燃燃并没有听他的话，将答题卡摆在桌角。她的答题卡被试卷盖住，藏得严严实实。她还在认真地计算着什么。

周十八咳嗽了一声，宋燃燃没反应。

周十八轻笑了一声，转笔等待时机。

胡明全坐了许久，隔壁教室的监考老师晃荡过来找他聊天，于是他也起身出去透透气。

时机来了。周十八猛踹了一下宋燃燃的桌子，宋燃燃只是看了他一眼就别过头去了。

有一瞬间，周十八觉得自己不应该再开口勉强她了，但他一扭头就看到赵明明和他身后那几个人期盼的目光。那些恭维的话犹在耳边回响，周十八只觉得脸上火辣辣地疼。

"宋燃燃，给个面子。"他伸手去拉扯宋燃燃，一抬头正好撞见贴在窗户上的那一双直勾勾的眼睛。

"周十八，你在干吗？"胡明全杀了个回马枪，语气低沉，似乎下一秒就要将他拎出去教训。他阴沉着脸走了进来。在他看来，学生考试舞弊比成绩差更恶劣，"你给我说说，你在干什么？"

周十八是个硬脾气，吊儿郎当地抬眼看他，胡明全看在眼里，便觉得是在挑衅他。

气氛有些紧张，学生们大气也不敢出。

赵明明心跳如擂鼓，心想，坏了，这事主要是他连累了周十八。他想帮周十八说点儿什么，可又不敢。怎么办？怎么办？

就在这时，宋燃燃将笔袋里的一支2B铅笔放到了周十八的桌子上。

这样一个很细小又自然的动作，无声地解释了周十八之前的举动是在向她借笔填答题卡。

宋燃燃似乎对这一切无知无觉，转头继续认真填答题卡。胡明全疑惑地看向周十八。周十八愣了一会儿，明白过来，用宋燃燃递来的笔填起了答题卡："老胡，我忘带笔了，借一下没问题吧？"

胡明全没再说什么。紧张的气氛消散了。他站在两人的身边，直到交卷。

一场危机就这么解除了。

考试结束后，宋燃燃收拾好东西就跑了，周十八甚至都来不及抓住她质问。

还知道害怕啊？周十八想，看她那样子，以为真的不怕他呢！

"好像宋燃燃对周十八也没那么好嘛。"

"是啊，还以为万无一失呢！"

几个男生抱怨，赵明明也听到了，他怕周十八闹脾气，赶忙推着他往外走："走了，走了。"

周十八冷哼了一声："没想到，宋燃燃这么不给面子。"

赵明明慌忙摆手，他现在还心有余悸："没事就好。我刚刚是真的以为你要没了。"

他又道："别听那些人瞎说！我倒是觉得宋燃燃还是很在意你的，要不是她给那支笔，你真的凶多吉少了。"

周十八从鼻子里不轻不重地哼了一声，赵明明就知道后面这话还是安慰到他了。他又带着周十八去小吃街吃东西，说是给周十八压压惊。

路过那家"百宝箱"时，周十八突然停下了脚步。

店铺门口支了一张小桌子，宋燃燃和宋柏正凑在一块儿吃东西，三层的饭盒十分瞩目。饭菜是宋柏从家里带过来的，两兄妹好像没说话，又好像在说着什么。

人来人往的街道上，这一小块天地像是安静的默片。

赵明明光是看着也觉得幸福。

周十八说："怎么那么刺眼呢？"

"哪里刺眼了？"赵明明问出了心里一直以来的疑惑，"其实我觉得宋燃燃对你也挺包容的,你为什么一直以来总找她麻烦啊?可别跟我说你喜欢她啊!喜欢怎么可能会一直欺负人家?"

"这是她欠我的。"周十八淡淡地说道。

"她欠你什么了?"

"你去问她啊,她心知肚明。"周十八慢悠悠地往前走。

赵明明站在原地看了一眼宋燃燃,又看了一眼周十八,念叨了一句:"这两人,怎么奇奇怪怪的?"

接下来的考试,宋燃燃的答题卡依旧遮得严严实实的。

赵明明对此已经释怀了:"我觉得你说得对,就算是得到了奖励也只是自欺欺人,而且有了第一次,就会有第二次。"久而久之,他就不知道自己的实力到底是什么样子了。

周十八听不懂那些道理,也不想懂。

所有的科目在两天之内考完了,之后就是周末两天假期。

交卷的那一刻,赵明明心中格外轻松。他看了一眼周十八的试卷,忍不住叹了一口气:"你好歹也试着做一点儿啊。"

"不会。"

试卷上的题目,单个字他都能看懂,但组合到一块儿他就看得脑仁疼。

"那你也不想想未来吗?"赵明明问。

"就我们这样的普通班,就我这样的倒数第二,能有什么未来?"周十八无所谓地说道。

赵明明也说不出反驳的话,只好破罐子破摔,问周十八周末去不去打游戏。

周十八盯着窗外的宋燃燃:"去。"

宋燃燃和隔壁考场的刘小兰碰上了,两个人既是同桌,也是好朋友。刘小兰双手抓住了宋燃燃的双肩,凑近去看她的脸。

宋燃燃被看得有些不好意思:"怎么了?"

"我就想看看你脸上有没有写着'难考'两个字。"

"那你看出来了吗？"宋燃燃好笑地问。

刘小兰哀号了一声："没看出来。完蛋了，我觉得我这次考试成绩会很惨淡。"她似乎想到了什么，"不行，既然下周是充满暴风雨的一周，我要趁着周末好好快活一下。燃燃，明天你来我家玩吧，怎么样？"

【4】

周末略有些无聊。

宋燃燃和宋淼淼坐在餐桌边大眼瞪小眼。两人平时相处的时间不多，考完试，放了假，乍然多出很多时间，也不知道要做什么才好。

张玫瑰和宋志国也在家，两口子倒是希望两姐妹多些相处的时间，当然，更多的是希望宋燃燃能尽快融入这个家庭。

宋淼淼显然有不一样的想法，吃完早餐趁着张玫瑰去厨房收拾了，偷偷摸摸溜到了玄关去换鞋。

张玫瑰的雷达立刻捕捉到了信号，探出脑袋问："你去干吗？"

"我去找同学玩。"宋淼淼理直气壮道，说完就打开门离开了。

张玫瑰想说些什么，人家早没影了。

宋燃燃看了一眼坐在旁边打瞌睡的宋志国，也蹑手蹑脚，悄悄摸到了玄关处换鞋。

张玫瑰的雷达再次扫到了异动，问："燃燃去干吗？"

"我也去找同学，她昨天让我去她家玩。"宋燃燃脸不红，心不跳道。

张玫瑰有些不相信："你那个同学叫什么名字？"她担心宋燃燃去找宋柏。

"刘小兰。"宋燃燃淡定地报了刘小兰的名字，强迫自己和宋淼淼一样镇定自若。

张玫瑰还想再问点儿什么，又担心宋燃燃嫌自己烦，只能在宋燃燃出门后给宋淼淼发信息:"多看着点儿你妹妹,你们是同龄人,多沟通,别让她再接触之前的人了。"

"知道了。"

宋淼淼烦躁地回了消息,心里一个劲地吐槽:"多沟通?也要那位小大姐愿意啊。"

她双手插兜,捏紧了口袋里的卡券,心情倒是轻松了不少。

同样的路,平时是匆匆忙忙赶去上学,今天她走得慢慢悠悠的。等到了地方,宋淼淼看着那一面绿墙,深吸了一口气,还是走了进去。

年轻的收银员正专注地给人结账。

几个小女孩脸颊红扑扑的,欢呼雀跃着。

宋淼淼进来时,能感觉到那个男孩看了她一眼。

等几个小女孩叽叽喳喳地离开,宋淼淼将口袋的卡券按到了宋柏的面前:"兑奖。"

宋柏仔细一看,是一款薯片的中奖券,刮刮卡上面有"再来一包"的字样,还是青柠味道的。

宋柏从货架上取了一包崭新的薯片,回来时发现宋淼淼已经自来熟地坐在收银台里面的小椅子上。

老板贪图安逸,在收银台放了一台电脑方便上网。宋柏来了后,老板大方地表示,他没事的时候可以上上网,毕竟一整天坐着确实无聊,更别说一个精力旺盛的小伙子了。

宋柏回到了自己的座位,将薯片给了宋淼淼。

宋淼淼很自然地拆开吃了起来,眼睛却一直盯着电脑屏幕。见宋柏在看她,于是将薯片递到宋柏面前:"来点儿?"

宋柏摇头。

"这中奖的还是你当初送的那包,不用有负担。"宋淼淼说。

宋柏于是吃了一片。

"你在看学习资料?你没读书了?"宋淼淼问。

宋柏"嗯"了一声,关掉了电脑的页面,没继续这个话题。他大多数时候都是沉默的,只是安静地坐着,偶尔有人进来买东西就会站起来去收银、找零。

宋淼淼小心地观察着他,发现这人似乎也不排斥她。她其实是受不了家里的氛围才出来的,也不知道去哪里。或者说去哪里都需要花钱,虽然她存了不少钱,但不想花。她是真的穷怕了,小时候的日子太苦了,即便现在过上了好日子,她依旧害怕在某一天被打回原形。所以她不习惯花钱,只习惯存钱。

在这里待着倒是省钱。

而且,她找到了某种乐趣。

"你叫什么名字啊?哪里人?"她开始查户口。

宋柏没有回答。

他越是不说,宋淼淼越是来劲:"那你家里几口人?有没有弟弟妹妹或者哥哥姐姐?"

"有妹妹。"宋柏想起了宋燃燃。

"我也有一个妹妹。"宋淼淼单手托着腮,又问,"你妹妹听话吗?"

"嗯。"

"我妹妹……那臭丫头一点儿也不听话,都不愿意叫我一声姐姐!"宋淼淼很生气,"威逼利诱都不行,一点儿都不可爱。"

宋淼淼越说越气,猛塞了一口薯片。

"你在生她的气吗?"宋柏确认宋淼淼没和他打过照面,宋淼淼甚至不知道他就是宋燃燃的哥哥。但他见过她,张玫瑰来接宋燃燃的那天,他透过车窗看到了她那张略带着怒意的侧脸。

他也不知道是出于什么心理,并没有表明自己的身份。

"肯定啊。"宋淼淼说,"回了自己家,却老惦记着之前的家。我们对她也足够有耐心了,久了也会觉得心寒吧。"

"这样啊……"宋柏轻声道。

门口传来"叮咚"的声音,宋淼淼按住宋柏:"我来试试。"她探出脑袋,结果看到一个熟人。

女孩似乎被吓着了，眼睛显得更大了。

两人几乎是异口同声地喊了出来："你怎么在这里？"

宋燃燃没有去找刘小兰，她昨天已经婉拒了刘小兰的邀请。她是受到了宋淼淼的启发，于是用了个真假参半的借口来找宋柏。

"你不是说去找同学吗？"宋淼淼的眼里都是质疑。

"你不也是吗？"宋燃燃直接顶了回去。

"我是来兑奖的。"宋淼淼扬了扬手里的零食包装，"不信，你问这位小哥。"

宋柏表情淡淡的，微微点头。

宋燃燃看了一眼宋柏，又看了一眼宋淼淼，总觉得这个场面莫名诡异。但她很快就反应过来了，宋淼淼并不认识宋柏。

她悬着的心轻轻放下，故作淡定地说："我来买点儿零食。去别人家总要买点儿东西。"

"最好是这样。老妈让我看着你呢。"宋淼淼将胳膊搭在收银台上，眼睛微微眯着，一副想看看她到底想搞什么鬼的样子。

宋燃燃和宋柏对视了一眼，两兄妹默契地假装不认识。

他们都不想这个小天地被人发现，尤其是张玫瑰。

"不买了。"宋燃燃没有买东西，很快就出去了。

宋淼淼追了出来，一把抓住宋燃燃："宋燃燃，你什么意思？"因为她在这里，所以东西都不买了？

"没什么意思。"宋燃燃躲开她的触碰。

宋淼淼眉头紧皱，她神色复杂地看着眼前的女孩。虽然两人根本不用做鉴定就知道是两姐妹，但这种疏离是真真切切的，并非她敏感。

"我出门前吧，觉得什么事都可以睁一只眼闭一只眼，但是现在我改主意了。"宋淼淼说，"今天我就跟定你了。"

宋燃燃不是讨厌她吗？那她就要在宋燃燃面前晃悠。

宋燃燃沉默地低着头，突然往她身后一指："看那边。"

几乎是同时，她拔腿狂奔。

没跑出两步，衣领被死死地扯住，身后传来宋淼淼的嘲笑声："宋燃燃，你这点儿手段可不够看啊。"

宋燃燃挣扎了一下，但宋淼淼的手劲大得很，她认命地让宋淼淼抓着："你要当跟屁虫，那就随你吧。"

"嗯？今天怎么不找我做交易了？"宋淼淼悠闲地说道，"我就明明白白地告诉你吧，妈妈让我盯着你是付费的，当然，你要是付双倍的钱，我可以不跟着你。"

宋燃燃想也没想便直接拒绝了她："我没钱。"

"那就没办法了。"宋淼淼啧了一声，似乎十分惋惜。

她那得意的表情真的特别招人厌。宋燃燃也不是吃素的，立刻反击道："我和同学去玩，要花钱的。"

"我不花钱，只要我不愿意，没有人能拿走我口袋里的钱。"宋淼淼道。她脸皮厚着呢。

第四章
玫瑰项链

【1】

不能看电视,也不能玩电脑!那是父母严令禁止的事情。

刘小兰正无聊地数着天花板上的水晶吊灯有多少个吊坠,突然接到宋燃燃的电话,她简直喜出望外。

当然,无可避免遭到父母盘问,她说出去买学习资料,他们就放行了。

两个小女孩去了小镇上的主街,那里聚集着各种各样的店铺。刘小兰蹦蹦跳跳的,显得格外兴奋。她一年能约宋燃燃八百回,这还是宋燃燃第一次和她出来玩。

她和宋燃燃并不是一个初中升上来的,刚开始做同桌时,因为两人都比较内向,彼此很少交流。直到有一次,她帮忙收班费,午休去小卖部买了一点儿零食回来后班费就不见了。

虽然每个人交的班费不多,但整个班级六十多人交的钱合起来,数额就大了,她都快急哭了。最后是宋燃燃陪着她一遍又一遍地回忆当天发生的事情,又陪着她翻了垃圾桶才找回来的。

从那天起,她就发誓宋燃燃就是自己的亲姐妹。

"你们的柠檬水。"服务员将柠檬水递过来。

刘小兰和宋燃燃各自付了钱。

"五块钱。"服务员小声地提醒另外一个女孩,"小妹妹,你还没付钱。"

"我没钱。"女孩的声音小小的,像是被雨打着的脆弱花骨朵。

刘小兰这才注意到这个女孩似乎跟了她们一路。她的风格明显和宋燃燃不一样,但同样生得非常漂亮,属于一眼就能牢牢吸引住他人目光的类型。

此刻她眉头紧皱,一双水汪汪的大眼睛忽闪忽闪的,似乎在寻求帮助。

刘小兰还来不及收回目光,就和女孩对视上了。

"能不能请我喝啊?我没带钱。"她说得很自然,一点儿也不觉得窘迫。

刘小兰心想,谁的钱也不是大风刮来的,但身体比大脑更快地作出了反应,掏钱给了收银员。

宋淼淼歪头一笑:"谢谢啊。"然后爽快地将吸管插入饮料杯,开始吮吸。

"不……不用谢。"刘小兰说完,肠子都悔青了,拉着宋燃燃快步离开,嘴里念叨着,"美色害人啊。"

宋燃燃回头看了一眼那个一脸得意的女孩,只说了两个字:"卑鄙。"

刘小兰不觉得那有多严重,抓了抓脑袋:"没事的,她长得这么漂亮,我花钱也乐意,也没多少钱。"

宋燃燃不高兴地说:"几块钱也是钱。"

刘小兰没察觉到宋燃燃不对劲,还觉得宋燃燃在维护她,更高兴了。她是个吃货,专挑小吃店走。手里捧着柠檬水,闻到烤肉的香味又走不动了,嚷着要买烤串。

她买了二十串烤牛肉,扭头问宋燃燃:"燃燃,来点儿吗?"

"要!谢谢啦!"

她扭头一看,说话的却不是宋燃燃,而是刚刚那个漂亮的女孩。她舔了舔唇,眼睛亮亮的:"老板,加十串烤鸭肠。"

"好嘞。"

刘小兰还来不及阻止,老板已经加了十串鸭肠。串好的食材在炭火上炙烤,撒上各种调料和辣椒粉,馋得人口舌生津。

刘小兰虽苦着一张脸,倒也没抱怨。只是她的零花钱也不多,这些钱还是攒了好久,想着是和宋燃燃出来玩,所以才把零钱罐的钱全取出来了。

女孩却热情似火,一把拉住了她的手,声音清脆地说:"你真是个大好人!我们做朋友吧!你叫什么名字啊?"

刘小兰被夸得脸都红了,结结巴巴地自我介绍:"我……我叫刘小兰。"

"宋淼淼!你厚颜无耻!"宋燃燃终于忍不住了,她没想到宋淼淼的脸皮居然如此厚。她拍开了两人交握的双手,将刘小兰拉到一边。

"少污蔑人!朋友之间请客那不是正常的吗?"宋淼淼毫无心理负担。

刘小兰的目光在两人脸上反复流转,突然惊呼了一声:"你是燃燃的姐姐!"

上次在"百宝箱"匆匆见了一面,其实有一点儿印象,但今天她把头发扎了起来,又换了一身衣服,所以刘小兰一时间没认出来。

"对啊!像不像?"宋淼淼问。

"仔细一看,挺像的!"刘小兰还在感叹造物主的神奇,又好奇地问宋淼淼,"你们两个是闹别扭了吗?"

宋淼淼看着黑脸的宋燃燃,试探性地说道:"算……是吧。"

最终还是宋燃燃付了钱。宋淼淼脸皮厚,可以心安理得地让别人请客,但宋燃燃做不到。宋柏从小就教育她,宁愿自己没有,也不要欠着别人。

她拉着刘小兰走在前面,宋淼淼就在后面美滋滋地吃着烤串,不远不近地跟着。

刘小兰觉得这两姐妹很奇怪:"你们两个到底怎么了?"

宋燃燃说了事情的来龙去脉，刘小兰抓住了重点："所以你是想找个机会摆脱她？"

宋燃燃点头。

"那我有个办法。"虽然刘小兰也很喜欢宋淼淼这个长相漂亮的小姐姐，但她肯定站在宋燃燃这边，"她平时喜欢做什么？"

"打游戏。"宋燃燃反应很快，"你是说投其所好？"

"让她分神！"

两人一拍即合，立马找了一家偏僻的网吧。

宋燃燃很少来这边，也不怎么玩游戏，还是一边的刘小兰手把手地帮她点开最近流行的一款射击类游戏。

游戏加载时电脑黑屏，屏幕上映出站在她身后的宋淼淼的身影。

宋淼淼贯彻她不消费的理念，硬是厚着脸皮回绝了前台收银员的热情招呼。

"没想到你完全是个菜鸟啊。"宋淼淼嫌弃地说了一句。

宋燃燃没反驳,她笨拙地去熟悉各种按键和操作,甚至还故意弄错。

身后的宋淼淼看得心急，就差自己动手了："错了，错了！你的手怎么跟脚一样？"

"你行你上。"宋燃燃作势要起身，宋淼淼又不说话了。她仿佛知道她在打什么主意，坚决不上手，所以无论宋燃燃怎么激她，她就是不上当。

正当宋燃燃打算认命时，有人一巴掌拍在她的肩膀上："还真是你们啊！稀客啊！"

是赵明明和周十八这对"连体婴儿"。

周十八依旧嘴欠，没一句好话："乖乖女也来打游戏啊？还拖家带口呢？"

"不关你的事。"宋燃燃回复。

周十八的语气着实不算好，宋燃燃能忍，宋淼淼可不惯着他："同学你是谁啊？我劝你好好说话。"

周十八一个眼神都没给她，只是凑到宋燃燃的电脑屏幕前看："玩什么？该不会第一次玩吧？"

宋燃燃灵机一动，挑衅道："要不要比一下？"

"怎么比？"

"一局定输赢，输了的给钱。"

"二十元。"

既然投其所好还不够，那就再拿捏她的弱点。

果然，宋淼淼闻言立马按住了宋燃燃的肩膀："别答应，你个菜鸡肯定会输的，别犯蠢。"

宋燃燃拿出一张二十元的纸币放在桌上："开始吧。"

赵明明也从口袋里掏出一张二十元的纸币放在桌子上。

赌注已经下了，就等开局了。

宋淼淼的脏话差点儿脱口而出，但她忍住了，心中默念："输了也不是我的钱，不是我的钱，不要多管闲事，不要多管闲事。"

赵明明和周十八回了座位，下注双方成功组队。

宋燃燃嘴上还在磕磕巴巴地念着键盘所代表的行动方向，刘小兰在旁边拱火："燃燃，他们两个打游戏很厉害的，你这样的水平对他们来说简直就是'虐菜'。"

"不会的。"宋燃燃"执迷不悟"。

宋淼淼试探性地劝了一句："你要不然再考虑考虑？"

宋燃燃立马点了开始。

宋淼淼气得腮帮子都鼓了起来。

游戏不是宋燃燃和周十八一对一单挑，而是各自随机组成四个人的竞技团队，看双方谁先抢下局点胜出。宋燃燃因为技术太差，一开局就连续被击杀三次。

映在屏幕上的宋淼淼的表情已经逐渐扭曲了。

宋燃燃心中有数了，又从容"赴死"了两次。

比分很快就要到局点了，宋淼淼终于忍不住直接上手了："我来！你个败家子！"虽然不是她的钱，但到底是家里的钱。家里的钱由她来守护！

宋燃燃被挤开，站到了一边。

成功了！

刘小兰和宋燃燃对视了一眼，使眼色让她快走。宋燃燃悄悄拿了东西，放轻了脚步要离开。

"宋燃燃，你去哪里？"宋淼淼察觉到了，想去追宋燃燃。

宋燃燃脚步一顿，有人抓住她的手腕拉着她往外跑。

"要输了，姐姐。"刘小兰将宋淼淼的注意力拉回游戏里。

游戏已经到了关键点，稍微松懈就会立刻输掉。宋淼淼看了看屏幕，又看了看走远的宋燃燃，第一次体会到了什么叫"顾此失彼""分身乏术"。

宋淼淼看着桌子上的四十元人民币，最终还是做了选择，象征性地警告道："宋燃燃，你要是去找宋柏，那你就完了。"

但那会儿，宋燃燃早已经跑得不见了踪影。

【2】

"宋燃燃，看来你并不太喜欢你的新家啊。"周十八幸灾乐祸道。

宋燃燃方才跑得太猛，肺部的氧气仿佛被榨干了，正大口呼吸，缓和心跳。她再三确定宋淼淼不会跟上来才放下心来。

"没信心赢我就让赵明明上？"宋燃燃挖苦了回去。

"狗咬吕洞宾。"周十八说，"你不会以为真的有那么多的巧合吧？"

宋燃燃很快就得出了一个结论："刘小兰告诉你的？"

"还不算太笨。"周十八说，"帮了你没有一点儿好处啊？"

"谢谢。"宋燃燃说着掏出了二十元给周十八。

周十八也没拒绝："这钱是赵明明掏的，我代你还给他。"

"好。"

宋燃燃往前走。

周十八跟了上来:"想去找柏哥?"

"你别跟着。"

"我偏不。"他就要跟着,单手插兜踩着她的影子。

宋燃燃觉得他幼稚得要死,在下一个路口换到了周十八的旁边,踩中了他的影子,用力地踩了好几下。

周十八笑出了声,扯了一下她的辫子,问她:"幼不幼稚啊?"

穿过长街到了宋柏工作的"百宝箱"。碧绿的藤蔓爬满墙壁,从洁净透明的玻璃窗可以看到里面一排排的零食架。

门被推开,带动门口的风铃发出清脆的声响。

宋柏将手放在柜子里的保温盒上,扭头看向门外。

"来这里上班怎么不告诉我?"郭娅大大咧咧地坐在他对面,将书包甩在收银台上,"这就是你说的临时工啊?她妈不让你找她,你就找个能看到她的工作?"

宋柏坐了回去。

他的表情变化得太明显了,郭娅敏感地往门口看了一眼:"你以为是谁啊?宋燃燃啊?"

宋柏没说话,郭娅也没在意。她从书包里拿出一个本子,上面密密麻麻地记载了不少招工信息:"我整理了一些你可以去做的工作。"

小镇里能干的活并不多,要么就是去砖瓦厂,要么就是去农产品种植园,郭娅站在宋柏的立场,认真考虑了路程远近和工钱,帮他选了一家瓦厂。那里包吃住,多劳多得。

她说:"这家瓦厂还算有良心,给的工资也是最高的,要不就这家吧?"

宋柏摇头。宋燃燃不让他干这种苦力活。

要是让她知道了,他又要头疼。

郭娅其实也不想宋柏干这种苦力活,这种拿力气换钱的活不是长久之计。

"那你有没有想过去外面啊?大城市容易找工作,工资高得多,也不用这么累。"

"没有。"宋柏还是摇头。宋燃燃还在这里,他的家还在这里,他已经抛弃过她一次,不能让她觉得自己彻彻底底地抛弃了她。

郭娅叹了一口气:"你养了宋燃燃这么多年,他们家就没什么表示?"

其实是有的。张玫瑰和宋志国并不是小气的人,给他转了一笔钱,他转回去,对方又固执地转过来。他最后只能存起来。这些不属于他的天降横财,他收得不安心,花得也不安心。如果真的用了,仿佛就变成了卖妹妹的钱。

"没用的自尊心。"郭娅有些无语,"这个世道,钱财是最重要的!什么狗屁兄妹情!时间长了,她就会把你忘记的。"

"她不会的。"宋柏坚定地说,又补充了一句,"如果真的忘记了,我也不怪她。"

他也不是没收养过流浪的小猫、小狗,结果都悄无声息地走掉了。要是宋燃燃忘记他了,他就当宋燃燃也是一只流浪的小花猫。

"那你就打算一直在这里吗?"

"这里离她近,而且她爱吃零食。"

这是最好的结果,可以每天见到宋燃燃,也能为她做些力所能及的事。

"她已经离开你了,已经不是你的责任了,你应该去过自己的人生,不要一直和她的人生捆绑在一块儿。"

"至少等她去读大学……"他的声音很小,几乎是自言自语。

郭娅没听到,或者说她有些心不在焉。她说:"我们一块儿离开这里吧,去外面打工赚钱,你去哪里我就去哪里。"

"不行。"宋柏纠正郭娅的想法,"你把心思放在学习上,学习才能改变命运。"

郭娅有些失落地说道:"真的不再考虑考虑吗?"

宋柏坚定地点头:"如果你放弃学习,就等于放弃我这个朋友。"

郭娅没有再坚持,沉默地看着外面的天空:"有时候我真搞不懂你,也搞不懂命运为什么非要逮着苦命人不放。"

这种消极的话让宋柏觉察到了一丝不寻常,于是多问了一声:"你是不是……发生了什么事?"

"我能有什么事?不说了。"

郭娅来也匆匆,去也匆匆,小店的门口风铃声又响了一下,空气里回荡着清脆的声响。

"怎么不进去?"周十八个子高,只能低头去看宋燃燃的表情,"不敢啊?良心痛了?"

"我有什么不敢的?"宋燃燃白了他一眼,一脚踏了进去。

店铺里没有其他人,宋柏准备了很久的保温盒总算是能用上了。两兄妹亲亲密密地凑在一块儿喝汤,香气将周十八也吸引了进去。

他很想酸几句,或者揭穿宋燃燃听到那些话又假装什么都不知道的样子。但宋柏也给他倒了一碗,他就什么怨气也没有了。

"好喝。"他说。

宋柏说:"以后你和宋燃燃一块儿来,我给你也准备一份。"

"好。"他笑了。刚刚想说什么来着?他忘了。

那边激烈的战斗也结束了。

赵明明抢占了先机,以为稳操胜券,结果却被宋淼淼绝地反击。

"这些钱是我的了。"宋淼淼拿起纸币,耀武扬威地走到赵明明面前,扬了扬纸币,又开心地搂住了刘小兰,"请你。"

临走时,还忍不住对赵明明的技术进行羞辱:"小伙子,技术还有待提高!"

赵明明苦着一张脸看向刘小兰,刘小兰朝他摆摆手,用口型说:

"回头请你吃好吃的。"然后扭头假装很期待地问宋淼淼,"姐姐,你请吃我点儿什么啊?"

她得替宋燃燃争取时间!

"辣条怎么样?"宋淼淼道,"很好吃的。"

最重要的是便宜,五毛钱一小包,两块五能买一大包。

看在刘小兰今天请她喝了柠檬水的分上,就请两块五的吧。

就去"百宝箱"买,没准还能有什么抽奖活动,也能再见见那个古怪的年轻收银员。

【3】

月考过后的周一,会公布各科考试成绩,因此被很多学生戏称为"猎杀时刻"。

因为不是一下子公布所有科目的成绩,而是上一门课发一轮试卷,就像慢刀子割肉。

学生们的哀号声每隔四五十分钟响起一次。

刘小兰也在一张张试卷的冲击下变得心如死灰:"这个成绩说明我还是高估了自己。没有最差,只有更差。"

人类的悲欢并不相通,赵明明倒是很高兴:"我感觉我进前二十也许有戏!我的游戏机,我来了!"

周十八和宋燃燃就淡定得多,没有发表任何言论,同款托腮、转笔或发呆。

对面学校的总成绩早出来了,两个学校用的一样的试卷,少不了会进行对比。

宋燃燃还是从对面学校得知自己的成绩的,有些人脉广的同学将对面同学做的两校成绩汇总传到了班级群。

从高一到高三的都有。慢刀子变成了快刀子,倒也干脆。

"你姐姐真是个学霸啊。"刘小兰悄悄看了对面学校高二的成绩单,无意中看到了宋淼淼的成绩。

两校第一，宋淼淼可真厉害！而宋燃燃自己，班级第十九名，本校排名一百名开外。

"你们姐妹可真是天差地别。"周十八不忘补刀。

赵明明用胳膊肘顶了一下周十八，小声地说："你怎么回事？不嘴欠心里难受啊？"他是真的听不得别人在成绩上冷嘲热讽，更何况他也看到了自己的成绩，游戏机飞了。

刘小兰怕宋燃燃生气，于是转移了话题："怎么还有好多总分零分的啊？我听说这次月考过后要开家长会的，这些人平时考零分也就算了，这不是撞在枪口上了吗？"

听刘小兰这么一说，宋燃燃也稍微看了一眼排在最后的人名，她在里面看到了一个熟悉的名字——郭娅。

郭娅是她的初中同班同学，成绩一直处于上游，她英语成绩很好，单科英语甚至能超过很多重点班的学生，多次被老师单独拎出来夸奖，考零分实在有点儿反常。

不过，这也是别人的事情，宋燃燃没有多管闲事的爱好。

中午，宋燃燃照例去"百宝箱"吃饭。自从有了第一次，宋柏每天中午都会给她准备各种好吃的。但今天，她身后多了一条尾巴——周十八。

宋燃燃为了躲他，下课后特意走得很快，但还是被他逮住了："宋燃燃，你好小气。"

宋燃燃没理他，他低头去看她的表情，以为她真的生气了，于是退了一步："大不了我少吃一点儿，不跟你抢饭吃。"

"你说到做到。"女孩说话带着点儿娇嗔，周十八听得心里很舒坦，也不斗嘴了。

宋柏今天准备的是茄子豆角、红烧肉，还有个紫菜蛋汤。

"都考成这样了还能吃上红烧肉呢？"周十八又忍不住开始了。

宋燃燃不为所动："某人考了倒数吧？"

宋柏敲了一下碗："吃饭别说考试。"

两个人瞬间闭嘴。

宋柏厨艺好，再寻常的食材，他也能做得有滋有味，以至于周十八将自己的保证抛到了脑后，连着吃了两碗饭还没有放下筷子的意思。

宋柏一碗饭还没吃完，锅都见底了。

周十八一点儿自觉都没有，正准备盛饭，饭勺被宋燃燃抢走。她将所有的饭都盛在宋柏碗里，放在宋柏面前。

宋燃燃还怕坐在零食堆里的宋柏吃不饱吗？周十八气笑了。

宋柏扒拉着碗里的饭，想分一半给周十八。周十八刚伸碗过去，宋燃燃的眼刀就飞了过来。

"我分给你。"宋燃燃立马扒拉了一半米饭给周十八。

周十八乐得坐了回去："也行，我不嫌弃。"

宋燃燃又飞了一个眼刀给他。

"好了，吃饭吧。"宋柏敲了敲桌子，给宋燃燃夹了两块红烧肉，全是瘦肉。

宋燃燃不喜欢吃肥肉，所以宋柏做红烧肉基本都是瘦肉。

宋燃燃也给宋柏夹了两块。

周十八看着两人腻腻乎乎，默默地给自己也夹了一块红烧肉。

有人来买零食，宋柏认出是和郭娅一块儿来买零食的同学，他起身去收银，小餐桌就剩下宋燃燃和周十八了。

周十八吃得很慢，语气平淡得就像是在说天气："宋燃燃，你这么心疼你哥，你怎么不心疼心疼我呢？"

"不是给你饭了吗？"宋燃燃说。

周十八发出一声嗤笑："我这么好打发的吗？"

"那不然呢？"

周十八气得按了一下宋燃燃的脑袋。

宋柏扭头时刚好看见，批评周十八："不要欺负燃燃。"

"就要。"他又按了一下宋燃燃的脑袋。

宋柏给他脑袋上来了一个栗暴,周十八捂住脑袋"嗞"了一声。

宋柏似乎想起了什么,问宋燃燃:"郭娅最近怎么样?你们有联系吗?"

这一问倒是让宋燃燃想起了今天看到的怪事,于是将郭娅全科考零分的事情说了出来。

宋柏听完若有所思。

宋燃燃问宋柏:"是不是出事了?"

宋柏道:"没事儿,你们吃完回去午休,我等一下联系她问问情况。"

"哦。"

天气渐渐有些热了,但昼夜温差很大,早上穿外套刚好,中午顶着大太阳就有些热。周十八脱了外套系在腰间,宋燃燃则撑着宋柏塞给她的太阳伞。

其实宋柏也问过周十八要不要伞的,但他觉得男子汉打着一把太阳伞实在有点儿娘,于是拒绝了。可走出来就后悔了,尤其他偏头就可以看到宋燃燃白皙的脖颈。

宋燃燃真的很白,像是那种娇生惯养、十指不沾阳春水的金贵小姐。反观他呢,皮肤黑了几个度,看起来自带土气。

周十八非常强硬地挤进了那片阴凉里。

"你干吗?"宋燃燃不悦地问。

"晒。"

周十八个子高,宋燃燃不惯着他,他只好佝偻着身子。

两个人都不迁就对方。

刚开始还行,时间久了,弯着腰就觉得累了。周十八气急败坏道:"宋燃燃,你怎么一点儿都不知道体谅别人!"

宋燃燃闻言,将伞塞到周十八手里,那意思再明显不过:"你行你上。"

周十八接过伞,起了坏心思,将伞故意往自己这边偏,让宋燃燃完全暴露在烈日下。

宋燃燃也不生气,阳光打在她身上,她的皮肤白得发光。她似乎也不怕晒太阳,会接太阳伞只是因为递伞的那个人是宋柏。

周十八又觉得刺眼,将伞移回了宋燃燃的头顶:"算了,吃人嘴软。"

免得宋燃燃又觉得他没良心。

这个时间段有很多学生赶回学校上课,校门口熙熙攘攘的。很多路过他们的学生都朝他们看,有的甚至捂嘴偷笑,窃窃私语。

宋燃燃和周十八并排走着,肩膀时不时会碰在一起。宋燃燃就像是一块坚硬的石头,一点儿也不柔软。周十八是不抗拒这样的碰撞的,他悄悄观察宋燃燃,发现宋燃燃也丝毫没有避嫌的意思。

肩膀再一次撞上,这次带着试探的意味,周十八偏头问她:"宋燃燃,你不怕别人说我们两个的闲话啊?"

宋燃燃没有回答,但那种看傻子的眼神说明了一切。

赵明明从身后追了上来,一把揽住周十八的肩膀:"周十八,换风格了?"

"什么风格?"周十八云里雾里。

"你看你的伞。"

周十八反应过来了,将伞放下来转了一圈,看到了伞面上硕大的文字——做女生真好。他这才想起,宋柏拿伞的时候说是赠品。

周围的女生看他黑了脸,笑得更开心了。原来,她们是在笑他。

"宋燃燃,你故意的?"周十八咬牙切齿道。

"嗯。"宋燃燃十分坦诚。

周十八气得不轻,手臂上的青筋凸起,他拳头蓄了力,但不知道打向何处。

赵明明立马抱住他:"别冲动,别冲动。"

"怎么，你以为我会打她啊？"周十八更气了，这是在质疑他的人品吗？他是那种会对女生下手的人吗？

"他不会。"宋燃燃非常自信地说了一句，往前走了。

周十八的手不再蓄力，自然地垂在身侧。赵明明不知道自己是不是产生了错觉，他总觉得宋燃燃那句"他不会"就像是顺毛的咒语，竟让周十八的心情顷刻间转晴了。

"她对我还挺有信心。"周十八自言自语地收了伞，将伞扔给了赵明明，"你带回教室，放到她桌上。"

"你呢？你们不回教室啊？"

"你管我呢。"周十八跟上了宋燃燃的脚步。

宋燃燃去了郭娅的班级。虽然她不喜欢郭娅总是缠着宋柏，但因为两人是初中同学，她也没法做到视而不见。

她自诩不是一个心软的人，也许是沾染了宋柏的那点儿"陋习"。

郭娅和她同年级，但不同的班级之间井水不犯河水，她班上的人宋燃燃一个都不认识，她只是在走廊上看了一眼。

郭娅的位子是空的。

"同学，郭娅呢？"宋燃燃在这个班没朋友，但周十八随口就能叫出好几个人的名字，男生们也卖他面子。

"她请假有一段时间了，考试也没来。"

宋燃燃心里隐约有种不好的预感。

"你知道怎么回事吗？"周十八又问。

"不知道。好像家里出了点儿事，据说要退学。"

郭娅家里的情况，宋燃燃多少是知道一点儿的。她家是单亲家庭，全靠妈妈支撑起来，但郭妈妈的身体一直不太好，每次碰到，都是一副气血不足的样子。

"苦瓜脸，丑死了。"周十八捏了捏她的脸颊，"求我啊，我帮你打听打听情况。"

"用不着你。"

【4】

到底还是被动用上了。

临近放学时,宋燃燃的头发被扯了一下。

她挺直脊背,微微靠向周十八的课桌,这是放耳朵过去的意思。

"郭娅。"周十八说。

"说。"

周十八正准备说,听到这个语气又不高兴了:"语气好点儿。"

宋燃燃身体往前倾,周十八拉住了她的后衣领,将她扯了回来:"她妈妈得病了,住院要做手术,需要一大笔钱,她支付不起手术费,就将人带回家了,自己在周围打零工赚钱买药。"

宋燃燃丝毫不觉得意外。

下课铃声响起,赵明明邀请周十八去玩游戏,两人一前一后地走了。宋燃燃跟在他们身后,快出校门时,刚好看到宋淼淼站在门口四处张望。

宋淼淼可真行,又来逮她了。

她有心想躲宋淼淼,想去找宋柏商量一下郭娅的事情,于是悄悄折了回去。刘小兰曾经和她说过,学校图书馆那边有道低矮的围墙,她从那里出去应该能避开宋淼淼。

等她过去后,才发现自己低估了刘小兰的胆量。

完全不是什么矮墙,相反还很高,宋燃燃从没爬过这样高。

她正在盘算怎么爬上去,"宋燃燃?"身后有人在喊她。

是周十八。

他径直走向围墙,摸了摸墙壁,歪着脑袋看她:"乖学生想干坏事了?"旋即将双手做成喇叭状放在嘴边,"那我喊人……"

后面的话被一只小手捂了回去。

"别吵。"宋燃燃的眼神难得显得有点儿凶,语气中却透着一点儿好奇,"你们平时是怎么爬出去的?"墙壁光秃秃的,又高,没有着力点,也触碰不到墙头。

"那你看好了。"

周十八献宝一样往后退了几步,然后一个助跑,冲向了那堵墙,宋燃燃还没看清楚他到底是怎么做到的,人已经踩在墙头上了。

"求我啊,求我就带你出去。"他蹲在墙上俯视着她,眼底笑意盈盈,没有了平日里的淡漠和尖锐。

宋燃燃当然不会求周十八,这辈子都不会的。

她没有学着周十八那样,毕竟她没有周十八那样的长腿,她只能慢慢尝试,不断地跳跃,想抓住墙头边缘。

周十八已经跳了下来,双手抱胸就站在一边看她,似乎就想看看她到底能有多大的能耐。

"小短腿。"他说,心里却在想,莫名还有点儿可爱。

宋燃燃没察觉到这句话里压根儿没有嘲讽意味,心里只想着要争口气,哪怕已经觉得有些脱力,还是不肯放弃。她终于够着了墙头边缘,两条腿乱蹬着去踩墙面,想找个着力点,但哪里都找不到合适的着力点,脚下一个踩空,整个人往下掉去。

失重感只有片刻,宋燃燃感觉自己踩中了一个坚硬的物体,一股力道托着她往上,她轻而易举地就爬上了墙头。

她回头看了一眼周十八,他肩膀上有一个不全但很清晰的鞋印。

她后知后觉自己踩中的是周十八的肩膀。

下去就容易多了。

周十八和她几乎是同时落地的。

"你啊,还得靠我。"周十八拍了拍手掌,又拍了拍肩膀上的鞋印子,语气中透着轻松和得意。

但肩膀上的鞋印子压根儿拍不掉,宋燃燃盯着他看了好一会儿才说:"你肩膀没事?"

"你小看我?"周十八耸耸肩,双手插兜走得慢慢悠悠的,完全不当回事。宋燃燃也就没多嘴了,不然显得她多事。

两人一块儿去了"百宝箱"。最近周十八跟得勤,宋燃燃已经习惯成自然了。

宋燃燃将今天从周十八那儿打听来的消息告诉了宋柏，宋柏有些担心地说道："我联系不上她，下班之后去她家里看看。"

宋柏这人就是这样，哪怕是个不相干的人，他都无法置之不理，更何况他知道郭娅对他好。

开口就习惯损两句的周十八破天荒没有废话："再等等，应该会有消息了。"

十分钟不到，他就收到了赵明明的消息："我妈在车站工作，看到她了，背着一个大包，跟着老李头。"

招工的老李头在他们这一块臭名昭著，每年从这里带走不少年轻人进厂，进的都是一些卖苦力的厂子。宋燃燃也听说过这个人。

这是要辍学去打工吗？郭娅真的是病急乱投医了。

宋柏已经坐不住了："燃燃，你帮我看一下店，我去看看。"宋柏急急忙忙推开门，在外面拦了一辆摩托车，身影很快就消失在宋燃燃的视线里，她甚至来不及叮嘱他几句。

"你哥还挺关心郭娅的。你不生气啊？"周十八又开始嘴欠。

宋燃燃放下书包，坐在平时宋柏坐的位子上，看起来还挺像那么一回事。周十八觉得新奇，转身从货架上拿了个东西放在收银台上："结账。"

宋燃燃想让他别捣乱，但看到收银台上放的是创可贴，她便没吭声。她扫了一下商品条码，从口袋里掏出了两元钱放在了抽屉里。

"知道心疼人了？"周十八的语气依旧吊儿郎当，嘴里的话谁也不知道有几分真，几分假，或者说，他就是单纯嘴欠。

"肩膀……我看看。"

宋燃燃作势要去掀他的衣领子，周十八连忙捂住衣领子往后退，嘴里惊呼："宋燃燃，没想到你居然这么禽兽！"

宋燃燃面不改色地坐了回去："那你买创可贴做什么？"

"家里没了,我添置点儿没问题吧?宋燃燃,这你也要管?你家住海边啊?"

宋燃燃没接话,只用一双纯净的眼睛盯着他,像是无声地质问。

周十八咳嗽了一声:"就你那点儿重量,风都能刮跑,踩一下能把我怎么着?没一点儿事。"

撒谎。

她那一下落得很重,按理来说,稍微有点儿力道都会产生疼痛,更何况她整个人的重量呢?但周十八就是这样,嘴硬得很。

宋燃燃记得小时候,也许是小学二三年级的时候,他们和周围的小孩子去很远的果园玩。果园已经采收过了,只有树顶上还有零星几个摘不到的板栗。小孩子们嘴馋,又怕高,便怂恿周十八上去。周十八那时候瘦得跟猴一样,踩着树枝就上去了,结果踩断了树枝,狠狠摔在地上。

小孩子们都吓哭了,周十八却一骨碌爬了起来,说什么事都没有,还蹦跳着展示给大家看,这才安抚住大家。

可是,宋燃燃都看到地上的血迹了。

周十八能骗过所有人,只要宋燃燃不说破。当然,宋燃燃大部分时候都不会说的。比如上次,又比如这次。

"你就逞强吧。"

"话不投机半句多,走了。"周十八说着走,到门口却又折了回来。

天色越来越暗了。

也不知道宋柏什么时候能回来,宋燃燃给宋柏发了消息也没收到回复。

"怎么又回来了?"宋燃燃才说完,就瞧见外面进来了几个头发染得五颜六色的年轻人,看起来就不太好惹。

学校里称这类人为"社会闲散人员",将他们描述得特别可怕,再三告诫学生要敬而远之。

小年轻们抽着烟,大声地喧哗,时不时扭头看她一眼,那不怀好意的眼神,实在让人感到不安。

周十八不知道什么时候站在了她的身后,将她按在椅子上坐着,他来结账。

一个年轻男人好笑地问:"你女朋友啊?"

"我妹妹。"周十八说完,胸口和腰间同时传来一阵疼痛,疼得他的眉毛都快打结了。

捶胸口是男人之间开玩笑的一种方式,"社会闲散人员"没有过多停留,说笑着走了。

至于腰间那一下,则是来自女孩柔软的小手,但下手真狠。

宋燃燃开始算账:"谁是你妹妹?"

"我……要不然怎样?你要做女朋友啊?"周十八有些无奈,"宋燃燃,你就这么对你的救命恩人啊?"

一码归一码,宋燃燃还是很真诚地和周十八道谢:"谢谢了。"

周十八露出十分夸张的惊讶表情,连忙拒绝:"可别,我可受不起,走了。"

又犯病了,宋燃燃想。

她在周十八眼里似乎是一个无情无义、没心没肺,甚至可能是没教养的人。到底她做过什么事,才让他产生这种错觉的?宋燃燃想不通。

宋柏带着郭娅回来已经是半个小时后了。

他几乎是连拉带拽,将郭娅按在了店里。

郭娅的眼睛又红又肿,背着书包坐在椅子上小声地抽泣。这种情况下,宋燃燃问什么都不合适。

她的状态实在不好,整个人消瘦了一大圈,问什么都不答话,只是哭。

其实也没什么好问的,宋燃燃太了解这种情况了。年少时的困顿,主因不是家庭就是金钱,这里很多人两样都占全了,他们就像是立于悬崖之上,平时风平浪静也能挺下去,稍有不慎就失衡了。有的人走投无路，就会铤而走险，走上歧路。

她想骂她头脑发热，可怎么也骂不出口。

宋燃燃给她买了几包抽纸，郭娅一张也没用，只是用手背擦着眼泪，倔强地说："我没钱，我不要。"

郭娅是个要强的人，从来不吃零食，也从来不用别人的东西。因为她没钱还人情，所以干脆拒绝一切帮助。事实上，真的遇到难事想求助，也求助无门。

虽然宋燃燃和郭娅不对付，但心里还是涌上了巨大的酸楚。她离开宋柏家，总觉得自己遇到了天大的事情，现在和郭娅一比，便觉得自己好像太矫情了。

至少她现在没有什么要发愁的，也能天天见到宋柏。

外面天色已晚，宋柏催着宋燃燃早点儿回家，剩下的事情他来解决。

他向郭娅再三保证："我来想办法，你别哭。"

郭娅还是止不住眼泪。

其实，郭娅的事情宋柏也没办法解决，因为解决这事要用钱。

这里谁都缺钱。

【5】

宋燃燃回到家已经很晚了。

推开门，一家三口坐在沙发上等着她，沉默得令人窒息。

听见开门声，张玫瑰扭头说了一声："回来了？"

画面这才稍微生动了一点儿。

家里没开火，空气里没有饭菜的香味，餐桌上空空如也。宋燃燃看了一眼宋淼淼，她的表情明显不对劲，似乎强忍着怒火。

张玫瑰担心地问宋燃燃："今天怎么回得这么晚？是不是遇到什么事了？"

"迟到了。"宋燃燃说。

"要罚三天值日？"

"嗯。"有了第一次,第二次撒谎时她已经可以做到十分坦然了。

宋淼淼发出一声轻微的嗤笑,宋燃燃不怕宋淼淼拆穿她,这是两人共同的秘密。

"要么就别撒谎,撒谎太明显就等于在骗傻子。"宋淼淼用只有两个人能听见的声音说道,"你觉得我是傻子,还是你觉得妈妈是傻子?"

宋燃燃没说话。

还是张玫瑰打破了僵局:"那我今后再提早一点儿喊你们起床。"张玫瑰定了三个闹钟,叮嘱宋志国,"明天早上你要是先醒来,记得叫醒我。"

"知道了。"宋志国立马应答。

宋淼淼拍了拍肚子问:"走吗?等得太久了,肚子都饿扁了。"

宋志国:"走了走了。"

张玫瑰也催促宋燃燃道:"燃燃,去把书包放下,立马下楼。"

"要去哪里?"宋燃燃问。

"今天不是出成绩了吗?你姐考了第一,我们下馆子去。"宋淼淼回家后张玫瑰才听到这个好消息,家里也没买什么菜,临时去买又有点儿匆忙,就想着一家人出去下馆子庆祝庆祝。

天底下的小家庭都一样,遇到开心的事情,总会想着庆祝一下。这是鼓励,也是铭记。

宋燃燃其实有点儿累了,但不想败兴,还是跟着去了。

宋志国要去当地最好的饭店,但宋淼淼打死不去,觉得浪费钱。于是,他们找了路边一个看着还算顺眼的饭店,没有奢华的装潢,烟火气十足。其实单看菜单,也就是一些家常菜,和家里每天吃的差不多。但在外面吃饭总有些新鲜感,不只是环境新鲜,口味也新鲜。

张玫瑰高兴,点了不少好菜,主菜是水煮鱼和水煮牛肉。

"这是你爱吃的。"张玫瑰夹了一块鱼肉放到宋淼淼的碗里,夸了一句,"我们淼淼真的好厉害啊!"

"那当然。"别的不说，宋淼淼对自己的成绩是非常有信心的。

宋志国被自己女儿逗笑了。

张玫瑰夹了一些牛肉片放在宋燃燃的碗里："燃燃也吃。"

"燃燃，你的成绩出来了吗？考得怎么样？"宋志国这人就是这样，平时很沉闷，一开口总是说一些不合时宜的话。

他的本意是好的，想让宋燃燃加入进来，却选了个不太好的话题，偏偏他自己还没意识到。

"你吃饭。"张玫瑰给宋志国夹了一筷子生菜，粗暴地放进他碗里，"吃饭也堵不住你的嘴。"

宋志国无缘无故被数落了一顿，在孩子面前落了面子，有些尴尬。

正巧外面又进来一家人，男人非常热络地和宋志国打招呼，那人身边还带了个女孩儿。

"你们也下馆子啊？"

宋志国笑着说："偶尔也出来换换口味，你们呢？"

"我们家女儿考了全校第三，奖励她吃点儿好的。"男人脸上是掩饰不住的得意，"还是蛮厉害的，你们家孩子考多少名啊？学习成绩还好吗？"

人和人之间总是不自觉地互相比较，成年人之间可比的东西则更加广泛，也更加无聊。

"我考了两校第一。"宋淼淼从不惯着这种人，淡淡地说道，"你女儿那个第三我知道，两校第十，还是很不错的。"

中年男人错愕了一瞬间后，面子有些挂不住。他身后的女孩儿有些尴尬地拉了拉他的手，见拉不动就自己走了。

中年男人知道宋淼淼不好惹，于是将目光放在宋志国刚认回来的小女儿身上："这位就是燃燃吧？燃燃成绩怎么样啊？"

话题还是回到了学习成绩上，回到了宋燃燃的身上。

只不过这次是别人提出来的，有意攀比，涉及父母的颜面，更不好开口。宋淼淼心里一堆脏话想要骂，但宋燃燃还是开口了："第十八名。"

宋燃燃神态自若，并不扭捏。宋柏并非不看重成绩，但也教会了她不要自卑怯懦，永远都要大大方方，尤其是要正视自己的弱点和短处。

中年男人意味深长地笑了一下，似乎找回了一点儿面子，违心地说："那也很不错了。"

这话怎么听都像是讥讽。

宋淼淼坐不住了："啧，叔叔，要不然你们也坐下来吃点儿吧？站得够久的了，我看你女儿都饿得不行了，光看着我们吃多不合适啊。"

宋淼淼这话明面上很有礼貌，但宋燃燃仔细一想，便品出"你快滚吧"的言外之意。

都是千年的狐狸，中年男人自然听懂了，脸色一变，却还是僵笑着说道："行，你们先吃，我们先走了。"

宋志国和张玫瑰也是皮笑肉不笑地目送他们离开。

成年人都这样，心里再不舒服，再看不顺眼，还是要维持该有的体面。

宋志国怕宋燃燃心里不舒服，斟酌片刻后说："燃燃要努力，下次争取进步。"

"其实燃燃这次的成绩比上次进步了不少，我们也应该庆祝一下。"张玫瑰说着举杯，招呼大家一块儿碰杯。

玻璃杯碰撞在一起，发出了清脆的响声，所有的不愉快就此消弭。任谁来看，这都是其乐融融的一家人。

张玫瑰今天是真的高兴，吃完饭还要带两个孩子去买礼物，宋志国不想去，就在车里等。

宋淼淼要了一个新书包，老板要卖一百元一个，宋淼淼立刻变了脸色说不喜欢，还拉着张玫瑰往外走。张玫瑰没有动，站在那里和老板砍价，最后居然以五十元的成交价拿下了书包。

宋淼淼的脸上依旧看不出高兴的表情，只是等付完钱转身出去，母女二人突然不约而同地爆笑起来。

"我刚刚的演技怎么样？"宋淼淼问张玫瑰。

"比我差点儿。"

这是母女俩独有的默契。

其实，以她们家现在的经济条件来说，根本不必如此。但宋燃燃很理解这种做法，她和宋柏也曾这样做过，这是清贫生活里的某种小乐趣——彼此配合，用最少的价格拿下自己非常想要的东西。要达成这种效果，最重要的一点就是，不能让对方看出来你喜欢那样东西，喜欢的要说不喜欢。

"燃燃想要什么？可以自己挑一个。"张玫瑰突然摸了摸她的头发。宋燃燃下意识地往后退了一步，看到张玫瑰眼底的失落时，她才意识到自己的反应过度了。

伤害一个人的感觉并不好受，尤其伤害的还是一个对自己不错的人。可要她道歉，她也说不出口。

她象征性地看了一圈，看到了一双白鞋，款式很好看，但她的目光只是停留了一秒又挪开了。

"都行。"其实不要也行。

宋燃燃从来不会主动开口要什么，似乎一切对她来说都可有可无。

张玫瑰只能猜，她在店子里转了一圈，最后小心翼翼地试探道："要不买双鞋吧？这双挺不错的。"

她指着一双白鞋，正是宋燃燃看中的那双！

宋淼淼坚决要张玫瑰买件衣服，张玫瑰身上那件咖色的外套已经穿了很多年了。她欣慰地笑了一下，说衣服够多了，不需要。

张玫瑰的衣柜里都是一些款式老旧的衣服。宋燃燃时常有种割裂的感觉，屋子是崭新的、漂亮的，每天的饭菜是可口、丰富的，但张玫瑰和宋志国总是灰扑扑的，和这一切格格不入。

他们是突然富裕起来，还保留着困顿时的谨慎和节俭。

又或者说，张玫瑰和宋志国将钱都用在孩子的衣食住行上，忽略了自己。

"妈,这个夹子好看。"宋淼淼不知道从哪里拿了一个夹子,强行别在张玫瑰的头发上,莹白色的珍珠衬得张玫瑰整个人都亮了起来。

张玫瑰嘴上说了一句:"我都老了。"但宋淼淼推着她站在镜子前,她也没有躲开。

宋燃燃手里拎着鞋子,扭头就看到了挂在架子上的玫瑰项链,鬼使神差地伸手抚摸了一下。

张玫瑰还是取下夹子放了回去,小气鬼宋淼淼说自己掏钱给她买,但张玫瑰拒绝了。

若张玫瑰说贵,宋淼淼还有办法,但她说的是"我不喜欢",宋淼淼就没办法了,她不可能强迫别人收下明确表示不喜欢的礼物。

回去的时候,天已经彻底黑了,星子撒满了整个天空,亮闪闪的。

宋淼淼挽着张玫瑰的手,宋燃燃双手插兜跟在她们后面,显得有些疏离。即便她们在同一个家里生活,但心和心没有在一处,就是两个世界。

宋燃燃还在担心着宋柏和郭娅,没有发现张玫瑰和宋淼淼已经停了下来。

她的手突然被张玫瑰强行挽住。

宋燃燃有些不太适应,想要抽离。

张玫瑰左右手各挽着一个孩子,一脸的幸福:"一家人整整齐齐真好,妈妈盼着这天盼了很久很久了。"

她这话说得情真意切,像是等了很久很久才终于有机会说出来。

宋燃燃的胳膊便不再动了,老老实实地任张玫瑰挽着。平心而论,张玫瑰对她很好,生活上面面俱到地照顾到,她的爱和宋柏一样,是静默无声且不求回报的。

宋燃燃能看到,也能感觉得到。她的心不是石头做的。

口袋里礼物摩擦着衣物,发出细微的声音,那样小,却令宋燃燃莫名紧张了起来。

她轻轻地抚摸礼盒，时不时看一眼张玫瑰。她想等一个时机开口，但那个时机始终没来。
　　张玫瑰是个细致的人，到家换鞋时，主动开口问她："燃燃是想说什么吗？"
　　宋淼淼也偏头看她："你一路上都看妈多少回了，有话就直说。"
　　宋燃燃一咬牙，将口袋里的小礼盒放在玄关的鞋柜上，转身就跑了。
　　她走到楼梯拐角处，听到宋淼淼好奇地问："什么东西啊？"
　　张玫瑰将那个小礼盒拿过来，小心地拆开，里面是一条项链。
　　"玫瑰项链！"宋淼淼大喊。
　　这个指向太明显了，张玫瑰心领神会，突然笑了起来，急忙招呼宋淼淼："快给我戴上。"
　　宋淼淼哼了一声，心道，这丫头，还算她有点儿良心。

第五章
步步后退

【1】

家里的气氛轻松了很多。

张玫瑰脸上洋溢着幸福的笑容，做早餐的时候还哼着歌。

宋燃燃甚至也有心情关注空气里浮动的小灰尘，宋志国两鬓藏在青丝里的几根白发，以及张玫瑰脖子上戴着的那条金色的玫瑰项链。

那其实只是精品店里的一个小饰品，用漂亮的外表掩饰廉价的内在，也许用不了几天就会生锈、褪色。

宋燃燃也不知道自己为什么会注意到这些，她就像是哥伦布发现新大陆一样，也像是一只缩在壳里的蜗牛终于探出了触角来打量这个家。

是因为什么发生的转变？是因为昨天晚上的事吗？宋燃燃不确定。

但她很快便因为昨天晚上送出的那一个小小的礼物，收获到了一些实实在在的"回报"——张玫瑰早上特意叮嘱宋燃燃放学打扫完卫生早点儿回来，就连零花钱也比平时给得多些；宋淼淼也破天荒让她上了自行车后座。

"我的要求也不高，你骗我、躲我都可以，但是你不能让妈妈伤心。只要你让她高兴，很多事情我都会睁一只眼，闭一只眼。我也不管你是不是真心的，但至少表面上要过得去。当然，如果是真心的，那就更好了。"

这算是摊牌了。

"那就一言为定。"宋燃燃说。

郭娅依旧没有来上学。

有关她的消息在学生们之间开始流传。

他们平时总是将"不学了"挂在嘴边，现在真的有人不学了，他们心中竟产生了一种复杂的情感，既敬佩，又惊讶，敬佩她做了大家不敢做的选择，惊讶她不理解读书的重要性。

赵明明说："这应该算是我们学校第一人吧？"

周十八正儿八经地说："宋燃燃的哥哥好像才是。"他又手欠地扯了一下宋燃燃的头发，问，"是不是啊，宋燃燃？"

赵明明立马不说话了，甚至还想去捂周十八的嘴。

周十八就是故意惹宋燃燃生气的，他很清楚说什么话最能惹怒宋燃燃："当年柏哥为啥辍学啊？"

宋燃燃没有回答。

她坐的位子靠窗户，窗外的静物风景总是比讲课枯燥的秃头老师好看一些。

当时宋柏为什么辍学？

宋柏说他不是学习的料，学不下去了。

但宋燃燃知道那不是事实。真实的原因是，支撑他们那个家的母亲去世了，家里只剩下两个孩子，宋柏便以自己成绩差为由，选择了辍学。宋柏的成绩也确实差，因为他要操心的事情太多了，要照顾病重的母亲和妹妹，还要操心柴米油盐水电等各种生活费用，精神和生活上的压力，像是两座大山压在他的身上，让他压根没时间去学习。

学业和生活到了必须二选一的时候，宋柏选了生活，保全了她的学业和生活。

这是她欠宋柏的，她一直都知道。

这些年，她好像一直受着周十八的监督，他总是时不时提醒她亏欠了宋柏。

这正是她能容忍周十八的原因之一，因为她也需要这样一个人提醒她。

"宋燃燃,怎么不说话啊?"周十八没完没了,见宋燃燃没搭理他,小声地嘟囔了一句,"宋燃燃,你怎么这么难伺候?以前我说过那么多难听的话,也没见你有什么反应。"

"周十八,要是有针,我真想把你的嘴缝上。"宋燃燃终于有反应了。

周十八贱兮兮地噘起嘴:"那你来缝呗。"

宋燃燃伸手捏住了他的上下唇,狠狠掐了一下。

"哎——"周十八疼得脸色都变了,捂住了唇"哎哟"了几声,"宋燃燃,你真狠。"

宋燃燃只说了两个字:"活该。"

赵明明觉得好笑:"周十八,你怎么就是不长记性啊?你为啥一定要去惹她啊?你对她……"

"我?"周十八指着自己笑了,"怎么可能啊?她生气,我就高兴。"

"冤家。"赵明明感叹了一声,"到最后还不得由你自己来哄着她?"

"我哄她?做梦去吧!我跟宋燃燃没完。"

周十八和宋燃燃闹了别扭,中午很有骨气地没跟着去"百宝箱"。宋柏给宋燃燃准备了海带筒子骨汤、孜然牛肉和一个青菜。

和从前相比,现在可以称得上是神仙日子了。宋燃燃埋头吃饭,知道每一口都是钱,所以一口也不会浪费。

宋柏还是和以前一样,将荤菜都放在她的手边,青菜放在他那边。他是个细心的人,宋燃燃在生活的方方面面都能感受到他的关心和爱意,她能为宋柏做的却少之又少。

她小时候看电视剧,也不乏像她和宋柏这样相依为命的主角,年长的倾尽全力地付出,年幼的也一定是很厉害的人,至少成绩很好,前途一片光明。

她也想像那些年幼的孩子一样,拉着宋柏的手给他一些像样的安慰,或者信心十足地告诉他,等她考上好的大学,找到好的工作,一定给他买很多好吃的,给他很多钱,给他好的生活。但以她现在这个成绩,连这样微不足道的安慰也给不了宋柏。

她回馈不了宋柏,反倒将宋柏困在了这里,束手束脚。有时候她也在想,是不是让宋柏去做自己的事情,过自己的人生会更好?

"郭娅去上学了没?"宋柏冷不丁地问她。

宋燃燃说:"没有。"

"她妈妈病重,需要一笔钱做手术,如果再拖下去就只能等死了。"

郭娅妈妈的事情如果没解决,她还是会走上和他一样的道路。宋柏深吸了一口气,放下了碗筷看向宋燃燃:"燃燃,我想和你商量一件事。"

"哥。"宋燃燃打断了他的话,她有些生气。

"嗯?怎么了?"宋柏问。

"那笔钱——"宋燃燃从来没提过这件事,但她是个聪明人,她太了解宋柏了,一看他就知道他想说什么、想做什么,"那笔钱,是你搭上你的人生换来的钱。"

宋柏羞愧地放下了碗筷:"你知道了?"

"哥,那是你应得的。"宋燃燃说,"你可以用那些钱做生意,也可以去读书,我希望你将它花在自己身上。"受了这么多苦,他也应该享一点儿福。

宋柏摇头:"我不是做生意的料,也不是读书的料。"

"我不管,总之,这钱你不许……"宋燃燃的眼睛红了,"不许给别人。"

兄妹俩难得陷入了僵持。

最后还是宋柏妥协了,他叹了一口气:"我知道了。"

那天晚上放学,宋燃燃没有去"百宝箱",也没回家。宋淼淼说到做到,没有再来堵她,她和周十八、赵明明走上了同一条路。

周十八惊奇地扭头看她:"宋燃燃,你跟着我干什么?"

宋燃燃没理他。

"还生气?"

周十八眼珠子一转:"我可不会哄你啊。"

"不需要。"

"那我偏要哄。"周十八说着右手向上推赵明明的鼻子,左手将他的眼皮挑了上去,做了一个鬼脸。

宋燃燃不为所动。

赵明明疼得眼泪都飙出来了,使劲拍周十八的后背:"撒手,撒手!我不是你哄人的工具!"

周十八这才松开蹂躏赵明明的手。

赵明明揉搓着自己的脸,十分不满地捶了一下周十八的肩膀,跟着别的同学先走了。

周十八凑到宋燃燃面前:"去哪里?我陪你去。"

"去看个人。"

宋燃燃说的是郭娅。

在一片老旧的住宅区,宋燃燃找到了郭娅的家。

她家的院门敞开着,可以看到院子里的一棵绿树,郭娅正端着一盆水出来。

她的眼睛有些红,疲惫密不透风地缠住了她,往日那张伶俐的嘴紧紧地闭着,见到他们,一句话都说不出来。

还是郭娅的母亲看到了他们,问她:"娅儿,是不是你同学来了?快将人带进来。"

郭娅是个很听话的孩子,依言带着宋燃燃和周十八进去了。

"你们是来看我的吧?真是好孩子。"

"娅儿的月考成绩怎么样了?这孩子怎么都不肯告诉我。"

郭娅的妈妈样子看起来有些吓人。病痛真是可怕,让一个健康的人变得只剩下一把骨头,脆弱得似乎轻轻一推就会散架。

宋燃燃张了张嘴,后背被轻轻推了一下。她知道郭娅的意思,安慰道:"阿姨,你别操心太多了,你得赶快好起来。"

"我什么都不操心,我就操心她的学习。她要是考得好,我就安心了。"

"放心吧,她成绩还行的。"

"是郭娅家吗?"外面突然响起了男人低沉的声音,郭娅甚至来不及阻止,中年男人就走了进来。那是郭娅的班主任,他不放心她,过来家访。

然后郭娅的妈妈就知道了郭娅缺考和逃学的事。

屋子里,班主任还在关心病床上的郭娅妈妈,两个成人年互相寒暄着,看起来一切都那么平静。

郭娅的妈妈平静地送走了班主任,再三向他保证:"老师,郭娅明天一定回去上学,也请你多多关照这孩子。"

班主任走了,留下了一篮子水果。

郭娅的妈妈没有躺下,强撑着拿起枕头砸向郭娅。她痛心疾首,不断重复心底早已有答案的问题:"为什么不上学?为什么不考试?"

砸过来的枕头其实没有多少分量,郭娅却哭了:"我害怕,我害怕你会走。妈,你别丢下我,我只剩下你了!"

母女两个都哭了,听得人心都碎了。

周十八扯了扯宋燃燃,小声地说:"走了。"

宋燃燃跟着周十八走了,走的时候从口袋里掏出了一个小小的钱包放在桌子上。

周十八看得真切,那是宋燃燃经常用的钱包。

啧,宋燃燃真是个大善人呢。周十八在心里讥讽了一声。

【2】

宋燃燃晚上失眠了,脑海里翻来覆去都是郭娅哭泣的模样。她爬起来坐在飘窗上,窗户外面是漆黑的夜。

真奇怪,没有月亮,也没有星星,外面是密不透风的黑暗。

这样的夜晚,宋燃燃很多年前也经历过一次。那会儿宋妈妈病逝了,那是宋柏第一次痛哭,那哭声有点儿吓人,他将头埋在臂弯里,哭声从胳膊底下往外钻。

她手足无措地摸了摸他毛茸茸的脑袋，宋柏一把将她抱在怀里说："以后哥就只剩下你了。"

那是宋柏最脆弱的时候。

宋燃燃抓了抓头发，起身翻出了柜子旦的存钱罐，将所有的钱都掏出来塞进了书包里，这才勉强睡着。

早上，她揉着眼睛出门，正好撞上宋淼淼。

宋淼淼被吓得一激灵："你昨天晚上干什么了？搞成这样！"

张玫瑰和宋志国看到她，同样露出了担忧的神色。

"燃燃昨天晚上几点睡的？"张玫瑰一边温柔地问，一边给宋燃燃拧干了热毛巾，轻轻地按在她的眼睛上。

"不知道。"宋燃燃想自己来按热毛巾，但张玫瑰很显然不打算放手，她只好站直任由张玫瑰摆弄。

"是作业太多了，还是学习压力太大了？"

"是要开家长会愁的吧？"宋淼淼的声音从客厅飘了进来，透着一丝幸灾乐祸。

闻言，宋燃燃这才想起好像确实有这么一回事。昨天上课的时候胡明全千叮万嘱，让他们回家和家长说开会的事，她因为郭娅的事情分了心，完全忘记了。

"傻孩子，开家长会怕什么？"张玫瑰又问，"是哪天？"

"周六。"

"行，到时候我去你学校，你爸去淼淼那边。"

宋燃燃对这个决定没什么异议，要是让宋柏去，宋柏还得请假。

以前开家长会，宋柏请假没少遭老板嫌弃。

宋燃燃实在没什么精神，张玫瑰有些担心她，要宋淼淼送她到学校。宋淼淼嘟着嘴有些不满："你不说我也会这么做的好吧！"

自行车后座上不知道什么时候捆上了一个软垫子，宋淼淼见她盯着看，立马摆手："不是我弄的啊！"

宋燃燃坐了上去，问她："那是谁？"

宋淼淼蹬着车子往前走，声音飘散在风里："我不知道，反正不是我。"

宋燃燃来得很早，班上没几个人在早读，她实在太困了，就趴在桌子上补觉。

刘小兰的座位靠里面，她进不去，也不想打扰宋燃燃，于是在过道上干站着。周十八从她身边路过，懒懒地将书包甩在课桌上，踹了一下前桌的椅子。

宋燃燃睡死了，猛然被惊醒，一下子直起身子，茫然地看着前面。她眼睛下面还有乌青，茸发贴在额头上，眼神迷茫又呆滞。

刘小兰刚想骂周十八几句，看到这样呆萌的宋燃燃，脾气一下又没有了。她伸手在宋燃燃面前晃了晃。

"睡醒了没有呀？"她说话的声音都不自觉放温柔了。

宋燃燃的目光依旧是直的，她轻微地"嗯"了一声，连忙起身给刘小兰让路。

周十八手里的水性笔转得飞快，嘟囔道："呆瓜。"

宋燃燃面无表情地回了他一句："傻瓜。"

赵明明接话道："呆瓜和傻瓜是不是天生一对？"

"狗嘴里吐不出象牙。"

周十八和宋燃燃异口同声，两人对视了一眼，又各自移开视线。

老胡很快就背着手来巡视早读了，教室里传来琅琅书声，雄浑的、深沉的、清脆的……各种声音混杂在一块儿。

窗户外面，整个校园沐浴在朝阳中，显得生机勃勃。

刘小兰来得匆忙，没吃早饭，下了早读课便缠着宋燃燃去买东西吃。两人返回的时候，绕路去了郭娅的班级。

郭娅已经回来上学了。

虽然她看起来仍有些疲惫，但精神好多了。其间还有人跑过去找她说话，她的脸上也能看到一点儿笑容了。

宋燃燃握紧了口袋里的钱，紧绷的心弦突然松懈了下来。

"回去吧。"宋燃燃说。

刘小兰在身后疑惑地问："你不是找她有事吗？"

"没事了。"

刘小兰"哦"了一声。宋燃燃说："你知道吗？我既希望郭娅今天能来，又不希望她来。"

刘小兰"啊"了一声："什么意思？"

教室里，周十八和赵明明在传篮球。

两个人都是篮球爱好者，课间操过后就那么一丁点儿时间也要跑去球场玩一玩，回到教室后也是争分夺秒地玩。

周十八拿着篮球，赵明明喊他扔过去，周十八见宋燃燃没精打采地过来了，于是伸手将球直接扔了过去："宋燃燃。"

宋燃燃反应过来，一把接住球，抬头看到周十八。他冲她喊道："宋燃燃，扔过来。"

她狠狠地将球砸了过去，被周十八稳稳接住。

真可惜，她是对准周十八的脸砸的。

上课铃声响起，大家都坐回了自己的座位，老师还没来，教室里满是嗡嗡的说话声和窸窸窣窣的翻书声。

"明天就是家长会了，你们和家长说了吗？"刘小兰问，"我妈要是知道我考得这么离谱，绝不会轻饶我的。"

周十八接话道："也不是第一次考这么差，说不定他们早已经习惯了。你要是哪天考得好，他们才会大跌眼镜。"

"你！你就不能好好说话吗？非要戳别人肺管子？我也没和你说！"刘小兰被气得不轻。她原本就不想和周十八搭话。因为宋燃燃的关系，她一直都不喜欢周十八，她说的"你们"是指宋燃燃和赵明明，没有包括他周十八。

"我乐意，怎么了？"周十八说。

赵明明揽住周十八的肩膀，阻止他再犯浑："你吃炸药了？"

周十八挑眉瞪他："你知道还来烦我？小心炸伤你。"

赵明明讪讪地缩回手，却不经意摸到了一个凸起的肿块，于是立马扳过周十八的脑袋仔细检查："你这里怎么肿了那么一大块？你爸爸犯浑了？"

周十八满不在乎地挥开他的手："没有这回事，我自己不小心磕到了。"

"在哪里磕到的？怎么磕到的？是不是你爸知道你的成绩了？"赵明明担心他，喋喋不休道，"你别想骗我。"

宋燃燃扭头看他，正好也看到了那个肿块。

"看什么看？没看过帅哥啊？"周十八立马摆出一副不好惹的姿态。

宋燃燃起身出去了，不多时，她踩着点和胡明全一块儿进了教室。胡明全看宋燃燃的目光凉飕飕的，学生们看了都胆战心惊。

但宋燃燃是个勇士，她面不改色地坐回了座位，从口袋里拿出一小瓶碘伏和棉签放在周十八的课桌上。

赵明明和刘小兰都惊讶地看着这对冤家，两人都从对方眼里看到了巨大的疑惑。

"燃燃，你怎么了？是不是发烧了？"她伸手去试宋燃燃的额头温度。在她看来，如果不是烧糊涂了，宋燃燃绝对不会干出关心周十八的事来。

这两人是死对头，班里无人不知，无人不晓。

"没有，就是没睡好。"宋燃燃说。

"啊？有什么心事吗？"

"担心这个世上会有傻瓜。"宋燃燃说。

周十八竖起了耳朵。

"什么？"刘小兰一头雾水，"燃燃，你今天说的话我怎么都听不懂啊？"

宋燃燃不知道想到了什么，淡淡地回答："自顾不暇还要做救世主的傻瓜。"

周十八皱眉，这是在说他吗？好像不是在说他吧？

他突然拍了一下自己的脸，心道，我又不是傻瓜，对什么号，入什么座！

中午，宋燃燃去了"百宝箱"找宋柏，周十八厚着脸皮跟去了。

宋燃燃没精力和他斗嘴，一路上都紧闭着嘴巴，快到门口时才开口说了第一句话："绿色。"

周十八终于能理解刘小兰今天的感受了——完全听不懂她在说什么。

"啥？"他问。

进了门看到宋柏穿着墨绿色的外套，他才反应过来，夸了她一句："神机妙算啊。"

宋柏脸上的表情依旧是淡淡的，见他们来了，便从柜子下面拎出了保温盒。今天的午餐多加了一个菜，有韭黄炒蛋、香干炒肉、小河虾和一个海带汤。

"加餐啊？"周十八接过碗筷，"今天有口福了。柏哥，有什么好事吗？"

宋柏笑了笑："没什么。"

宋燃燃没说话，心事重重的。

"燃燃怎么不高兴了？"

"不待见我吧。"周十八开玩笑般说道。

"不会的，燃燃小时候可爱和你一块儿玩了，你忘了？"宋柏说。

那都是多久之前的事情了！周十八嗤笑一声："那都是从前了。"太久了，久到他们已经忘记从前每天在一块儿玩的日子了。进入青春期，男女生之间的界线突然变得清晰了起来，两人一下子就疏远了。

周十八尝了一只小河虾，想起了小时候和宋燃燃一块儿去捉河虾的事。那时候的宋燃燃还是他的一条小尾巴，什么都听他的，现在充其量就是一个……

"小河豚，哪里有那么多气生？"周十八说。

"我没生气，我是在想事情。"宋燃燃给宋柏夹了一块肉，问起了郭娅，"她的事情解决了？"

周十八咀嚼着米饭，看着宋燃燃。

宋柏一愣，歉疚地说道："你知道了？"

周十八又看向宋柏。

"猜到了。"

"对不起，燃燃，是哥对不起你。"

"不用说对不起，那钱原本就是你应得的，你愿意给郭娅也是你的事情。"今天看到郭娅回来上学，她就猜到了。她今天上午想了很久，也想通了。虽然她心疼宋柏，不希望他把钱给郭娅，但是既然他给了，她也以他为荣。

因为她知道，这就是宋柏。

她掏出口袋里被攥了好久的钱，放在了桌子上，说："这原本是我想给郭娅的，那笔钱里就当你帮我也给了一份。"

这样的话，那笔钱就不是宋柏一个人用掉的，而是她和宋柏一块儿用掉的。

宋柏叹了一口气，不知道拿宋燃燃怎么办才好。郭娅说宋燃燃任性，但只有他知道宋燃燃是个多么难得的好孩子。

"收着。"宋燃燃恶狠狠地说，"不然我生气了。"

周十八看戏看到现在，总算是听明白了这两兄妹的对话。原来，郭娅之所以能回学校，是宋柏帮忙解决了她妈妈的手术费用？这两兄妹是什么救世主吗？

宋柏没有收那些钱，只是愧疚地说道："对不起，这钱哥不能收下。哥发誓，一定会尽快赚回那笔钱还给你。"

这话说得生分极了。

宋燃燃的脸色一下就变了,她将筷子摔在桌子上:"宋柏,你非要分得这么清楚吗?我是你妹妹。"

她说完就转身出去了。

这是她第一次发这么大的脾气,筷子都摔了。

宋柏愣住了,过了好半天才想起来去追她,可为时已晚。

饭是吃不下去了。

"哟,宋燃燃的脾气真差。"周十八收拾着残局,说道。

"不是,她只是心疼我。"宋柏说。

【3】

宋燃燃和宋柏闹了别扭,好几天都没联系了。

宋柏是个闷葫芦,就发了一句"对不起"给她,没有任何多余的话。

宋燃燃想给他一个台阶下,却找不到机会,只能把怒火憋在心里。有时候她真的觉得自己和宋柏挺像的,都习惯将自己的情绪藏起来。

与之相反的是,家里洋溢着一股喜气。

平时学生们厌恶的、家长们没时间去的家长会,对张玫瑰和宋志国来说,却是求之不得的一件大事。

宋志国和张玫瑰甚至特意早起打扮了一番。

宋志国穿了一件灰色的西服,张玫瑰也破天荒地穿上了一条波点长裙,还系上了一条姜黄色的丝巾。

两人互相为对方整理仪容,房间里一会儿响起宋志国的声音:"我的领带呢?玫瑰帮我打一下领带!"一会儿又响起张玫瑰的声音:"我穿哪双高跟鞋啊?"

两个女孩儿坐在沙发上等得有些不耐烦了。

宋淼淼看着手表喊了一声:"都几点了!我看你们也别打扮了,家长会迟到一定会成为全场焦点的,你们都听我的。"

张玫瑰和宋志国急急忙忙地走出来:"走了,走了。"

宋志国跟着宋淼淼，张玫瑰带着宋燃燃，兵分两路。

宋志国性格木讷，不太会应付这样的场面，宋淼淼在一边叮嘱："爸，你别有压力，你女儿我是全校第一，你就准备好接受其他家长的膜拜和羡慕就好了。"

宋志国乐呵呵道："我知道，我女儿就是最棒的。"

宋淼淼："那是。"

快到学校时，他还是紧张了，不自觉地往校门口的超市走去，被宋淼淼拦了回去。

"我就买瓶水。"

"钱给我，我去给你买。"

宋志国给了两块钱，宋淼淼收了钱却直接拉着他往教室走："教室里有水喝，我帮你刷卡，才两毛钱。"

宋志国都不知道该说什么好了。

至于张玫瑰那边，完全是另外一番景象。

学生和家长都挤在一个座位上，这是宋燃燃第一次和张玫瑰靠得这么近，稍微一动就能碰到张玫瑰的肌肤。这样的接触虽然仍会让她觉得不自在，却不像最开始那么抗拒了。

张玫瑰似乎也察觉到了，脸上偶尔会露出一丝藏匿不住的笑意。宋燃燃觉得天底下再也没有比张玫瑰更容易满足的人了。她知道张玫瑰对她心怀愧疚，也知道张玫瑰想靠近她。

宋燃燃看她这样，有时候会心酸，觉得张玫瑰有些可怜。可每当她想心软时，总有一个声音在说："如果她真的爱你，怎么会将你丢弃？"

张玫瑰对她的一切都很好奇，温柔且小心地和前后左右的家长、同学打招呼，并且拜托他们和宋燃燃好好相处。

刘小兰正挽着她妈妈的胳膊亲亲密密地说着什么，张玫瑰和宋燃燃都看着她们。

两人的视线冷不丁地对上了，宋燃燃不自在地移开了视线。

她很清楚张玫瑰渴求的是什么。她可以维持表面的和谐，但总还是差点儿什么。

她有心结。

也许，她和张玫瑰永远无法像刘小兰母女那样亲密了。

生命中缺席了那么久，她和张玫瑰的亲子关系几乎不存在，现在一点点儿地重建，也不知道未来会变成怎样。

不管怎样，她还是希望一切都能朝着好的方向发展。

胡明全打扮得也很隆重，头发上甚至还打了发胶，看起来确实比平时精神了很多。他向家长们问好，然后单独点名批评了周十八——周十八的家长没来。

周十八一副死猪不怕开水烫的模样："老师，你就当他不在了吧。"这番话引得全班学生哄堂大笑。

要不是家长们都在，老胡估计要发火。

会议流程进行到了一半，学生们就可以去外面溜达了，教室里则变成了老师和家长们的茶话会，学生们称其为老师的告状会。

刘小兰在小卖部买了一些零食请宋燃燃吃。两个人坐在学校的花坛边上晒太阳。

"燃燃，那东西放在你的抽屉真的没问题吗？你妈不会说你吗？"

刘小兰是早上过来后才猛然发现抽屉里还藏着没拆封的小人书的。那是她从网上买的，家长会前一天就应该悄悄带回家藏起来的，她忘记了，正发愁呢，宋燃燃就伸出了援手。

"没事。"就算张玫瑰看到了，估计也不会说她。

赵明明和周十八也凑了上来，少男少女们坐在一块儿，格外吸人眼球。

"你爸怎么没来啊？"刘小兰成天就想着给宋燃燃报仇，难得逮着机会刺激周十八，自然不会放过。

周十八毫不在意道："还能因为什么？怕丢脸呗！要是我，我也不乐意来。"

赵明明拍了拍周十八的肩膀："没事，我们十八不鸣则已，一鸣惊人。"

"我都不知道，你又知道了？"周十八说完看向宋燃燃，"你妈还挺年轻的，就是和你不太像。"

"和宋燃燃不像，和你像啊？"刘小兰翻了个白眼，去拉宋燃燃，"我们走，别和他们这些幼稚鬼玩！我说，你就是太惯着他了。"

"这是我欠他的。"宋燃燃说。

刘小兰嘴里嚼着水果糖，闻言，以为宋燃燃在开玩笑，含糊不清地问："欠什么了？"

"命。"

"哈？"

胡明全还在台上说学生们的成绩。

他夸奖了前三名，又象征性地鼓励了最后三名，然后提及中间那一部分学生。那是他重点关注的对象，他想的是能拉一个算一个，给了这些家长莫大的安慰。

他说到学生平时的纪律问题，也说到家长对子女们学业的帮助等等，重点说到了玩手机的危害，希望家长们一块儿监督学生。

"孩子要用心爱，但不能溺爱，不能他们想做什么就做什么，那不是对他们好，那是害了他们。你们想着他们高中三年只要轻松快乐就好，但想过他们三年之后没有升学，要做什么工作，拿什么生活没有？到头来他们还不是得埋怨你们做家长的当时没逼他们一把？"

胡明全掐着点，最后说了一句"对我有什么批评、建议都可以找我提"作为结尾，想着圆满结束这次家长会。

家长们都知道这是一句客套话，都纷纷摇头："没有什么意见，胡老师负责，我们都放心。"

只有一个人举了手，那就是张玫瑰："胡老师，我只有一点小小的意见想提。"

胡明全眼角抽了抽,但还是客套地问道:"宋燃燃家长,你有什么意见就直说,有做得不到位的地方我们这边会改的。"

　　"倒也不是别的,就是迟到的惩罚是不是太重了?值日一天就差不多了,三天太久了。"张玫瑰说。

　　胡明全有些疑惑:"迟到扣分的惩罚是迟到当日擦黑板,不是值日三天。"他见张玫瑰一脸错愕,试探地问道,"这……应该不算重吧?"

【4】

　　家长会结束后回到家中,宋志国拉着张玫瑰交流心得。

　　宋志国抑制不住心中的兴奋劲儿,喋喋不休道:"真的太有面子了!班主任夸了又夸,我都不好意思了。就连校长也来了,非要和我交流一下。我哪里知道要说什么啊?结果人家校长说,有什么困难随时提。"

　　宋志国双眼放光道:"就是吧,有点儿口渴。燃燃那边怎么样?老师说什么了没?"

　　"班主任说燃燃还是有希望的,努一努力,还是能考上大学的。"

　　宋志国欣慰地说道:"那就好,那就好。"

　　只是张玫瑰的神情有些凝重,一看就有事。

　　"怎么了?"他问。

　　张玫瑰顿了一下,说道:"我在燃燃抽屉里看到一些网购的小人书,快递袋都还在。"

　　对两个孩子,张玫瑰并没有太多的要求,也没有要求她们一定要出人头地。但另一方面,她也深知读书的重要性,如果现在不努力,未来也很难过得好。

　　"高中三年很关键,还是要抓一下学习。"宋志国听懂了张玫瑰的意思,他就是吃了没有文化的亏,在社会上屡屡碰壁。

　　夫妻俩达成了一致。

吃饭的时候，张玫瑰盯着两个女儿。

一个成绩优异，只要稳住别掉下来就好了。

一个成绩一般，只要拉一把，也许就好了。

张玫瑰在心里做出了一个决定，她试探着开口问："你们两个有没有手机？"

在家长会上听了太多被手机分散学习精力的例子，张玫瑰想先解决外在的因素。

"没有，当然没有。"宋淼淼立刻接话，"你没给我买，我哪里有钱？再说，我也舍不得买。"

"那燃燃呢？"张玫瑰看向宋燃燃。

宋燃燃的手放在口袋里，正好按住那微微发烫的机身。那是宋柏给她买的手机，有了它，她才可以随时随地联系宋柏。

"没有。"她不可能交出去的。

"不要骗我哦，一次、两次都可以原谅，但不要有第三次。"张玫瑰的声音放低沉了一点儿，显得格外严肃。这也是宋燃燃回到这个家后，第一次感觉到张玫瑰的强势。她说，"你们还是学生，年纪小，自制力差，如果有，现在可以交给我保管，我不会生气。"

宋淼淼好笑地说道："我倒是希望自己能变一个出来。"

张玫瑰说："没有就好。你们都是好孩子，我想你们也应该能理解妈妈。"

张玫瑰是个刚柔并济的女人，她今年三十八岁了，经过岁月的磨砺，有了自己的行事准则。

她早些年和丈夫一起吃了不少苦头，也亏了不少钱。夫妻俩倒不是没有能力，只是好像无论做什么，无一例外被朋友、亲人欺骗。

所以，她生平最讨厌欺骗自己的人。

天降好运后，夫妻俩再没有出去找活干，就在家里守着孩子。他们现在的收入还算稳定，且有富余，她也乐得可以在家照顾孩子，陪伴孩子成长。

张玫瑰主内，闹钟响的时候她就会起床给孩子们做早餐，挨个喊宋淼淼和宋燃燃起床，照顾一家人的饮食起居，在孩子们出门前叮嘱她们路上小心。

宋志国主外，出门钓鱼。每天他外出时，张玫瑰通常都会说一句："晚上吃什么就看你钓回什么了。"

宋志国这时就会笑眯眯地应一声："放心吧，一定钓一条大鱼。"

宋志国也就这点儿爱好了，张玫瑰不会阻止他。

客厅的柜子上摆放着一家四口的照片，只不过照片上的女儿们都还很小。她惊觉是时候拍一些新的全家福了。她将照片擦了又擦，然后开始打扫整栋屋子。

宋淼淼的房间有些凌乱，衣服乱七八糟地堆放在一起，她一件一件折叠好收进衣柜里。纵观整个房间，也就书桌最整洁，上面什么都没有。有时候张玫瑰也好奇这个女儿到底是怎么读书的，竟能读成第一名。

宋燃燃的房间干净整洁，入目所见，所有的物件都整齐地摆放着，看着身心舒畅。张玫瑰有轻微的洁癖，也许宋燃燃随了她这点。

张玫瑰开始清洁地面，她干活细致，家具死角也不会放过。

她扫到床底时，似乎够着了什么东西，她蹲下身子轻轻一拉……

一个周末过去，宋燃燃和宋柏两兄妹依旧没有和好。

她和宋柏还是第一次闹这么长时间的别扭。

等到了吃中饭的时候，宋燃燃久久没有动静。

周十八忍不住踢了踢宋燃燃的椅子腿："去吃饭了！你不饿啊？"

"你想去蹭饭自己去。"宋燃燃冷言冷语道。

"你们俩还没有和好？"

周十八伸手去拉宋燃燃，被宋燃燃甩开了，她的话中带了火气："我说了不去。"

"你不去，那我就独享了哦。"周十八抬脚往前走，眼睛却在看宋燃燃,见宋燃燃真的不为所动,就真的走了。

整个教室就剩下她一个人了。

墙壁上的时钟指针一点点儿地移动,宋燃燃无聊地将手臂放在桌子上,脑袋枕在手臂上侧头看书。

窗户没关,一阵风吹来,课桌上的课本被吹动,发出沙沙的声音。

宋燃燃不知不觉睡了过去。

她做了一个梦,又梦到了小时候。她梦到小时候的自己被看不清面容的人驱赶,她无力反抗,然后是一双柔软的手臂将她抱住,轻轻地拍着后背哄她。

那真是一双温柔的手,那么冷的冬天,她都觉得不冷了。

那双手牵着她回到了温暖的小窝,然后她闻到了饭菜香……

"咕噜——"

"饿了?"

"饿了?"梦境与现实重叠,宋燃燃睁开眼睛看到了周十八那双熟悉的眼睛。她一时间没有反应过来这到底是梦境还是现实。

周十八的眼睛其实很好看,双眼皮,睫毛很长,睛眸清澈得犹如藏在深山里,无人打扰的平静湖面。

"饿傻了?"周十八将一个保温盒放在她的课桌上,旁边还有个礼物袋,看着很精美。周十八给了她一个眼神,示意她打开看看。宋燃燃犹豫了一会儿,到底还是打开了。

是一对雪白的蝴蝶结发夹。

宋燃燃在心底笑了一声。宋柏有时候真的不会哄人,每次都用小礼物求和。

"你哥趁吃饭时去买的。宋燃燃,你就算是气球,过了这么久,也该消气了吧?"周十八说。

宋燃燃将蝴蝶结发夹收了起来。周十八给她找了勺子,宋燃燃接过去开始埋头吃饭,她抱怨道:"你的话怎么这么多啊?"

周十八笑道:"那没办法。嘴上次你也缝了,要不然你再加固一下？"

宋燃燃真想拿勺子敲他的脑袋。

周十八比她先一步动手，仗着手长，使劲扯了一下她的头发。宋燃燃瞪他，周十八咳嗽了一声，说："别误会，宋柏让我做的，他还有句话让我转达给你——哥错了。"

"就这三个字？"宋燃燃皱眉问。

"不止，剩余的我忘记了，你要是想知道，放学自己去找他。"

"你钓鱼。"宋燃燃不满地说道。

"愿者上钩，去不去随你。"

"我不去。"

【5】

事实上，宋燃燃不去也不行。

一下课，周十八就不见人影了，宋燃燃看着饭盒陷入了纠结。

刘小兰贴心地说道："如果你实在不想去的话，要不然，我替你去还饭盒吧？"她说着便伸手去拿饭盒，却被宋燃燃按住了。

她说："我的手机也没电了，刚好去充一下。"

刘小兰捂嘴偷笑。

宋柏看到宋燃燃，一下就站了起来。

两兄妹已经很久没有吵架了，加上没有住在一起，闹别扭后陡然再见面，就有种陌生人见面的尴尬，肢体都变得僵硬无比。

宋燃燃将饭盒放在收银台上："已经洗好了。"

宋柏"嗯"了一声，沉默地将饭盒收了起来。

刘小兰有心缓解尴尬，推了一把宋燃燃："你的手机不是没电了吗？"

有了话头，宋柏也没有那么无措了，他朝宋燃燃伸手："给我吧。"

他给了台阶，宋燃燃也就顺势下了。她放下书包去拿手机和充电器，却怎么也找不到充电器了。

"是不是放在教室里了?"刘小兰说,"我陪你回去找找?"

宋燃燃仔细回忆了一番,摇头道:"不在教室。"她确定自己离开前还特意往抽屉里看了一眼,充电器并没有落在教室里。

如果不在教室,那就一定是落在家里了。

宋柏安慰她:"没关系,先用我的。"宋柏扯下自己正在充电的手机,连上宋燃燃的。

宋燃燃却隐约觉得有些不安。

张玫瑰会每天打扫她的房间,她不确定会不会被她看到。这种时刻很敏感,尤其是张玫瑰早上才问过她们两姐妹有没有手机,她否定了。

"要是你撒谎被父母知道了,会怎么样?"她小声地问刘小兰。

刘小兰心有余悸地说:"那下场肯定会很惨,父母好像都不喜欢孩子撒谎。我有次撒谎说自己身体不舒服,没去上学,结果被我妈知道了,几天没理我。"

宋燃燃又看向宋柏:"哥,要是我撒谎的话,你会怪我吗?"

宋柏沉默了片刻,淡淡地说道:"我相信你不会撒谎的,除非有难言之隐。当然,如果你纯粹是想撒谎,那我也会生气的。"

"哦。"宋燃燃心里更加不安了,她想着早点儿回去确定一下,却在门口迎面撞上了一个人。

"阿姨?"刘小兰喊了一声。她在家长会上见过张玫瑰,认得她。

和家长会上见到的温柔模样不同,眼前的张玫瑰表情有点儿冷,给人一种山雨欲来的感觉。

一切坏事都在今天发生了。这一刻,宋燃燃心里就只有这一个念头。她张了张嘴,想解释,但好像没有什么意义。

张玫瑰越过她直接看向宋柏,她的眸光很冷,就像是极地的冰川。

宋燃燃像鹌鹑一样缩起来。

气氛有些诡异,刘小兰硬着头皮缓和气氛:"阿姨,你是来接燃燃放学的吗?"

"我是刚好办事路过,想着这边也差不多放学了,就过来看看。"张玫瑰的声音依旧是温和的,就像是可以包容一切的汪洋,只是底下涌动着情绪的暗流,随时都会掀起巨浪。

宋燃燃不想让场面太难看,她拉住张玫瑰的手道:"我饿了,想早点儿回去吃饭。"

张玫瑰闭了一下眼睛,压制住情绪:"好,我们回家吧。"

张玫瑰并没有发作,宋燃燃松了一口气。

自始至终,张玫瑰没有和宋柏说一句话。

两人一路沉默不语。

宋燃燃摸不准张玫瑰为什么会来找她,眼下这种情况她也不好去撞枪口。

直到回到家中,两人在玄关换鞋时,隐忍了一路的张玫瑰才突然扯下了宋燃燃的书包。

宋燃燃当即就想抢回来:"你干什么?"

张玫瑰很轻易就在书包里找到了手机,质问道:"这是什么?宋柏给你买的?你们两个经常用手机联系是不是?"

张玫瑰是真的生气了。她其实是个长得还不错的女人,眉眼柔和,这样的人总会给人一种没脾气的错觉,一旦发起脾气来,却很吓人。

事情彻底败露了,宋燃燃的心情反倒平静了下来。

她就站在张玫瑰的对面,身躯挺得笔直。她抬头直视张玫瑰,破罐子破摔道:"是又怎么样?那是我的私有物,你还给我。"

张玫瑰隐忍着脾气道:"手机我先没收了,等你高考完我再还给你。"

"凭什么?你还给我!"宋燃燃像是一头愤怒的小兽,直直地盯着张玫瑰,仿佛眼前的人不是她的母亲,而是她的仇人。

这种眼神深深地刺痛了张玫瑰。

"你撒谎说迟到罚值日晚回家,也是为了去见宋柏是不是?"

"是。"愤怒就像是一把火，烧尽了宋燃燃的理智，她口不择言道，"为什么我回来了就不能和我哥联系了？我哥养了我那么多年，是他放弃了学业，一边养家一边照顾我，我才好好地长这么大的！你们那会儿人在哪里呢？凭什么你们把我认回来了，我就非要和我哥断绝联系？"

　　回来之后，她和这个家一直保持着微妙的平衡。她不想让这个家每天都处在糟糕的氛围里，所以有关于宋柏的问题，她一直顺从张玫瑰，避而不谈。

　　她步步退让，却发展成现在这样，就连见宋柏一面都错了。

　　"我愿意回来，那是因为我不想再拖累我哥了，不是为了和你们一家团圆！"

　　"宋燃燃！"两人的争吵被楼上的宋淼淼听见了，她直接冲下来推了宋燃燃一把，"她是你妈，你放尊重一点儿！"

　　宋燃燃没有防备，被狠狠地一推，摔在了地上。

　　宋淼淼也没想到会这样，愣了一会儿，才想起要去扶她，但被她冰冷的眼神刺得站在了原地。

　　"燃燃……"张玫瑰喊了她一声。

　　宋燃燃自己站了起来，愤怒地看着眼前的母女二人。那一瞬间，她觉得自己是个炮仗，快要到引爆的边缘，积压的委屈和恨意都释放了出来："我已经够尊重你们了！这么多年不管我，现在开始管我了，不觉得已经晚了吗？"

　　"你以为我们是故意的吗？"宋淼淼吼道。

　　宋志国赶在做晚饭之前回来了。经过这么多年的磨合，夫妻俩早已经形成了默契。他拎着一桶小鱼回来，这算得上是收获颇丰了。他忍不住在张玫瑰面前嘚瑟："今天我找了一个好位置，那一片就我上货多。"

　　"大的红烧，其余的给燃燃和淼淼煮鲫鱼汤，喝了好。"宋志国还在摆弄他的渔获，没听到妻子应答，于是扭头去看她。

只见她正一边掐豆角,一边走神。

"怎么了?"宋志国凑过去看妻子的表情,敏锐地察觉到了她的不对劲。

但张玫瑰没说话。宋志国便悄悄去问坐在沙发上的宋淼淼,宋淼淼也在走神。

"到底怎么了?"

"吵架了。"宋淼淼也不想面对这样的场面,扔下这么一句话就上楼了,将木质楼梯踩得咚咚响,好像在宣泄什么。

"这孩子,撞鬼了?"宋志国回厨房去看张玫瑰。

张玫瑰一会儿碰到这里,一会儿磕到那里,宋志国看张玫瑰拿刀切菜都觉得心惊肉跳。

他一把夺过张玫瑰手里的刀,将张玫瑰推出了厨房:"我来,你休息一下。"

张玫瑰取下围裙,却没有出去。

"到底发生了什么事?谁和谁吵架了?你和淼淼?"

"是燃燃。"张玫瑰说,"她每天晚回家就是为了和宋柏待在一块儿。宋柏给他买了一个手机,两人经常联系。宋柏甚至在学校附近的小店里找了个收银的工作,就为了接近燃燃。"

"去了就去了吧,只要知道回家就行,毕竟他养了燃燃这么久,也不可能一时半会儿就能断的。"宋志国苦口婆心劝道。他实在无法理解张玫瑰为什么这样在意这些,对他来说,一家人团团圆圆就行了。

但张玫瑰无法不在意,她做不到。在她看来,只要宋柏在,一家人就永远无法真正团圆。

以前,她心里一直都有一根刺,那就是丢掉的女儿。现在女儿找回来了,这根刺算是拔除了,可这个家依旧存在裂痕。

她很想修补这道裂痕。

她知道宋燃燃同意回来的原因,但她不在乎,她在乎的是未来。

她愿意等待，用真心来换取她的心。但这比想象中的更难。哪怕他们是这个世界上同她最亲的人，哪怕在同一个屋檐下生活，宋燃燃和他们，也像是隔着最远的距离。

宋燃燃在家一直表现得足够礼貌，会遵守姐姐定的规矩轮流洗碗，自己洗衣服，甚至如果不是她强烈要求帮她，她都自己打扫卫生，给她买礼物还会回赠。

她和他们，泾渭分明。

张玫瑰心里甚至期待这样的争吵，将彼此心里的情绪都宣泄出来，将那条界线冲刷模糊，最好彻底冲掉。

第六章
宋柏走了

【1】

气温在不断攀升,宋柏哪怕什么也不做,就只是坐在收银台,也会觉得汗水粘衬衫。

他想着天气热,昨天晚上煮了一些绿豆粥,就连炖的汤也是凉性的海带排骨汤,还准备了一个苦瓜炒肉,又怕宋燃燃吃不下饭,炒了一个辣椒炒蛋。

自从宋燃燃回自己家后,宋柏时常觉得日子过得很慢。

来来往往的客人进来挑选完商品又离开,日复一日地重复收银动作,他现在已经可以将商店里所有的商品价格背下来了。日子其实是有些无聊的。

墙壁上的挂钟正好显示到了十二点,宋柏稍微侧耳细听,就能听到不远处学校传来的下课铃声。

他掐着点拿出了饭盒,但迟迟没见到宋燃燃的身影。时间一分一秒过去,学生们已经到了午休的时间了,他发现事情不对劲了。

自从昨晚起,他给宋燃燃发的消息,她一条都没回复。他拨通宋燃燃的电话,却被提示用户正忙。

他给老板打了电话请假,拎着饭盒去学校找宋燃燃。

他在校门口徘徊了一阵子,最终还是咬咬牙在门卫处登记后,走了进去。

宋燃燃的教室是在四楼最左边的教室。此时是午休时间，已经有一部分学生们在午休了，还有一部分在小声地闲聊。

宋柏站在走廊上格外显眼。虽然他的面孔和这里的学生一样年轻，但他穿着一身朴素到极致的衣裳，白色的短袖配黑色的长裤，气质上就同学生们有了不同。

没午休的学生们都伸长了脖子看过来，他们对外面来的人都表现出了十足的好奇心。

宋柏没看到宋燃燃，觉得有些意外，但她的同桌刘小兰正在午睡。

右肩膀被人拍了一下，宋柏扭头看到了周十八那张带着点儿痞气的脸，继而看到了他背着的书包。

他问："你上午没来？逃课了？"

周十八耸了耸肩："我这叫迟到。柏哥找宋燃燃啊？她还在跟你生气吗？"

宋柏摇头："她没来学校，也联系不上，不知道什么情况。"

周十八往教室里看了一眼，宋燃燃的位子果然是空的。周十八直接进教室推醒了赵明明，问："宋燃燃人呢？"

赵明明被强行弄醒，有些迷糊地"啊"了一声，过了好一会儿才道："老师说她请了病假。怎么了？"

"没什么，你就跟老胡说，我也请病假了。"周十八说完就走了，书包都没放下。

得知宋燃燃生病了，宋柏有些着急。

他拎着饭盒出了校门，推着自行车就走，才跨上去，后座一沉，周十八也跳了上来。

"你跟来做什么？"宋柏皱眉问，"你回去上课。"

在他看来，作为一个学生，上课是最要紧的事情。他自己做学生的时候，从来没有迟到或早退过。

"我请假了。"周十八一句话堵回去。

宋柏担心宋燃燃，也没和周十八纠缠。说到底，宋燃燃和周十八是一块儿长大的,周十八想去看看宋燃燃也无可厚非。

宋柏没再说什么,载着他去找宋燃燃。

"为什么上午没去上课?"

"没什么,起晚了。"

"你在骗我,还是在骗自己?"

"柏哥,你是不是没吃饭?要不我来带你?"周十八不理会宋柏的问话,用一种挑衅的语气说道。

宋柏脚下蹬得更快了,下坡的时候就像是射出的箭矢。

周十八的头发都被吹了起来,额头上多了一个创可贴,但等车速变得平稳时,额前的刘海又垂下来遮住了它。

宋燃燃没去上学,卧室门是反锁的。

早上张玫瑰和宋志国来敲了几次门,她都没开,但她是醒着的。宋淼淼也发了很大一通脾气,最后说了一句"你爱去不去"就走了。

宋燃燃是在无声地抗议。

她知道张玫瑰懂她在抗议什么,但张玫瑰并没有妥协。

她一整个早上没吃东西,肚子咕噜叫了起来。宋志国悄悄来到门外,小声地哄她出去吃饭,宋燃燃没有回应,等久了外面也就没声音了。

她没法联系宋柏和其他人,觉得有些孤立无援。要是有人能带她走就好了。

咚咚,不知道哪里传来很轻微的响声,就像在传达某种信号。那一瞬间,宋燃燃以为自己产生了幻听,但当她侧耳细听,还是精准定位到了声源。

干净的玻璃窗上突然冒出了一只手掌印!

宋燃燃被吓得直接坐了起来,然后她看到了周十八那张熟悉的面孔。她立马下床小跑过去,推开窗户。

周十八也没客气,直接翻窗进来,轻松落地。

她正想开口问话,周十八向后伸出大拇指示意窗外,宋燃燃会意,立马探出头去看,发现宋柏也在往上爬。

　　她看得胆战心惊,想出声阻止他,又担心惊动张玫瑰和宋志国,只好提心吊胆地看着,视线跟着他的落脚点移动。

　　"担心什么?我没问题,柏哥更没问题。"周十八在一边说风凉话,"你不是生病了吗?哪里病了?"他伸手去摸宋燃燃的额头,确实有些烫,他的声音变得严肃起来,"你怎么搞的?"

　　宋燃燃一心记挂着自己的哥哥,浑不在意道:"没事儿。"

　　等到宋柏安全地进来,宋燃燃的精神也松懈下来,她这才感到有些头重脚轻,跌坐在床头的沙发上。

　　"燃燃,你发烧了。"宋柏摸了一下宋燃燃的额头。

　　宋燃燃拿下宋柏的手,摇头:"没事,我就是有点儿紧张才导致体温升高,休息一会儿就好了。"

　　"哼!"周十八抱胸靠在窗边,冷哼了一声,"逞强。"

　　宋柏打开饭盒让宋燃燃多少吃点儿,宋燃燃没胃口,但还是乖乖吃了几口。

　　周十八就站在窗户边上,宋燃燃的卧室里铺着毛茸茸的毯子,上面是可爱的花纹。他的鞋上脏兮兮的,稍微挪开就是两个黑黢黢的鞋印。

　　宋燃燃过得可真好啊,有这么大、这么温馨的房间,还有那么多人喜欢她。

　　这世上,也只有他讨厌她了吧?

　　"十八,你也来吃点儿。"宋柏压低了声音喊他。

　　"不用了,我来就是确定一下她死没死,没死……就算了,走了。"周十八摆摆手,又从窗户爬了下去。

　　"他嘴里真的没一句好话。"宋燃燃念叨了一句。

　　宋柏也叹了一口气:"这孩子也不知道怎么回事,明明就是担心你,说话却不中听。"

"他会吗？"

宋柏摇头。当局者迷，旁观者清。

"为什么联系不上你？电话、短信都没有回复。"

"手机被她没收了。"宋燃燃淡淡地说。

宋柏大约知道发生了什么事，他叹了一口气道："没关系，哥哥再给你买一个。"

"不用，我会要回来的。"

宋柏不再多说了，确定宋燃燃没事他就放心了。至于宋燃燃和张玫瑰的关系，他作为外人不好插手，一切交给时间，最终都会有答案。

宋柏也没有多待，叮嘱她一定好好休息后，就从窗户爬了下去。

他正推着自行车准备离开，"宋柏。"有人在喊他。张玫瑰就站在屋檐下，脖子上的玫瑰项链分外惹眼。

【2】

张玫瑰到底还是妥协了。

宋燃燃半夜出来找水喝，差点儿晕倒，扶着桌子才勉强稳住身体，但桌子和地面的摩擦声惊醒了熟睡中的张玫瑰和宋志国。

夫妻俩来到客厅打开灯，看宋燃燃的脸颊红得像煮熟的大虾，都吓得不轻。张玫瑰要带宋燃燃去医院，她只是沉默地伸出手。

这孩子倔强得很。

张玫瑰没办法不给。

宋燃燃最后也没去医院。张玫瑰和宋志国拿她没办法，只能给她吃了药，轮流着时不时上去看一眼。

宋燃燃身体难受，睡觉也睡不安稳。她做了噩梦，梦到宋柏不要她了，醒来时出了一身冷汗。头是晕的，她几乎无法坐起来，只能躺着。这次的感冒有点儿严重。她小时候也得过一次这样的重感冒，全靠宋柏不分日夜地守在床边照顾她，才转危为安，好了起来。

张玫瑰早上来看宋燃燃，见她状态不好，帮她向老师请了假，让她好好休息。

宋淼淼下楼前推开她的房门看了一眼:"真羡慕你,不用去上学了。"

宋燃燃咳嗽了一声,鼻音很重:"那你离我近点儿,我传染给你。"

宋淼淼"哑"了一声,道:"宋燃燃,我发现你最近胆子大了很多。"

"有吗?"

当然有的。刚来时,宋燃燃虽然目空一切,但可以说得上是逆来顺受,现在都能和父母吵架,还能呛她几句了。

"这是不是说明,你已经融入这个家了?"宋淼淼笑嘻嘻地说道,看着有点儿讨厌。

宋燃燃觉得宋淼淼在胡说八道,她和张玫瑰、宋志国一点儿都不亲近。她拿手机给宋柏发消息:"哥,我拿回手机了。"

昨天晚上拿到手机就想发的,但那时候已经很晚了。

那边秒回:"好,你别玩手机了,多休息。"

宋柏每次回复的字都不多,但宋燃燃耳边能自动响起他那温柔的声音。这些关心的话语陪伴着她长大,至今仍是这样。

她没说昨天晚上的事情,她怕宋柏担心。但仔细一想他这话,她觉得宋柏好像知道她今天没去上学,而是在家休息似的。正常情况下,不是应该问问她感冒是否好点儿了吗?

"知道了。"她说。

她和宋柏之间的交流总是这样,很简短。

张玫瑰送进来一杯冒着热气的水和感冒药。

母女二人自吵架后就没说过一句话,似乎还在怄气。张玫瑰放下东西就要走,宋燃燃看了一眼水和感冒药,翻过身背对着门口,她打算补觉。

"吃完药再睡。"张玫瑰已经走到了门口,还是没忍住开了口。

宋燃燃转过身吃药,喝水,一气呵成。

张玫瑰端走了空杯子,扭头看着背过身子的宋燃燃,伸手触碰了一下她的额头。

也许是宋燃燃额头的温度有些高,她觉得张玫瑰的手有些凉,被她碰到的时候甚至有些舒服。这样亲昵的动作,只有宋柏对她做过。有时候她想要得到他的关心,就会撒谎说自己有点儿不舒服,宋柏的手就会贴上来。

这样的动作,对宋燃燃来说就意味着被爱。

张玫瑰爱她吗?应该,也许,大概吧。

张玫瑰的手很快就收了回去:"好像还是有点儿发热,要不然还是去医院看看吧?"

她想说不用,话到嘴边却变成了委婉的拒绝:"我睡一觉就好了。"

争吵其实不是件好事,她发泄完情绪后也许会得到自己想要的,但也会有愧疚感涌上心头。人有时候就是这么矛盾,她想说声对不起,但说不出口。

张玫瑰并没有勉强她。

也许是药效上来了,宋燃燃觉得很困,很快就睡着了。只是她依旧睡得不太安稳,睡梦里就像是被什么重物压着,喘不过气来。

她只做一个梦,梦里的画面是斐波那契螺旋线,无穷无尽。

醒来后她觉得身体很沉重,像在不断地往下坠,整个人就像是在水里泡了一遍。她听到了细微的哭声,于是费力地睁开沉重的眼皮。

她看到张玫瑰正焦急地站在床边。

"燃燃,你感觉怎么样?"张玫瑰的声音里带着哭腔。

宋燃燃动了动嘴唇,感觉嗓子像刀割一般疼。她说不出话来,只是难受得掉眼泪。

张玫瑰慌乱地掏出手机给外出钓鱼的宋志国打电话,只是这次她没有了往日的温柔:"快回来开车带燃燃去医院!"

宋燃燃现在真的很想宋柏。她就像是被宋柏放在口袋里保护着长大的小袋鼠,遇到一点点儿风吹雨打就想回到那个温暖的袋子里。

"燃燃你说什么？"

"我要我哥。"她抽泣着说，眼泪将头发丝都浸湿了，看起来可怜极了。

回来之后所有压抑的情绪好像都在这一刻爆发了，因为一场感冒，她努力构建的大坝崩塌了。

她不知道张玫瑰那一瞬间是什么样的心情，也顾不上了。她就是难受，就是想见到宋柏。宋柏是她的哥哥，也是她在这个世上最坚实的后盾。

也许是她的哭声实在太惨了，张玫瑰沉默地退出了房间。她拨通了一个电话，宋燃燃隐约听到了宋柏的名字。

宋柏来得很快，还是骑着那辆自行车。

他几乎是冲到宋燃燃面前的，胸膛微微起伏着，还在剧烈喘气。张玫瑰看到他后很自觉地站到了一边。

"哥。"看到宋柏的那一瞬间，宋燃燃哭得更厉害了。

宋柏沉默地坐在床边将她抱住，轻轻拍了拍她的后背："怎么搞成这样了？"

他不轻不重的一句话，刺得张玫瑰愧疚难当。

"我要回家。"宋燃燃说。

宋柏毫不犹豫地说："好，哥先带你去医院看看，咱们再回家好吗？"

"好。"她瓮声瓮气道。

宋柏搀扶着宋燃燃下楼，张玫瑰想拦他，宋柏轻轻瞥了她一眼："这点儿时间也不给我吗？"

张玫瑰只好又收回了手，眼睁睁看着他们往外走。她想叮嘱几句，可这些年，宋柏确实将宋燃燃照顾得很不错，两人的关系亲密得让她嫉妒。

"记住你答应我的事情。"她补了一句。

宋柏脚步一顿，头也没回道："知道。"

他们走得太顺畅了，宋燃燃都没想过会这样顺利。张玫瑰不是一直反对她亲近宋柏吗？

她坐上了宋柏的自行车后座，抱住他的腰，不安地问："你答应她什么事情了？"

"没什么，就是让我别总是找你，影响你。"

宋燃燃急了："你别听她的，才不会！"她的鼻音依旧很重，声音沙哑，说话有点儿含糊不清。

"我知道。"宋柏说。

【3】

宋柏带着宋燃燃去了医院。

宋燃燃的屁股挨了一针。往常她看到针头都会害怕，这次却没有。也许是身体实在太难受了，她也迫不及待地想好起来。

相熟的医生还觉得诧异："宋燃燃，你是真的长大了。"

她是长大了。小时候她打针时宋柏还能跟在身边呢，现在只能在外面等了。

回去的路上，宋柏带她去吃了一碗馄饨，算是填肚子的中饭，还给她买了不少零食。也许是因为心情好了，也许是因为药剂起效了，宋燃燃觉得身体没有之前那么难受了，脸上甚至露出了一点儿笑意。

宋柏骑车带着她去了菜市场。

"晚上想吃什么？"他问。

宋燃燃念出了一连串的蔬菜名称，宋柏适时地开口："那要不然吃火锅吧？再买点儿肉。"

宋柏难得提出意见，宋燃燃当然不会拒绝。

只是她从没见过宋柏这样疯狂地买东西，不仅买了牛肉卷、羊肉卷、虾滑、毛肚之类，还买了排骨和五颜六色的肉丸子和各种素菜。

宋柏手里已经提不下了。

"怎么买这么多？"宋燃燃有点儿心疼宋柏的钱。她很清楚，他在"百宝箱"收银赚不了几个钱，在那里上班不过是轻松点儿。

她就是想得很美，既希望宋柏工作轻松，又希望他能拿高工资。

"多吗？会不会少啊？"宋柏又买了好几样豆制品，直到实在是拿不下了才罢休。

宋燃燃想帮他提一些，却被宋柏拒绝了。他找相熟的摊贩老板要了两个大点儿的袋子，一袋挂在车头上，一袋放在车篮里，后座载上她，宋燃燃都觉得沉。但宋柏不觉得，他骑得很快。

发力的时候，他的小腿肌肉紧绷着，好像再沉重的负担，他都能承受，再难的路都能走下去。

宋柏在宋燃燃的心里，一直是个很厉害的人。

这样的人却留在这里，过这样的生活，实在令人惋惜。

他们一块儿回到了老屋，家里还是熟悉的味道。

宋柏在院子里停自行车，宋燃燃进了门，看着熟悉的家具和摆件，巨大的酸楚涌上心头。

一只手落在她的头顶上轻轻拍了拍："你去睡一会儿，睡一觉就好了。"

宋燃燃推开自己的卧室门，熟悉的味道扑面而来，就像一下子侵入了灵魂，让她忍不住战栗。

房间被宋柏打扫得很干净，被子也整整齐齐地折叠好放在床上，仿佛她压根就没离开过。

"才洗过的。"宋柏说。

宋燃燃"嗯"了一声，在床上躺下来。

被熟悉的气味包围着，此刻她才觉得真正安心。

这一觉，宋燃燃睡得格外地安稳，甚至没有做梦，只觉得全身轻松畅快。真奇怪啊！明明张玫瑰给她准备的床更加柔软，她还是更喜欢宋柏给她做的硬板床。

脸颊被人戳了一下。

她睁开了眼睛。

"还不起来？你是猪啊？"周十八蹲在床边，语气中带着一点儿笑意，心情似乎不错。

宋燃燃不想搭理他，翻了个身背对着他。

没想到那讨人厌的手又戳了她一下："快起来，都几点了！吃晚饭了！"

宋燃燃躺平，望着天花板，用力地捶了一下床板。

"还有起床气？这么……"周十八用力地捏了一下宋燃燃的脸颊，后面的话他没说出口。他其实是想说"可爱"。

平时总是呛他，睡着的时候又乖巧得像是一个小孩子，任他揉搓。

客厅里传来宋柏的声音："吃饭了。"

宋燃燃坐了起来，周十八还没站起来，两人的视线刚好对上。仍旧一脸迷糊的宋燃燃突然伸出双手捧住了周十八的脸。

周十八的表情一怔，还没反应过来，宋燃燃已经开始使劲地揉搓他的脸了，像在揉一团面，毫不客气。

这完全是赤裸裸的报复！

也不知道周十八是被揉傻了还是怎么的，竟然乖乖地任她揉，罕见地没有刺激她。

"下次不许戳我的脸了！"宋燃燃气呼呼松开手，又质问道，"还有，你怎么能随便进女孩子的房间？"

客厅里，郭娅正在殷勤地帮宋柏摆放碗筷。看到宋燃燃和周十八一前一后出来，宋燃燃还睡眼惺忪，周十八却脸颊绯红，眼神躲闪，郭娅笑了一下。

宋燃燃看到郭娅也不觉得意外，以前家里做了好吃的菜，宋柏也会叫上这两人。

宋柏走到宋燃燃面前，将擦干净了的手贴在宋燃燃的额头上。

她紧锁的眉头一下就舒展开了。

郭娅立马就知道宋燃燃的身体已经没事了。他们这些人其实都挺好懂的，心里在想什么，全写在脸上了。

宋燃燃要挨着宋柏坐，这样一来，正方形的桌子便空出了一边。

"黏人精！宋燃燃，你还能更黏你哥一点儿吗？"

"能。"宋燃燃向宋柏靠得更近了一些，抱住了宋柏的手臂。

周十八气笑了，手动分开两人，对宋燃燃说："你挨这么近，柏哥都不好夹菜了。坐回去。"

桌子上是热气腾腾的鸳鸯火锅，汤底正咕噜翻滚着，肉早已经下了。宋柏手边放了一只盛满热水的碗，夹了红油汤里的肥牛过了一遍清水，然后放在宋燃燃的碗里。

宋燃燃皱眉，她喜欢吃辣。

"你生着病，吃清淡点儿。"宋柏说完就招待周十八和郭娅，"你们也吃。"

宋燃燃低头吃着那片没有油水的肥牛卷。

周十八无论看多少次都觉得新奇，宋燃燃在宋柏面前乖得像是另一个人，即便不喜欢吃，还是往嘴里塞。

周十八夹了一片红油汤里的肉，问宋柏："柏哥，搞这么丰盛，是有什么好事吗？说出来让大家高兴高兴。"

趁宋柏被他吸引注意力时，这片肉被他放到了宋燃燃的碗里。

宋燃燃很配合，趁着宋柏不注意，正准备塞进嘴里。

"喀喀。"宋柏发出警告。

做坏事被发现了，宋燃燃只好将裹着红油的肥牛卷放进那碗热水里涮了一遍。

宋柏并不是一个小气的人，平时有什么好吃的都会叫周十八他们一块儿来吃，但这顿饭菜实在是丰盛得引起了大家的怀疑。

"没有什么，只是想吃了。"宋柏云淡风轻道，"大家也很久没有在一块儿吃饭了，我高兴。"

"柏哥高兴，我们也高兴。我们来干一杯。"郭娅这句是真心话，只要宋柏高兴，她就高兴。

121

大家都举着果汁碰了一下杯子。

宋燃燃不爱喝果汁，尝一小口就递给了周十八。

"得，我就是你的垃圾桶。"周十八接了过来，倒在自己的杯子里喝了一口。

郭娅有些不好意思，她忘记宋燃燃不爱喝果汁了："我忘记了，下次少倒一点儿。"

周十八看了郭娅一眼，那眼神很奇怪，仿佛在责怪她说错话了。宋燃燃注意到两人的互动，夹了一片包着朝天椒的肥牛卷放在他嘴边："吃你的。"

周十八还以为天上掉馅饼了，一口咬住，辣意直冲天灵盖，他的眼睛、鼻子全红了，眼泪在眼眶里打转。他咬牙切齿道："宋燃燃，你恩将仇报啊？"

他这模样惹得大家都笑出了声。

电视里已经在播放天气预报了。

屋子里雾气缭绕，大家脸上是鲜活生动的表情，在宋燃燃眼中，这就是最好的人间。

宋柏一次又一次和大家碰杯，似乎有很多话要说。

"郭娅，十八。"

"在。"

"在呢，柏哥有什么吩咐？"

不单是宋燃燃，郭娅和周十八也很听宋柏的话。

"答应我一件事儿，你们在学校要多照顾一下宋燃燃，不要总逗她。"宋柏淡淡地看向周十八，"尤其是你，不要总惹她生气。"

被点名的周十八小声地反驳："她气我比较多吧？"

郭娅看了一眼宋燃燃，如果是以前，她估计不会答应的，但现在这是她欠宋柏的。她说："柏哥，你说什么就是什么。"

宋燃燃有些不满："我不需要他们照顾，我自己能行。再说，我不是还有哥吗？"

宋柏愣了一下，自言自语道："也对，燃燃自己也行。"

吃完饭，郭娅帮忙收拾了一下碗筷就回去了，家里动完手术的妈妈还需要照顾。不管怎么样，她人生中最大的坎已经过去了，她不会失去自己的妈妈了。

周十八坐在宋燃燃的身边没动。宋柏交给他一个任务，要他盯着宋燃燃把药吃完。

我又不是小孩子了，宋燃燃心里想。

周十八托腮盯着她，又忍不住逗她："好的，下面欢迎大家收看娇气包吃药全过程。现在她吃的是一粒蓝白色的药丸，塞进嘴里，喝水，皱眉，一气呵成！给这吃药过程打分的话，至少也有个九分保底！"他的语气十分夸张。

宋燃燃的五官皱在一起，却不忘瞪他一眼。

"真有这么苦吗？我不信。"周十八将药丸拿在手里瞧。药丸做得像是牛奶糖，光是看着就能感觉到扑面而来的奶香味。

他抠了一颗出来塞进嘴里，立马吐了出来："呸！"

宋燃燃无语了："没听过药三分毒吗？你又没感冒，吃什么药？你疯了？"

"我这不是没吃吗？"周十八底气不足道。

宋燃燃懒得和傻子计较，心道，随他去吧。

从外面照进来一束手电筒的光，有人趴在窗户边上，是个年轻的女孩，她的声音并不好听，冷言冷语道："周十八，回去了。爸在到处找你。"

那是周十八的姐姐周晴晴，一个看起来非常内向的女孩。

周十八应了一声，起身拍了拍自己的衣袖，走了。

宋柏洗完碗筷从厨房里出来的时候，屋子里就剩下宋燃燃一个人了。她笑了一下，眼睛弯成了月牙儿。他和往常一样，坐在宋燃燃的身边，和她一块儿看电视

他们在看《动物世界》，讲的一只大熊猫被人类养育，最后放生，

回归大自然的故事。宋燃燃不太想看，但宋柏看得津津有味。宋燃燃于是起身去睡觉。

"燃燃。"宋柏突然喊了她一声。

宋燃燃回头看他："怎么了？"

她从宋柏的脸上看出了他的欲言又止和纠结，但不知道是什么原因。

"晚上别踢被子。"他说。

"哦。"就这个啊？

【4】

宋燃燃的身体变得轻盈起来，她又恢复了之前的活蹦乱跳，她怀疑这和心情也有关系。

早餐是她熟悉的猪肉汤粉，虽然才离开一段时间，不知道为什么，她却有种恍如隔世之感。

宋柏要送宋燃燃去学校，宋燃燃也没有拒绝，毕竟他们现在也算是顺路——她上学，宋柏上班。

路上，两人遇到周十八，他一直打着哈欠，似乎没睡好。

"宋燃燃，下来走路啊！"周十八喊她。

宋燃燃朝他吐舌头，做了个鬼脸，又催宋柏："哥，快走。"

宋柏用力踩着脚踏板，一下子就将周十八甩在了身后。

宋燃燃心里舒坦了一点儿。

口袋里的手机突然振动了一下，宋燃燃拿出来一看，一个名为"妈妈"的联系人发来了一条短信："你的书包你姐姐给你送学校门卫室，你自己去拿。"

宋燃燃愣了一下，点开联系人一看，发现里面多了张玫瑰和宋志国。她猜是张玫瑰没收她的手机时干的。

虽然她的手机里没有什么见不得人的东西，但她讨厌别人翻她的手机。

"有点儿烦。"她忍不住说道。

她以为能得到宋柏的理解，宋柏却一反常态地对她说教起来：

"他们也是关心你。"

宋燃燃沉默了一会儿,说:"我不喜欢。"

"我知道你不喜欢,但燃燃,你总要试着融入他们。"宋柏说,"那是你的爸爸、你的妈妈,他们也期盼着能和你重建亲子关系。你不能总是逃避,总要面对的。"

"哥!"宋燃燃拉长了音调,这是不太想听的意思。

宋柏想起昨天晚上看的《动物世界》,他像是下定了决心,说道:"也许我不在了,你才能心无旁骛,才愿意打开自己的内心,尝试去接受他们。"

宋燃燃心里一惊,双手抓住宋柏腰侧的衣裳:"哥,你什么意思?你要去哪里?"

"去东边的大城市。我有个朋友在那边,说那边的工资水平不错,工作也好找。"宋柏没有隐瞒,"我也应该要攒些钱了,以后还要给你娶个嫂子的。"

听到是因为钱,宋燃燃的双手垂了下来。

"是因为那笔钱吗?"她担心宋柏会因为那笔钱背上沉重的心理包袱。

"不是。以前我从未想过自己的人生和未来,就想着把你好好带大,完成我的任务。现在你有一个非常好的家庭了,我也应该为自己考虑一下了。"前面是上坡路,宋柏突然用力蹬了起来,车速变快了。

"你太轻了,以后多吃点儿东西。"宋柏说。

宋燃燃没说话。

她既震惊又生气,还很难过,脑子里乱得很。她只有保持沉默,才不会说出一些伤人的话。

可她很清楚,她不能一直逃避这样的话题。当这些摆到明面上讲的时候,宋燃燃就知道,宋柏是非走不可了。

虽然她不喜欢郭娅,但是郭娅有些话说得没错,宋柏不能一辈子和她捆绑在一起,他应该考虑自己的人生,还有自己的未来。

从前他考虑的只有她的人生,现在他要去考虑自己的人生了。

她被留在身后,这是必然的,她只能祝福他。

"哥,挺好的,你早就应该这么做了。"她说得轻松,语气里甚至带了点儿笑意,"不用担心我。"

"什么时候走?告诉我一声,我送你。"

到学校了,宋燃燃从自行车后座跳了下来,看向宋柏。

阳光刺眼,她强撑着不眨眼睛,轻声道:"那我进去了。"

"燃燃——"宋柏喊了她一声,"听爸爸妈妈的话,好好照顾自己。"

宋燃燃整理了一下心情,朝宋柏挥了一下手,转身大步往前走。她怕再多待一秒,就会忍不住红了眼眶。

她到底还是没忍住回头看了一眼。

宋柏推着自行车在原地站了好久,他的身影看起来那么孤独。

一想到宋柏就要离开这里,宋燃燃就觉得心里堵得慌。

没事的,她安慰自己,之前不是有过一次了?这是第二次了,她可以做到的!她用指甲掐了一下手心,将泪意憋了回去,狠下心去门卫室拿了书包。

书包沉甸甸的。

宋燃燃的书大都放在教室里,书包里背的也就是学生证、作业之类的。她觉得奇怪,拉开拉链一看,里面塞满了各种各样的零食。

宋燃燃吃不完那么多零食,便分给了刘小兰一半。刘小兰分了一部分给赵明明。周十八赶过来的时候,桌子上摆满了零食。

"谁的?"周十八问。

赵明明说:"宋燃燃的。"

周十八嘴角轻轻上扬,拆了一块草莓饼干塞进嘴里:"算她有点儿良心。"

赵明明没说话。他心里在想,这点儿良心是他的。但要是说出真相,肯定会让周十八没面子，显得他特别自作多情，还是算了。

"宋燃燃，这个给你。"他甩给她一只野草编的小蝴蝶。这是他在路上编的，编得栩栩如生，他是从宋柏那里学来的。

宋燃燃没有拒绝，伸手点了点蝴蝶的翅膀。

她这副乖巧的模样在周十八看来就是不正常的。他太了解宋燃燃了，没听到宋燃燃挤对他，心里都不舒坦。

"怎么了？"周十八起身去看宋燃燃，"谁惹你了？"

"你。"宋燃燃没好气地说。

"给你小蝴蝶还惹到你了？宋燃燃，你黑心肝啊？"

宋燃燃转过身，用后脑勺对着周十八。那后脑勺实在圆润，周十八忍不住伸手盖了一下，然后咳嗽了一声："说不过就逃避，真有你的。"

刘小兰刚想说几句，无意间瞥到了周十八耳朵上的一抹红，她惊愕了好一会儿才看向赵明明。

"别问，问就是被风吹的。"赵明明一副早就知道的语气。

周十八回了自己的座位，赵明明揽着他的肩膀问："周十八，你的耳朵怎么红红的？"

周十八捏了一下耳朵，满不在意地说："风吹的。"

刘小兰瞬间失语。

上午四节课一晃而过，下课铃声响起，学生们欢呼雀跃着离开教室。

据周十八观察，一上午四节课，宋燃燃发了两节课的呆，其余时间都是趴在桌子上不动，到吃饭时间了也不积极，有点儿古怪。

"到底怎么了？"

"我哥要走了。"她说。

"去哪里啊？"周十八愣了一下。

"离开这里，去外面找工作。"宋燃燃很淡定地看书，但一个字也看没进去。

周十八皱眉,拉着宋燃燃就走:"走,你跟我走。"

宋燃燃在后面挣扎:"去哪里?"

"去问问情况。"

"就是想出去赚钱了,能有什么情况?"

宋燃燃原以为周十八会嘲讽她:"看看,现世报了吧?宋燃燃,你之前抛弃你哥,现在轮到你哥抛弃你了。"可是周十八没有这么做。

"那也要问问他什么时候走,去哪里。"周十八在这件事上出乎意料地固执。

【5】

"百宝箱"依旧是那副模样,在日渐酷热的阳光下,藤蔓显得有点儿蔫蔫的。

透明玻璃窗上贴着一张招聘启事,要招新的收银员。虽然已经知道结果了,宋燃燃还是不免心一沉。宋柏这次是真的要走了。

周十八拉着宋燃燃进了店铺,却不见往日那个瘦削的身影,取而代之的是一个肥胖的老头。他正喘着气整理货架,看到他们两个立马起身,拍了拍手上的灰尘,问:"你们要点儿什么?"

"宋柏呢?"周十八问。

听他提到宋柏,老头儿不免有些怨气:"他走了。"

"走了?去哪里了?"

"昨天突然辞职了,说是要去外面找工作。"

昨晚的丰盛晚餐,今早的欲言又止,蛛丝马迹串联起来,宋燃燃突然有种不好的预感。她立马掏出手机拨打宋柏的电话。

那边一直无人接听。

宋燃燃一遍一遍地拨打,不厌其烦,眼睛都红了。

拨打第六遍时,周十八按住了她的手:"宋燃燃,你先别着急。你要是实在担心他,我们先回去一趟。"

宋燃燃已经六神无主了。周十八找同学借了一辆自行车，带着宋燃燃往宋柏家里赶。

宋燃燃双手紧拽着周十八的衬衫衣角，周十八骑得更快了。

他头一次觉得这条他无比熟悉的回家路这样漫长，要是一瞬间能到就好了。

老屋上了锁，宋燃燃很轻易地找到钥匙开了门。屋子里还和早上离开的时候别无二致，宋燃燃直奔宋柏的房间。

她打开了衣柜，里面的衣服少了大半，最重要的是，里面的行李箱不见了。

她了然地关上了衣柜门，颓然地坐在宋柏的床边。

宋柏是真的走了，走得悄无声息的。

周十八没有手机，他尝试用宋燃燃的手机联系赵明明。赵明明家的亲戚在车站工作，最清楚情况。他拨通了赵明明的电话，跟他说了事情，交代他有消息立马告诉自己。

接着，周十八骑车带着宋燃燃往车站赶。他也不知道还能做些什么，只能再快一点儿，更快一点儿。他很清楚，要是没见上宋柏，宋燃燃估计得哭。

可自行车偏偏不如他所愿，快到车站的时候偏偏掉了链子，他不得不停下来修车，让宋燃燃先走。

宋燃燃拔腿狂奔。她的大脑一片空白，心中只有一个念头，那就是去车站送宋柏，哪怕只能见他一面。

宋燃燃觉得肺部的氧气都快要榨干，快呼吸不过来了。从前跑八百米的时候，她总是坚持不下来，跑到一半就觉得很难受，太难受了，脑子里一直有个声音在说：停下来就好了。

这次她却没有停下来。

她一路狂奔进了车站，几辆大巴车停在泊车位，她也不知道宋柏在哪辆车上。

她来不及调整呼吸，一辆车一辆车地上去找宋柏。

没有，哪里都没有宋柏。她已经呼吸不过来了……

周十八推着车进来时，看到宋燃燃整张脸涨红，像是一条红烧的鱼。他伸手轻轻抚摸她的后背，帮她顺气。

"你休息一会儿，我去找。"他说。

宋燃燃却说："不用了。"

她太了解宋柏了，宋柏也不喜欢道别。他知道她没出息，肯定会掉眼泪的。眼泪会让他心软，也许他就走不掉了。

是啊，他们凭什么留住他？他留下来太辛苦了。

周十八不知道要说什么好，只好站在原地等着。

宋燃燃只是发呆，她站了一会儿就转过身来。

"走吧，回去吧。"她说。

周十八知道她在忍耐，他倒是更希望宋燃燃哭一场，而不是憋在心里。就算他一直很喜欢宋柏这个大哥，这次他也觉得宋柏做得有些过分了。

至少，该好好道个别吧。

宋燃燃给宋柏发消息："哥，一路顺风。到了告诉我一声，别玩失踪了。"

可她又舍不得指责他，又删了后面那句话。

走吧，去找自己的人生。有时候她希望宋柏自私一点儿，现在他做到了，她应该为他高兴。

她应该为他高兴的。

可她心里还是觉得难过。

周十八将她带回了学校食堂，但她没胃口。周十八态度强硬地将她按在椅子上，将筷子送到她手上："给个面子，宋燃燃，我这还是第一次这么伺候人。"

宋燃燃接了筷子，但还是没动。

"你再不吃，我就喂你了啊。"他说着歪头看着她，"难道，你就是想让我喂你？行吧，那我就满足你一次吧。"他说着就端起碗，准备给宋燃燃喂饭。

宋燃燃赶紧扒拉了两口饭，鼓着腮帮子狠狠瞪了一眼周十八。

周十八乐得不行："要是我有手机，一定给你拍下来。"

宋燃燃用筷子使劲地戳碗里的饭，眼睛却狠狠地瞪着他，周十八顿时觉得自己身上有些疼。

等他们吃完饭回到教室，好像一切又回归了正轨。教室里还是老样子，同学们也同往常一样，休息的休息，看书的看书。

宋燃燃趴在桌子上午休。

周十八没睡，只顾盯着宋燃燃，他是真怕宋燃燃突然哭起来。但这事显然没有发生，午休结束铃声响起，吵醒了大家的清梦。

赵明明醒来看到周十八还在转笔，目光直直地盯着前面的宋燃燃。

赵明明都见怪不怪了。

"你说，怎么样才能让女孩哭呢？"

周十八突然问道，一下就把赵明明的瞌睡虫赶跑了。赵明明道："你有毒啊？干吗让女孩子哭？"

"你就说有没有办法？"

赵明明苦恼地抓了抓头发："我没这个经验。"

"要你何用？"周十八说。

"嘿——"赵明明刚要和周十八掰扯掰扯，瞥到了外面走廊上的女孩，"外面那人是不是郭娅啊？"

周十八扭头一看，果然看到郭娅在走廊上探头探脑往里面瞧。那姑娘总是一脸的苦大仇深，周十八不喜欢这人。

"真新鲜呢，第一次见她来找宋燃燃。"

他推了推前面的宋燃燃，宋燃燃抬起头往外面张望，正好撞上郭娅的视线。

郭娅立马冲了进来，一把将宋燃燃揪了起来："宋燃燃，你现在满意了吗？"

"什么意思？"

"别装蒜了，柏哥走了，你别告诉我你不知道！你也别告诉我，你不知道柏哥为什么会走！"

宋燃燃还真回答不上来。

但郭娅的声音已经严重影响到一些仍在睡觉的同学，把他们吵醒了，他们抱怨道："吵死了。"

宋燃燃想拉她出去说，反被郭娅一把推开。郭娅常年在家干体力活，手劲很大，她也没有刻意收着劲儿，结果推宋燃燃就像是推棉花一样，宋燃燃一下被推得摔在地上。

周十八走过去扶宋燃燃，扭头看向郭娅，脸色阴沉地质问道："郭娅，你犯病了？"

有人欺负到班上来了，同学们自然不同意，大家将郭娅围住了，有的人已经去喊老师了。

郭娅不管不顾，她心里难受得厉害，就想要发泄："你可以假装不知道，但我不能！他是被你爸妈逼走的！那天他去你家看你，回来后就不对劲了。你爸妈是不是对他说了什么？是不是觉得他会带坏你？宋燃燃，你还有没有良心？"

郭娅越说越激动。

周十八"砰"地拍了一下桌子："郭娅，你过分了！这里有你什么事？你有什么资格指责宋燃燃？你别忘记了，宋柏给你妈妈垫付的手术费都是宋燃燃换来的。"

"那是宋柏给我的，我这辈子也只欠宋柏，不欠她宋燃燃的！"郭娅大声吼道。她舍不得宋柏，宋柏走了，她的精神支柱也没有了。

她现在真的不知道怎么办才好了。她其实很清楚，宋柏走了，他们三人谁也不好受，可她控制不住。

"郭娅，有病吃药！"周十八扶起地上的宋燃燃，轻声问，"没事吧？"

宋燃燃站了起来，双手握成拳。

"我看看。"周十八掰开她的手一看,掌心都磨破了皮。

宋燃燃将手收了回去,藏在身后。

宋燃燃没生气,周十八却生气了,他看向郭娅的眼神像是冬日里尖利的冰凌:"郭娅,你再碰她一下试试!"

周十八的个头很高,冷着脸说狠话的时候自带威慑力,郭娅被震慑得说不出话来。

不多时,胡明全来了。

他驱散了围观的群众,将三人请到了办公室。

郭娅很快就被自己的班主任领走了。

胡明全让两人说一下情况,宋燃燃沉默不语,周十八想开口,但被胡明全阻止了:"你闭嘴,让她说。"

宋燃燃就坐在胡明全的对面,她的坐姿很端正,双手交叠放在膝盖上。

她没说话,泪水却突然落了下来,掉在了手背上,一滴,两滴,三滴……越来越多。

她的肩膀剧烈地抖动起来,接着周十八就听到了抽泣声,那声音越来越大,最后她控制不住地扯开嗓子哭了起来。

胡明全被吓到了:"哭什么啊?就说明一下情况。"

"老师……对不起……我也……不想,但……我……控制……不住……"

周十八问胡明全要纸巾,胡明全找了半天没找着,周十八便从隔壁老师的办公桌上薅了一包纸巾给宋燃燃擦眼泪。

周十八看着她哭,心里也有些难受,他帮她抹泪,轻声安慰她:"郭娅就是心里难受,你别放在心上。其实柏哥走了也好,你不也是这么想的,所以才没有拦他吗?柏哥出去肯定能赚到钱,肯定能过上好日子的。"

宋燃燃依旧抽泣不止。

胡明全也手足无措起来:"好了好了,我知道你受委屈了,我一定和她班主任说。"

宋燃燃却摇头："不……用……她没把我……怎么着……我们是朋友……是闹着玩……"她不是因为郭娅说她才哭的，她是因为宋柏才哭的。

宋柏为了她甘愿被困在这里，又为了她离开这里。

宋燃燃哭得太惨了，胡明全没办法，只好打电话叫来了张玫瑰和宋志国。

张玫瑰和宋志国把宋燃燃接了回去。

车上，宋燃燃控制着哭声，只问了一句："是不是你们赶我哥走的？"

第七章
夏天来了

【1】

宋柏:"别担心我,我已经到朋友这里了。"

宋柏:"我这里的工作环境很好,工资是之前的五倍,天气热睡觉也有空调,比家里舒服多了。"

宋柏:"好好听爸爸妈妈的话,好好吃饭,好好睡觉。"

宋柏在抵达A市的当晚就给宋燃燃发消息了,他没有提不辞而别的事,仿佛那只是一件再普通不过的事情,不足挂齿。

宋燃燃当然也不会提。

他的语气很轻松,透露出了对城市生活的向往,这让宋燃燃的心情也好了很多。她也想开了,就算见不到面,平时有联系也是好的,她很容易满足。

老人们说,日子总是要过的。所以他们可以忍受人生中许许多多难以忍受的事情。总会过去的,总会迎来新希望的。

她觉得自己长大了,也学会了报喜不报忧,更不会去责怪宋柏。

宋燃燃:"那就好。"

宋柏过上好日子,她也为他开心,只是她有点儿想宋柏了。

宋燃燃:"你什么时候会回来啊?"

宋柏:"如果休假,我会回来看你的。"

他说的休假也不知道要到什么时候了,原先住在小巷子里的很多小孩的父母出去打工,基本上一年到头也就过年会回来一趟。

那样的话,太久了。可宋燃燃也没办法,她只能接受。她不再继续这些让人伤心的话题,转而跟宋柏分享自己的近况:"他们想让我转学。"

自从上次在学校痛哭之后,张玫瑰和宋志国就一直盘算着让宋燃燃转学去宋淼淼的学校。那边师资力量更强,姐妹俩也有个照应,还能避开郭娅。

宋燃燃其实不太想重新去适应新学校,但张玫瑰和宋志国已经说了很多遍了,时不时旁敲侧击一下,就连宋淼淼也在劝她:"你要是不想去,那我就去你学校教训一下那个叫作郭娅的,让她以后不敢再欺负你。"

无论宋燃燃说多少遍不是因为郭娅,他们还是不相信,他们总是忽略她的表达和感受。

"他们是你的父母和姐姐,燃燃。"宋柏一遍遍提醒她。

宋燃燃觉得有点儿不开心:"那你呢?"

宋柏:"我是你哥。"

宋燃燃又开心了:"哥,我听你的,你觉得我要不要转学?"

宋柏:"你听爸妈的。"

宋燃燃:"我就听你的。"

宋燃燃同意转学了。

下课的时候,胡明全给宋燃燃发了一张表格,她一一填下来。刘小兰看见了,问:"转学申请表?宋燃燃,你要转学啊?"

正在后座和赵明明传篮球的周十八立马停下了动作。

宋燃燃"嗯"了一声。

周十八走向宋燃燃,一下就抽走了她手里的那张表格,仔细一看,还真是转学申请表,都已经填完并签字了。

"宋燃燃,你转学就转到对面,你这是不是有点儿好笑啊?"

宋燃燃刚觉得看周十八了顺眼一点儿,这会儿又觉得他面目可憎了。

"还给我。"

"好啊。"周十八说着，当着宋燃燃的面直接将表格撕成碎片，然后放在了宋燃燃的课桌上，"还你了。"

宋燃燃什么也没说，直接将碎片扔进了垃圾桶里。

刘小兰问："真打算转学啊？"

"家里人是这么希望的。"

"好在也不远。"刘小兰只能这么安慰自己，"还是能天天见到的。"

宋柏离开后，宋志国每天中午会开车来送饭，都是张玫瑰精心做的。

夏天来了。

天边的云朵也似乎有了生命力，像是喷涌而出的浪花。

傍晚时分的晚霞就更加绚丽了，橘红色蔓延了整个天际，将小镇笼罩在一片红光中。宋燃燃拍了一张落日照发给远在 A 市的宋柏，但没得到回复。

她穿着背带裙，皮肤很白，大大的眼睛总透着几分无辜，腰肢纤细，不盈一握，在人群里很显眼。

周十八跟在她的身后看她，看她拍天空，拍地上的小草、小花，又蹲下去抚摸一只橘色的流浪猫。他心道，宋燃燃真是天真，云有什么好看的？野草、野花也很普通啊！至于流浪猫，身上有不少跳蚤呢。

也不知道是哪里来的一阵风，微微吹起了她的头发。

那一瞬间，周十八焦躁的心都平静了下来。

这样的宋燃燃看起来真的太美好了，就像是一幅绝美的油画，让人忍不住想要屏住呼吸静静地观赏，他甚至都忘记了这次来找宋燃燃的目的。直到跟着她到家，他才懊恼地回过神。

上次和宋柏来得匆忙，又是偷偷摸摸的，他都没有仔细看过宋燃燃的家。

宋燃燃家的房子看样子才修建不久，很新，很漂亮。三层的小独栋，好多拱形的玻璃窗，看起来特别像是小时候在书上看到过的城堡，还有了一个小院子。小院子里种了不少花，各种各样的，有很多他都叫不出名字。

他想起上小学的时候，老师问大家的梦想是什么，宋燃燃说自己的梦想是住在城堡里。

宋燃燃……可真是好命，想要什么都能实现。

周十八握紧了拳头，为什么他却过得这么艰难呢？他想抓住宋燃燃，可……他们好像越来越远了。

张玫瑰站在厨房问宋燃燃转学申请的进度，她对这事格外上心，就连宋志国都觉得她有些固执。

"孩子上学上得好好的，为什么非要转学？"宋志国不解地问，"只是孩子们之间的一点儿小争吵，每个人都会遇的。"

张玫瑰看着宋燃燃上楼梯的背影，不说话。

宋志国想到了从前他们在外面打拼的时候，那会儿他们穷，只能租别人家的房子。张玫瑰总是看哪儿都不顺眼，最后将家里的家具和摆设全部按照自己的心意调整了一遍，这才觉得顺眼。

他想，张玫瑰的老毛病又犯了，只是这一次犯在了宋燃燃的身上。

宋燃燃才回自己的房间，刚放下书包，"砰"！有什么重物打在玻璃窗上，然后就是玻璃爆裂的声音，以及玻璃碎片哗啦落在地上发出的声响，显得格外突兀。

宋燃燃闻声看过去，窗户上有八块玻璃，碎掉的最左边靠床边的那一块。她走到窗边往下看，周十八并没有走，他就那样微微仰着脑袋看着她，眼底涌动着她看不懂的情绪。

他想干什么？他在干什么？

楼下的张玫瑰和宋志国也听到了声音，声音远远地传来："燃燃，怎么了？发生了什么事？"

"有人打碎了玻璃。"她冲着房门口如实说道。

"啊？"张玫瑰的脚步声响了起来，她要过来查看了。宋燃燃再回头往下看时,周十八已经不见了。

宋燃燃拿了扫帚清扫了玻璃碎片,张玫瑰仔细看着玻璃窗问:"看到是谁了吗?"

宋燃燃摇摇头:"不知道。"

张玫瑰:"我让你爸爸去买新玻璃,晚上给你安上。"

宋燃燃"嗯"了一声。

母女二人不再沉默相对,而是有问必有答。就连她要求宋燃燃转学,她也只思考了一会儿就同意了。

看起来宋燃燃变得听话了,顺从了,她的耐心似乎得到了回报,可是……她觉得她们之间再也没有了之前那种靠近的感觉,甚至回到了宋燃燃刚回家的状态。

她不知道根源在哪里,只能试探着问:"燃燃,你是不是不想转学?"

"不是。"

"你要是不想转学也可以和妈妈说的。"

"不是。"

张玫瑰不知道要说什么了。

这种感觉竟然比之前还要难受,就像是永远不知道症结的病症。她只能寄希望于时间,希望能用爱稀释掉这种隔阂。

张玫瑰走后,宋淼淼进来了。

她似乎才回来,身上背着书包,满脸的汗,额头上的头发有些湿。

"有人砸你的玻璃?"她的语气透着愤怒,仿佛受害的是她,而不是宋燃燃。

得到宋燃燃肯定的答复后,宋淼淼骂了一句:"这小子还真敢啊,欺负到我头上了!"说完就如同小旋风一般冲出了家门。

宋燃燃没听到她的碎碎念,也习惯了她来也匆匆,去也匆匆,并没有当一回事。

那天宋淼淼很晚才回来,一直扎着马尾辫的她破天荒地披头散发,头上还粘着几片草叶。她在浴室里对着镜子骂骂咧咧:"气死我了,居然还敢否认,敢做不敢当!嗤——下手也太狠了吧。"

扭头发现宋燃燃在看她,她龇牙咧嘴地说:"不准告诉爸妈!"

宋燃燃:"哦。"

她没有那个爱好。

【2】

气温越来越高了,人也心浮气躁起来。学生们越来越容易犯困,原来只有少部分人踩点进教室,现在踩点的人数急剧上升。

大家都浑身冒着汗,没精打采,像晒蔫了的树苗一样。

赵明明觉得周十八都不只是蔫蔫的了,他眼睛底下一片乌青,头发也乱糟糟的没打理。这副模样,简直就像是丢了魂。

"你昨天晚上干吗去了?"

"睡觉。"

"骗鬼啊?"赵明明走进教室,发现宋燃燃还没来,觉得有些新奇,"宋燃燃该不会已经转学走了吧?"

"走了就走了。"周十八无比冷淡地将书包扔在课桌上,趴下就准备睡觉。

他昨天晚上确实没睡多久,太困了。

这么短的时间,他居然真的抽空睡了一觉。他隐隐约约地听到了宋燃燃的声音,睁开眼睛,便看到她那高高扎起来的马尾辫。

宋燃燃的头发很黑,很浓密,还散发着淡淡的不知名的香味。

他已经记不清有多少次从梦中醒来看到过这样的场景了,每次看到那乌黑的马尾辫,他就觉得安心,有时候还会忍不住伸手扯一下。

宋燃燃正在和刘小兰小声地说话。

"你不走了吗?"刘小兰问她。

"走,表格我早上已经交了。"

刘小兰觉得有些惋惜,但还是尊重好朋友的选择:"好吧,那今天晚上我们一块儿吃个饭，就当作是送别啦。"

赵明明插嘴道："算我一个。"

"好。"

周十八突兀地翻了个边儿睡，将桌子挪动了一下，发出了声响。

周十八今天很奇怪，赵明明很不习惯。

"祖宗，到底怎么了？"

周十八不说话。

赵明明从他身上套不着消息，于是用笔戳了戳宋燃燃，下巴朝周十八努了努，意思是："叫上周十八？"

宋燃燃想起了昨天他那刺人的眼神和玻璃碎裂的声音。

"周十八。"她叫他的名字，语气很平静。

"要钱没有。"周十八没有抬头，依旧将脑袋埋在臂弯里，就像是一只埋住脑袋的鸵鸟。

赵明明和刘小兰没听明白这句没头没脑的话，两人大眼瞪小眼："什么钱啊？"

"他昨天打碎了我家的玻璃。"宋燃燃没帮周十八掩盖罪行。

刘小兰和赵明明齐齐发声："哈？"

"周十八你有病啊？"刘小兰说。

"周十八，你砸人家玻璃做什么？吃饱了撑得慌啊？"赵明明也表示不理解。

宋燃燃却不打算理会这个话题。

"周十八，你去不去？"她确定周十八听到了他们之前的谈话。她不是个爱计较的人，和大家的关系也不远不近的，本以为可以走得很潇洒，但离别的情绪还是涌上心头。

仔细想想，因为她自己的性格内向，所以即便待在一个教室，走得近的也就刘小兰、赵明明和周十八。

"不去。"周十八拒绝得干脆利落。

赵明明继续给她使眼色，想让她再劝劝，宋燃燃摊手表示没有办法。

周十八确实一反常态，无论谁都无法让他站起来，除了胡明全。

胡明全点名让他回答问题，他就只是懒散地站着。赵明明目张胆地给他写答案，他也只是淡淡地扫了一眼，不屑于报答案。

他浑身上下就透着不对劲。

宋燃燃中午吃完饭回来，周十八依旧趴着。

教室里只有零星几个学生，宋燃燃在自己的抽屉里翻找了一下，将一块面包放在周十八的桌子上。

周十八掀开眼皮子看了一眼，又换了个边儿睡。

宋燃燃不再惯着他了，将面包收了回来，自己撕开包装袋吃了。椅子脚被人踢了一下，宋燃燃的嘴角微微一勾，吃得更香了。

整整一下午，直到下午放学，两人都没说过话。

因为放学有约，刘小兰格外期待下课，好几次回头看教室后面的挂钟。快要下课的时候，她催促着宋燃燃和赵明明收拾好东西。下课铃声响起的那一瞬间，刘小兰喊道："走，兄弟姐妹们。

宋燃燃提前向张玫瑰报备过了。自从张玫瑰有了她的联系方式后，她们很多时候都是用手机交流。

张玫瑰给她转了一笔钱过来："对朋友要大方一点儿，招待要周到。"另外就是叮嘱她早点儿回家。

她回复道："知道了。"

周十八也起身准备回家了，赵明明揽着他的肩膀，拖住他："真的不去啊？"

"不去。"

"不去那你别后悔。"刘小兰巴不得周十八不去，嘴里一句好话都没有，去了也只是破坏气氛。

"后悔的是猪。"他硬气地说道，将书包往背上一甩，直接走了。

他走得很慢，像是在散步，也不急着回家。

刘小兰一行人急着去占座位，跑得飞快，一下就超过了他。

三个人奔跑的背影在人群里很显眼，他不屑地"哦"了一声，却隐约看到了另外一个人。

是郭娅。

她不远不近地跟在宋燃燃的身后。

上次推搡事件后，听说郭娅被她的班主任罚了一周的值日，还罚写了五百字的检讨。她难道又想找宋燃燃麻烦？周十八抓了抓脑袋，就算郭娅真的想找宋燃燃麻烦，又关他什么事呢？

不管了，不管了。

可走了几步，他又停下了脚步。他抓了抓凌乱的头发，又扭头快步离开了。

他赶到的时候，正巧看到了郭娅进了宋燃燃他们去的那家饭店。周十八加快了脚步，在门口一把抓住了郭娅的手腕。

"你干什么？别乱来。"他语气森然，是质问，也是威胁。

郭娅的手腕被一股极大的力道捏着，疼得她眼泪都要出来了："你放手，你管我做什么？"

"你要做什么我当然管不着，但你要是再动宋燃燃一下，你试试看。"少年咬字清晰，掷地有声。

但郭娅根本就不怕他："周十八，上次你对我说的那句话，我现在奉还给你——这里有你什么事情？你是宋燃燃的谁啊？我找宋燃燃和你有什么关系？"

这话似乎刺中了周十八，他手上的力道又加重了几分。

"我和宋燃燃当然有关系，你知道什么？"周十八说，"她的命是我的。"

郭娅没听懂，只是瞪大了双眼看着他。

"记住我刚刚说的话。"周十八松了手。

郭娅赶紧收回自己被捏得生疼的手腕，用另外一只手护住。她嗤笑一声："你又知道什么？"

她进了大厅，直奔宋燃燃。她的速度太快，周十八一时没抓住她，只能跟着进了大厅。

宋燃燃一眼就看到他。

四目相对，一时间，他进也不是，退也不是。

倒是郭娅从容地走向了宋燃燃。那会儿餐桌上已经上了一个菜和一瓶大的雪碧。她不请自来，刘小兰下意识就挡在宋燃燃的前面，警惕地看着郭娅。

宋燃燃没有躲避，拍了拍刘小兰的肩膀，直面郭娅。

"听说你要转学？"郭娅问。

"是。"

"是因为我？"

"也不算。"

刘小兰和赵明明咬耳朵："这两人好直接啊。"

赵明明："谁说不是呢？直接点儿好，不直接就会变成别扭的那位。"他朝周十八努了努嘴。

刘小兰捂着嘴笑。

"柏哥让我跟你道个歉。"郭娅说。

"不用。"

宋燃燃油盐不进，郭娅没办法。宋柏一到A市就联系她了，知道了她干的事，发了好一顿火。她可以我行我素，但她不能不听宋柏的。

她拿了个杯子，倒了一杯雪碧，又给宋燃燃倒上，将自己的杯子和宋燃燃的杯子撞了一下："不管你需不需要，我答应了柏哥就一定要做到。对不起，上次的事情是我不好。"

她一口气喝完，放下杯子，转身就走。

回去的时候撞上了周十八，她捂住了手腕，问道："道个歉也值得你这么大动干戈？"

周十八无言以对，他又不知道……是他紧张过度了？

【3】

"既然来了，就一块儿吃点儿吧。"

郭娅走了，周十八也想跟着走，但被宋燃燃叫住了。

服务员又上了好几个菜，香味勾出了周十八肚子里的馋虫。他转身放下书包，坐在宋燃燃的身边。

"既然你都这么说了，就给你个面子。"他依旧嘴欠。

刘小兰又被惹毛了："是谁说后悔就是猪啊？怎么还是跟来了？"

周十八："我可没后悔。"

刘小兰还想说点儿什么，赵明明夹了一个荷包蛋放在她碗里，小声地说："今天他这里不太对劲，别跟他一般见识。"他悄悄指了指自己的脑子。

周十八头也没抬道："别以为我没听见啊，少说我坏话。"

赵明明"呃"了一声，笑眯眯地起身给他也夹了一个荷包蛋。

菜已经上齐了，周十八不满地说："宋燃燃，你都要走了，怎么还这么小气啊？我们四个人就点这些菜？"

刘小兰重重地放下筷子，宋燃燃却抢先一步开口了："你还想吃什么？你自己点。"她将菜单递给了周十八。

周十八煞有介事地翻起了菜单，喊来服务员，按照菜单的排序挨个念了下去。

宋燃燃岿然不动，刘小兰却控制不住怒火了："点那么多，你吃得完吗？吃不完就是浪费，浪费可耻！"

周十八瞥了她一眼："吃不完，你带回去不就不浪费了？"

刘小兰："你！"

周十八继续念，念到后面突然话锋一转："你们店里的菜名字都挺好听的，就来一份青椒肉丝、一份红烧土豆。"

都是很便宜的菜，而且只点了两个。原来，之前都是放钩子，逗沉不住气的人玩。

刘小兰被耍了，她有些不开心。赵明明在一边哄着，饭局结束后，他主动提出送刘小兰回去。

周十八不远不近地跟在宋燃燃身后走着。

夏日的傍晚，天边霞光灿烂，像是烧了起来。晚风轻拂，吹散了身上的热气。

宋燃燃停下脚步问周十八："你闹什么别扭？"

"谁闹了？"

"猪。"

周十八破天荒没反驳，只是斜挎着书包往前走。走了几步又折返回来凑到宋燃燃耳边大声地反驳："你才是猪，猪燃燃。"

他弄乱宋燃燃的头发，想跑，被宋燃燃一把抓住了书包肩带："说吧，你这几天到底怎么了？"

"你撒手。"周十八的语气一点儿也不好。

宋燃燃在耐心耗尽之前松了手："行，不说就算了。"

宋燃燃说到做到，她说走就走，不再回头。

"每次都这样。"周十八埋怨了一声，冲着宋燃燃越走越远的背影喊了一声，"宋燃燃。"

"能不能不转学？"他说。

"你这几天就是因为这个犯病？"

"你管我！"周十八嘴硬道，"你就说你能不能吧！废话那么多干吗？"

"给我一个理由。"

理由？什么理由？周十八的大脑一下死机了。舍不得她？还是因为她走了就没有人可以"欺负"了？他说不好。

"哪里有那么多理由？没理由。"周十八道。

宋燃燃作势又要走。

"一定要吗？"他在后面喊，宋燃燃就是不停下来，一个劲儿往前走。

"行了，我说。"周十八也急了，"我就是讨厌你。你要是走了，我少了很多乐子！"

宋燃燃停下了脚步，回头看着他："周十八，你应该不知道我有个'特异功能'，所有反话到我耳朵里会自动修正。虽然是这样，但我还是想听点儿真心实意的话。"

"你骗鬼呢。"周十八不屑地说道。

宋燃燃不再停留,朝他挥挥手就走了,明显不满意他的回答。

周十八突然就冷静了下来。

"我不想你走。"他像是豁出去了一般喊道,"这个理由行不行?是不是反话?"

宋燃燃折返了回来,站在周十八的面前直直地盯着他看。

周十八被盯得眼神有些闪躲,语气也虚了不少:"你这样看着我做什么?"

"没什么。"宋燃燃从书包里拿出了那张转学申请表,交给了周十八,"现在它归你了。"

周十八想也没想,拿过来一把撕了,然后往空中一扬,细碎的纸片宛如雪花一样落了一地。周十八那张臭脸终于好看了一点儿。

他看着那些碎屑,宋燃燃仰着头看他:"周十八,你其实没有那么讨厌我吧?甚至……"她顿了顿,道,"你还有一点儿喜欢我。"

周十八心中一跳,耳朵迅速变红。他捏住了宋燃燃的脸皮:"宋燃燃,有没有人说过,你的脸皮很厚?"

"没有。"宋燃燃仔细想了一下,说道,"倒是很多人说过我脾气很好,不计较。"

这话周十八也听到过。

他松开宋燃燃的脸,那里留下了一道红印。

"玻璃换上了吗?"他岔开了话题。

宋燃燃单手揉搓了一下脸颊,声音淡淡的:"换上了。就是找不到一模一样的了,换了块差不多的,有点儿色差。"

看起来有点儿违和,她强迫自己不去注意那个小地方,不然就会觉得难受,她有轻微的强迫症。

"那你不转学了,想好怎么和你爸妈交代了吗?"虽然宋燃燃给了他承诺,但是他依旧不安心。毕竟有很多事他们现在还做不了主,

147

决定权还在家长手中。

"我会想办法处理好的。"

宋燃燃回家时张玫瑰正在厨房里炒菜,香气扑鼻。

她给宋柏发了语音,说了今天郭娅道歉的事情,也说了自己改变主意,不打算转学了。等了很久,宋柏也没有回复。

她想起宋柏工作时间是不允许玩手机的,所以很多消息也失去了时效性。

"明明就不想转学,为什么不直接和爸妈说?"宋淼淼双手环胸,一副局外人看戏的语气。

"你偷听我说话?"宋燃燃说。

"你是不是不敢?"

"没什么不敢的。"宋燃燃起身,径直越过她下楼。

张玫瑰和宋志国正坐在沙发上看电视,一边说些左邻右舍的八卦。走得近了,宋燃燃才听到两人在说什么。

"隔壁老李家的孩子也是转到了淼淼学校,成绩一下就进步了十名。"

"那我们燃燃过去,那岂不是得进步到前三名?"宋志国顺着张玫瑰的话往下说,故意说些让她高兴的话。

"那我一定放鞭炮庆祝……"

夫妻两个沉浸在对未来美好的期盼中,宋燃燃突然觉得步子沉重了很多。可她想起了自己对周十八的承诺……

"以我对妈妈的了解,你就算提出不想转学,她也不会同意的。"宋淼淼贴在她耳边道,"其实我有个办法,可以让你不转学。"

"什么办法?"宋燃燃问。

宋淼淼朝她摊开了手,冲她挑眉。

宋燃燃搜遍了自己身上所有的口袋,将钱放在她的掌心:"现在可以说了吧?"

宋淼淼要先数钱,没有时间回答。她一副十分市侩的模样,把钱一张张捋平了,数的时候还要沾点儿唾沫。

宋燃燃耐心地等待她数完。

"现在可以说了吧？"她问。

"得明天。"宋淼淼将钱折叠好放到自己的口袋里，"你今天什么都不用做，明天自有分晓。"

宋燃燃看了一眼沙发上的两人，又看了一眼蹦蹦跳跳上楼的宋淼淼，最终还是选择相信宋淼淼。

宋淼淼的脑袋从楼梯拐角处探出来，冲她笑道："看来，你还挺相信姐姐我的嘛。"

宋燃燃有些无语。

【4】

宋柏一直没回消息，一次，两次，三次……后来她便慢慢习惯了。宋柏过几天总会联系她的。她现在最关心的还是转学的事。

她依照宋淼淼的话，耐心等着，却只等到了宋淼淼犯事的消息。

她在学校和人起了争执，还互相推搡了一下，人家带着家长找上门了。

家里静悄悄的，气氛紧张压抑。

张玫瑰和宋志国坐在沙发上，宋淼淼老实地站在他们的对面，站的是军姿。她旁边还站着一个高高瘦瘦的男孩，在自己父母的庇护下，时不时看宋淼淼一眼。

宋燃燃其实想看宋淼淼的热闹，可惜张玫瑰不让。宋燃燃只能坐在院子里的秋千上，竖起耳朵偷听。

张玫瑰一直在谦卑地向对方父母道歉，对上宋淼淼时则换上了一副严厉的语气："说说看，到底为什么起争执？"

宋淼淼也固执："就是他砸了我们家的玻璃。"

男孩立马大喊起来："我没有，不是我。"

"徐成志，你怎么敢做不敢当啊？之前你是不是说我不给你抄作业，你就砸我们家的玻璃啊？"

男孩立马蔫了："这话我是说了，但我没砸玻璃。"

宋燃燃知道是谁砸的玻璃，也知道宋淼淼这次是真的冤枉了别人。

起初还一脸歉意的张玫瑰听到这里，底气一下就足了："如果淼淼真的推了你，那我代表她也道过歉了，但你就因为淼淼没有给你抄作业就言语威胁她，是不是也应该道歉？"她又看向男孩的家长，"还是说，你们家长也觉得抄作业光荣？"

男孩的父母也都是读书人，来的时候趾高气昂，现在气焰一下就消了下去。脸都丢光了，还有什么好说的？再加上两个小孩只是互相推了一把，身上并没有受伤，也就不好再计较了，拉着孩子就要离开。

但男孩就是不动："宋淼淼，你给我等着啊。"

"走吧，祖宗。"最后还是男孩父母强行将男孩带走的。

一家人出门时正好跟宋燃燃打了个照面。

宋燃燃尴尬地笑了笑。

男孩不知道和父母说了什么，让他父母先走了，他则朝宋燃燃走了过来，礼貌地打招呼："你好啊！你就是宋淼淼的妹妹吧？"

宋燃燃警惕地看着他，偏巧屋子里传来母女二人洪亮的声音。

"你干吗动手啊？不管怎么样，动手就是不应该。"

"那个男生真的特别小心眼，真的属于有仇就报的那种。有一次，班上有个人不小心踩到了他的鞋，等到这个同学穿新鞋子时，他硬是回踩了一脚。还有一次，班上有个男同学不小心用了他的东西，他在路上逮到了那个人的弟弟，追着人家要钱。多可怕的人哪！"

"那确实没想到啊。"张玫瑰似觉得有些意外。

"我不怕他，他也知道我脾气比较硬，就怕燃燃转学过去，被他欺负……"

宋淼淼像个进谗言的奸臣，不过，宋燃燃算是明白这是怎么回事了。

原来，之前的都是前菜，在这儿等着呢。

男生还没有离开，宋燃燃很想冲进去让她们别说了，尤其是男生还眨巴着一双亮晶晶的眼睛，似乎听得津津有味。

"要不然，你先走吧？"宋燃燃忍不住提醒他道。再听下去，伤害更大。

徐成志却丝毫不在意:"没关系,这不是挺有意思的吗?"

宋燃燃试探性地问:"那些你真干过啊?"

"干过。"

宋燃燃不知道该说什么了。

不多时,里面的人交涉完毕了,宋淼淼出来了,看到徐成志的时候脸上立马堆上了笑意:"怎么样?我的演技可还行?"

徐成志竖起了大拇指:"非常好。"

宋燃燃觉得这场面有些魔幻了。她看了看宋淼淼,又看了看徐成志,疑惑地问:"你们两个怎么回事?"

宋淼淼将手搭到徐成志的肩膀上,徐成志也搭上了宋淼淼的肩膀,两人一副哥俩好的模样:"我们两个是不打不相识。"

"你的事情解决了没有?"徐成志问宋淼淼。

宋淼淼竖起大拇指:"八九不离十了。"

"行,那我就先走了,我爸妈还在前面等我。"

"拜拜。"

送走徐成志后,宋淼淼也坐在了秋千上,两姐妹一块儿荡秋千。

"所以,今天这出是你们两个合作,故意演给他们看的?"宋燃燃就算是再傻也看明白了。

宋淼淼点头:"聪明,不愧是我们家的人。"

宋燃燃接受了这顶高帽子,只是她没想到宋淼淼为了她,愿意做出这么大的牺牲。

"谢谢。"

"拿钱办事,不用谢。要怪也只能怪徐成志自己多嘴。那天我真的以为是他砸的玻璃,立马就冲出去找他麻烦了。其实,这也不算多大的事,我们两个说开就没事了,还成了朋友。偏偏被那个徐芸芸知道了,她跟徐成志是堂兄妹。她那个大嘴巴非要告诉徐成志家长,那我们就将计就计,顺道救你一把。"

宋燃燃心想,宋淼淼的脑子真好使,坏事也能利用起来变成好事。

151

"这叫精打细算不吃亏。"宋淼淼非常得意。

"谢谢。"宋燃燃真心实意地说。

"那喊我一声姐姐来听听。"

"没正经。"

"你要真谢我,就告诉我'百宝箱'之前的那个收银小哥去哪里了。"宋淼淼有些苦恼地问,"他走了我周末连个免费消遣的地方都没有了。"

宋淼淼到现在都不知道那个人就是宋柏。

"你们关系很好吗?"宋燃燃问。

"也没有,就一块儿看过电脑,聊过天。"

"你觉得他怎么样?"

宋淼淼仔细回忆之前相处的细节,说道:"挺好的啊,就是有点儿呆傻。怎么了?"

"那是我哥。"

秋千突然停了。

宋淼淼情绪激动地站了起来,拔高了音量:"什么?为什么都没有人告诉我?!"她想起自己还在宋柏面前说过宋燃燃,吐露过心声,现在整个人都不好了。

她恨不得找个地洞钻进去。

宋燃燃小声地说:"当时你们也不让我们见面,告诉你那不是自投罗网吗?"

宋淼淼又坐了下来,情绪瞬间恢复:"也是,那他现在去哪里了?"

"去外面打工了。"宋燃燃的声音低了下去,"也许,也和那些外出打工的人一样,一年到头才能回来一次。"

宋淼淼沉默了一会儿,安慰她道:"你可以换一种想法,他出去打工会赚得多些。"她心情低落的时候,只要捏一捏口袋里的钱币,心情就会好上很多。

钱是个好东西,能带来安全感,她反正是穷怕了。

如宋燃燃所愿，张玫瑰同意她不转学了。

她的想法很简单，人高马大的徐成志和娇弱的郭娅比起来，怎么看还是郭娅的伤害性小一些。宋燃燃并没有表现得多开心，这反倒让张玫瑰心里有些歉疚。

折腾来折腾去，结果让孩子白高兴一场，夫妻俩就格外想要弥补宋燃燃，晚上做的菜都是宋燃燃爱吃的。

至于宋淼淼，做了错事，让人家家长找上门来，少不了被冷落。

张玫瑰给宋燃燃夹了不少菜，就是不给宋淼淼夹。

宋燃燃夹了一个鸡腿放到宋淼淼的碗里，宋淼淼的眼睛都亮了："哇，这个鸡腿是燃燃给我夹的。"

她的语气很夸张，听得宋燃燃都起了一身鸡皮疙瘩。张玫瑰也笑了，语气酸酸的："燃燃都没有给我夹过菜。"

这是一种真情实感的失落。

宋燃燃动作僵硬地将筷子伸进了装鸡肉的碗里。

相处这么久，她大概知道宋志国、张玫瑰和宋淼淼都爱吃哪些部位，比如宋淼淼喜欢吃鸡腿，张玫瑰喜欢吃鸡胗，宋志国喜欢吃鸡胸肉。这种分配像是一种默契。所以当她的筷子夹上鸡胗的时候，张玫瑰心里隐隐有些期待。可宋燃燃又将它放下了，夹了一块鸡肉放进自己的碗里。

她还是没能解开心结。

她之前问张玫瑰是不是他们赶宋柏的，当时张玫瑰否认了。后来她也旁敲侧击地问过宋柏，也是同样的答案。可她心里有答案，只是不说。

晚上，她收到了宋柏的消息。

他给她转了一千块钱，这对她来说是一笔很大的数目。

宋柏："燃燃，对不起，哥这几天忙，忘记回消息了。"

宋柏："郭娅道歉了就原谅她吧。至于转学的事情，如果你妈妈同意，那就不转学。你长大了，有些事情可以自己拿主意。"

153

宋燃燃没收宋柏的钱，只是回了一句："哥，你保重身体。我睡了，你也早点儿睡。"

　　她感觉长大就是离宋柏越来越远。现在就连她和周十八的关系都稍微变好一点儿了，这一对比，她心里便十分失落。

　　她坐在书桌前写试卷。他们家的玻璃是滚花玻璃，水波纹，看外面的风景有些模糊。

　　她感觉窗外有黑影一闪，警惕地问："谁？"

　　"我。"

　　那块新换的玻璃被取了下来，她看到了周十八的脸，嵌在一个小方格里，显得有些滑稽。她忍住想笑的冲动，推开窗户看他。他带了一块玻璃来换，灵活地踩在屋外凸起的腰线处，安装新的玻璃。

　　宋燃燃也不担心他，毕竟周十八皮猴子的名号远近闻名。

　　他轻易就搞定了，对宋燃燃道："看看统一不统一？"

　　宋燃燃往后退了几步，仔细看了一眼，整个玻璃窗的色调和纹路都统一了，看着舒服多了。

　　她朝周十八竖起了大拇指。周十八耸耸肩："小意思。宋燃燃，我不欠你了啊。"

　　宋燃燃难得有心情和他开玩笑："周十八，你这个人还挺精明的。是不是确定我不转学了才给我换，要是我转学了就不换了？"

　　"宋燃燃，你没良心啊？"周十八说，"你以为这东西好找啊？我是到现在才找着。"

　　宋燃燃突然笑了起来。

　　"周日，你什么打算？"

　　周十八摸了摸鼻子："你约我啊？先排队吧。"

　　"不排。"

【5】

　　宋柏离开后，张玫瑰并不限制她去哪里。听说她要和哪个同学出去玩，反倒还会很开心。

宋燃燃想，这也许是一种补偿心理。

周日的上午。

宋淼淼在睡懒觉，不到下午是不会起来的。宋燃燃在客厅看了一会儿电视，觉得有些无聊。她想出去走走。

宋志国邀请她一块儿去钓鱼，宋燃燃拒绝了。

宋志国尴尬地抓了抓头发，给自己找了个台阶下："那边确实是蚊虫多，天气又热，小姑娘家家的找个舒服的地方待着最好。"

外面天气实在热，很多人都不愿意出门。

宋燃燃拿了一把小花伞，又涂了一些防晒霜，还是一脚踏进了这滚烫的红尘里。

她要去之前的家。

她提前和宋柏说了一声，宋柏让她别回去收拾，但她若坚持去，宋柏也管不着，更准确地说，是管不到。

可外面实在太热了，走几步都汗流浃背。宋燃燃背着小水壶，时不时要拿起来喝几口水。她走得很慢，被晒得晕乎乎的，觉得有些头重脚轻。

耳边传来一阵刹车声，一个熟悉的声音道："宋燃燃，你是乌龟吗？我老远就看到你了，挪动的速度也太慢了吧！"

宋燃燃微微抬起了太阳伞，撞见一双清澈的眼睛，眼尾微微上挑，像是两把小钩子。

周十八的额头也冒了汗，因为没有做任何防晒措施，脸也被晒红了。

"上来。"他说。

宋燃燃果断地上了他的自行车后座，她将太阳伞伞柄靠放在肩膀上。偶尔有风吹过，她晃荡着双脚。

"能再快点儿吗？"她说。

"你尿急啊？"周十八刺了她一句，脚下却蹬得更卖力了。

宋燃燃知道他的脾气，也不会真的被他激怒。

"特意来接我的吗？"她故意这么问。

"不是有人特意约我的吗？也不能光让你主动是吧？"周十八又是那副贱兮兮的语气。

宋燃燃那天其实是先问了刘小兰，刘小兰没空才问的周十八。当然，她没有说出来，要是说了，估计周十八能立刻将她甩这里，自己骑车走了。

"是是是。"她顺着他的话道。

周十八心里舒服多了，脚下踩得更快了："去哪里？"

"去前面的商店。"

"你热啊？"周十八问。

宋燃燃反问："你不热啊？"

周十八将车停在一家简陋的小卖部门口。宋燃燃说请周十八吃东西，刚跳下了车，周十八却抢先一步将车交到了宋燃燃的手里："扶好啊，别摔了。"然后钻进了小卖部。

老板是老人，和几个小老头凑在一块儿打麻将，无暇分身，似乎做不做生意对他来说都无所谓，只招呼了一句："想吃什么自己拿。"

周十八在冰箱里挑挑拣拣，最后挑了根冰棍。他也不知道哪个好吃，就选了贵的。

出来后他把冰棍递给宋燃燃，又从她手里接过了自行车。

"你就买了一根？"宋燃燃有些为难。

"你要吃两根？"周十八不解地反问。

宋燃燃拆开包装袋一看，竟然是两根并在一块儿的，她从中间掰开。周十八已经有些不耐烦了："怎么还不上来？磨磨蹭蹭的。"

宋燃燃将一根冰棍直接塞进了周十八的嘴里，周十八含糊地喊了一句："我不吃，你给我干吗？"

他扭头看到宋燃燃嘴里还有一根，这才闭嘴了。

宋柏离开有一段日子了，家具上积了一层薄薄的灰。

她不想屋子荒废，便想着过来打扫卫生。

屋子建得比较矮，被前后左右的其他屋舍一挡，屋子里的温度其实并不高。以前她和宋柏就是吹风扇、睡凉席过夏天的，有时候半夜还会觉得有点儿凉。

"所以，你找我就是为了让我干苦力的吗？"周十八挪开了一个笨重的木质沙发，方便宋燃燃清扫沙发下的灰尘。

两人干了一上午，几乎没停过，就算是常年干活的周十八，也觉得腰酸背痛。

"不想干就回去。"宋燃燃自己动手去搬第二个沙发，她力气小，没能搬动。

周十八接手，一下就抬了起来："这都快饭点了，宋燃燃，你现在撵人，是不想管饭吗？"

"怎么管？也没买菜。"宋燃燃没好气地说，她又不是小气的人，"先欠着。"

"不能欠。"周十八放下沙发，"肉可能没有，青菜地里多的是，你等着。"

他一溜烟出去了。

宋燃燃将屋子里里外外都清扫了一遍，家具等物件都一尘不染，看着也有人气了。

墙壁上的日历还停留在宋柏离开的那一天，宋燃燃一页一页撕了下来，连同现在的、未来的都撕了，一直撕到了七月十五日那页。

那是他们放暑假的日子。

她期待着那一天的到来。

周十八不一会儿就回来了，左手拎着一把新鲜的青菜，抓着几只辣椒，右手拎着一块猪肉，抓着几颗干红枣。

"你从哪里弄来的肉？"这里家家户户的地里都种了青菜，所以并不稀罕，但他手里的新鲜猪肉就可疑了。

"从我家拎过来的，就割了一小块，我都不怕，你怕什么？"周十八将东西都放进了厨房，然后撸起袖子开始择菜。

宋燃燃看着他。

"看我做什么？帮忙。"周十八抓了一把菜放在宋燃燃的面前，"该不会我来帮忙还得给你做饭吧？"

还真需要，宋燃燃心道，也择起了菜。

但很显然周十八没有这个打算，等清洗完青菜就在一边看着她，宋燃燃也看着他，两个人大眼瞪小眼。

"我不会。"

"我教你。"

宋燃燃只好赶鸭子上架。

"先等锅烧干。"周十八像个坐镇的将军，指挥宋燃燃冲锋陷阵，"然后倒油，别倒太多了。"

宋燃燃抓起切好的猪肉放进锅里煸炒了几下，又伸手去抓砧板上的青椒丝，却被周十八抢了先："别碰，等下辣手别跟我哭。"

他说宋燃燃，自己倒是丝毫不怕辣手，将辣椒丝弄到刀上，用手按着，放进锅里。

宋燃燃开始翻炒，她翻炒了好一会儿，等着周十八的下一步指示，却没有听到他作声，一扭头才发现周十八出去了。

外面很热，厨房里更热，周十八还突然走了，宋燃燃更焦躁了。

她不知道菜什么时候能出锅。

身后传来一阵凉意，周十八把客厅里的风扇搬到了厨房门口。

"行了，可以出锅了。"他道。

宋燃燃的心忽就平静了下来，也不热了。她按照周十八的指示，放盐，出锅，一道看起来卖相非常不错的青椒肉丝就做好了。

"周十八，你还挺贴心的。"宋燃燃说。

"少来，我是为了我自己。"周十八接过她手里的铲子，三下五除二就炒好了一道青菜。

两个人都有些累了，但架不住肚子饿，还是坐在了餐桌前。两人第一口尝的都是青椒肉丝。

"味道居然还不错。"

"那也是我教得好。"

宋燃燃不和他计较。可能是因为劳动了,吃得格外香。不过,她胃口小,吃了一碗就放下了碗筷。

"就吃这么点儿?"周十八看着剩下的饭菜,有些不满,"浪费可耻。"

"那就交给你了。你要是剩下了,那就是真的可耻。"宋燃燃熟练地撂挑子,自己坐在沙发上打开电视看了起来。

周十八气得直咬牙,但他不习惯浪费,还是默默地将饭菜都吃完了。他放下碗筷打了一个饱嗝:"宋燃燃,给我倒杯……"

他看向宋燃燃,宋燃燃已经躺在沙发上睡着了,手里还捏着一颗吃了一口的干红枣。

他未说完的话化成了唇边似有若无的笑。

他放轻了脚步走到宋燃燃的面前蹲下,双手抱胸,盯着熟睡的她。

她睡得很安稳,小扇子似的眼睫毛偶尔会轻轻地颤动一下,一束阳光打在她的脸颊上,照出细小的茸毛。

他戳了戳宋燃燃的脸颊,宋燃燃毫无反应。

"懒猪。"他说,声音很轻。

他移开目光看向那一束阳光,空气里细小的尘埃在飞扬,他很想驱赶这些尘埃,不让它们落在宋燃燃的脸上。他伸手在空气里挥了几把,没什么作用,反倒自己也打了个哈欠。瞌睡好像会传染,他反正是中招了。

饭桌上的碗筷他也没收,就在宋燃燃的另外一边躺下了。

这一小方天地里,时间都好像静止了。

第八章
只是一点儿吗

【1】

宋燃燃醒来的时候,外面的太阳已经没有那么大了。

这一觉睡得够久,她的脑袋都有些昏昏沉沉的了。她起身时发现肚子上盖着一条小毛毯,周十八不知道去哪里了。她喊了几声,也没有人应答。

屋子里已经收拾得干净了,桌子上的碗筷也收拾好了,她走进厨房,发现碗筷都已经洗好了,摆放得整整齐齐。

周十八其实是个很细心的人,但这种细心被他的"毒舌"掩盖了,如果没有深入接触,很难发现。

她收拾好自己的东西,最后看了一眼这个家,然后关上门走了。

夕阳染红了天边,晚霞瑰丽得让人心醉。

她犹豫了片刻还是决定去找周十八,和他打一声招呼,不然周一那天周十八又得念叨她半天。

她记不清有多久没去过周十八家了,那个地方对她来说就像是一个梦魇。

她记忆里的那户人家,空气中都弥漫着鱼腥味,到了后,却只有干燥的草木燃烧的味道。

空气飘浮着黑色的草木灰。

周十八正在院子里收拾那些被太阳晒干了的野草,他脱了短袖,裸着上半身。少年的身材精瘦，肌肉线条流畅，充满了力量，上面还覆着一层薄汗。

她喊了他一声，但声音太小，被草木燃烧的毕剥声盖住了。

她还想再喊一声，主屋的大门被人推开，周年辉走了出来。宋燃燃立马蹲下，将自己藏在矮墙之下。整条小巷，要说宋燃燃最讨厌的人是谁，那一定是周年辉。

周年辉将一个深绿色的地笼扔在屋前的水泥地坪上，喊道："晴晴，去把地笼放了。"

周晴晴是周十八的姐姐，她长得瘦瘦小小的，一副敢怒不敢言的模样："为什么不让弟弟去？"她还是忍不住问了出来。

周年辉的脸色瞬间就变了："让你去就去。"

周年辉是家里的顶梁柱，即便这根顶梁柱已经被岁月侵蚀，不堪大用了，但家里依旧没有人敢挑战他的权威。

周晴晴只能服从他的命令。

"姐，我去。"周十八从晾衣架下取下了自己的那件短袖穿上，然后拿起了地上的地笼，推了一下周晴晴，"姐，你先进去。"

周年辉也不好再说什么，只是指着周晴晴骂："要你干什么？什么事都要你弟弟来做。"

周十八出了院子，一眼就看到蹲在墙脚的宋燃燃，他立刻回头看了一眼院子里的周年辉，指了指前面。

宋燃燃会意，佝偻着身子往前走，直到周十八喊停。

"你好像乌龟。"他笑着说。

"怎么来找我了？醒来没看到我不高兴了？"他又说。

宋燃燃后退了好几步，地笼散发的鱼腥味让她难以忍受。

她克制住捂住鼻子的欲望，说道："我就是想告诉你一声，我回去了。"

"哦。"

宋燃燃和周十八打了招呼就想走，周十八犹豫了一下，喊住了她：

"要不然，你再等等我，我晚点儿送你回去？"

宋燃燃的家离这里有点儿距离，要是走回去，估计脚得起泡。

"不用，我没关系。"

"听话。"

他这语气有点儿像宋柏，两人都有些怔住了。

宋燃燃点点头。周十八让她回家里等，说外边热，而且味道不好闻。宋燃燃没同意，说选个稍微远点儿的地方就行。

这些年，这里的很多人都不在家务农了，他们选择去外面的城市里谋生，很多田地、鱼塘都荒废了。

周年辉没本事，只能在鱼塘里讨生活。但鱼塘里的活计也繁重，要清理鱼塘、放鱼苗、割鱼草、撒鱼饲料，还要注意水位，引水放水，注意水的颜色等等。这些活看样子大多落在了周十八的身上。

宋燃燃小时候去帮亲戚家插秧，一下水就脚抽筋，宋柏心疼她，再也没让她下过田。因此，虽然她长在小乡镇，却从来没干过什么重活。相较于郭娅和周十八，她算是过得好的了。

周十八给她找了个阴凉的地方，让她坐着等，还摘了不少树叶垫着。

宋燃燃仰头看到黑红的桑葚果子，周十八好像知道她在想什么，道："那些可以吃的。"

宋燃燃摘了一颗放进嘴里，滋味甘甜，比去集市上买的还好吃一些。

周十八的动作很快，他双足踩上田埂，脚上全是淤泥。他直接下到旁边的小溪流，清洗双手和双足。

他看了一眼桑树下的宋燃燃，喊她："宋燃燃，过来凉快一下，这里水很冰。"

宋燃燃有些不信，但还是过去了。

周十八将手上的水甩向宋燃燃，水落在肌肤上带来几分清凉感。宋燃燃脱了鞋子，也踩进溪水里。

溪水清澈见底，衬得她白花花的小脚丫更加白净了。

宋燃燃也朝周十八泼水，两个人打起了水战。

水落在身上，驱散了一身的燥热，一群经过的同龄人也加入了其中。

都是这一片长大的孩子，彼此都熟悉，有个男孩不泼别人，就逮着宋燃燃泼。男孩子的速度和力量总是优于女孩。宋燃燃和周十八那是小打小闹，没来真的。这群人就不一样了，只想分个输赢，下手很猛。

宋燃燃被泼得眼睛都睁不开了，她战斗力弱，但即便闭着眼睛也仍在泼水。

泼在她身上的水好像突然就少了，她抹了一把脸，睁开眼睛，发现周十八不知道什么时候站在了她的前面。夕阳下，溪水泛着细碎的光，周十八一捧接一捧将水泼向男孩。

宋燃燃有了人帮忙，也泼得更起劲了。

男孩被泼得接连后退，浑身都湿透了。

"行了，我认输，我认输。"男孩非常识时务地举手投降。

宋燃燃和周十八都没停手。

"光欺负女孩子有意思吗？"周十八骂了一声。

宋燃燃小声地说："你不也一样总逮着我欺负吗？"

"我对你那是欺负吗？给你打扫卫生、帮你报仇这叫欺负？宋燃燃你有没有心？"周十八生气地从身后拿出了一条鱼凑到宋燃燃面前，"这个才叫欺负你！"

宋燃燃吓得连连后退，一屁股坐在岸边的草地上，捂着肚子干呕起来，那阵势像是要把胃都吐出来。

她刻意遗忘的记忆又浮上来。小小的她被关在房间里，只能吃发臭的鱼，周年辉就站在门口大声地训斥："有得吃就不错了，不想吃就走啊！你赖在这个家里做什么？"

周十八立马将鱼扔了，惊慌地道歉："宋燃燃，对不起！"他手足无措地坐到宋燃燃的身边，也不敢去触碰她。

宋燃燃一直吐出酸水才止住了呕吐，坐在原地平复心情。她的眼眶都红了，眼里泪汪汪的。

"你还怕鱼？"周十八突然嗅了嗅自己的身上，生怕自己身上也有鱼腥味。

"没事了。"宋燃燃怕他多想。

周十八没想到事情过去那么久了,她依旧没办法忘记当时的伤害。

"我爸……他……"周十八沉默了很久才吐出几个字,"我替他向你道歉。"

"周十八,"宋燃燃笑了起来,有些勉强,"你不用道歉,是我应该谢谢你,谢谢你给我一个崭新的人生。"

他们迎着夕阳回家。

累了一天了,两颗心仿佛也靠近了一点儿,他们好像回到了小时候。

"宋燃燃,你为什么突然就和我生分了?"好像不知道从什么时候起,他和宋燃燃就不再像小时候那样亲密无间了,而是变得针锋相对,疏离陌生了。

"也许青春期就是这样吧,我和我哥也这样。"宋燃燃说。

"我不信。"

"不信拉倒。"宋燃燃不惯着他。

"宋燃燃,你又撑我?我干脆把你颠下去算了。"周十八用力地踩着自行车,恶狠狠地说。前面就是一块洼地,宋燃燃听他这么说,下意识就抓紧了后座。

但意料之中的颠簸并未到来,宋燃燃回头看着那块洼地,后知后觉周十八避开了。

哼,周十八真是只嘴硬心软的纸老虎。

其实还有点儿可爱。

"饿不饿?"宋燃燃问,"请你吃饭。"说好了请吃饭,宋燃燃不会赖掉。周十八今天确实帮了她很大的忙,中午那顿实在有点儿寒碜,宋燃燃心里过意不去。

吱的一声,周十八刹住了车子。

"也不是不行。"周十八说,"但我今天没空,先欠着吧。"

他是在学她今天说话吗?

周十八将宋燃燃送到了家门口,宋燃燃从自行车后座跳了下来:"你乐意欠着就欠着吧。"她朝周十八挥手离开。

已经是黄昏了,气温依旧很高,整个世界热得就像是一个大蒸笼。

"宋燃燃。"周十八喊她。

"嗯?"

"你……明天有什么安排吗?"周十八扶着自行车把的手紧了紧,他甚至觉得今天手心出的汗有些多。

"没有吧。"宋燃燃今天实在太累了,她能预料到明天起来定会浑身酸痛。

"哦,那我走了。"他这次很快就掉转了车头,头也不回地走了。

宋燃燃感觉到他有些失落。

【2】

周十八到家时已经有些晚了。

他远远瞧见一点微光被关在破旧的屋子里。

他刹车停在不远处。晚风送来了些许的清凉,周围都是此起彼伏的蛙鸣声。其实这样的风景偶尔感受一下,会觉得非常宁静,但在这样的环境中生活久了,便麻木了。

周十八深呼吸了一口气,像是下定了某种决心才踩着自行车进了院子。

昏暗的灯光模糊了角落里堆放的物件,让这个家给人一种很温馨的错觉。

他又听到了熟悉的啜泣声。

周晴晴从自己的房间出来,轻声关上门,将食指竖在唇边,指了指母亲的房间。

又吵架了,周十八心下了然。

姐弟两个默契地放轻了手脚。

家里还没有做饭,冷锅冷灶。

周十八很自觉地去了厨房,开始淘米煮饭。周晴晴跟在身后张罗晚上吃什么。这样的场景姐弟俩不知道面对过多少次了，这样的事也不知道做了多少回了，日复一日，年复一年。

周十八很快做好了晚饭。饭菜放在简易的餐桌上，周晴晴用一个大碗盛满了饭菜，放在周十八的面前。

钟藜正在气头上，周晴晴不敢去触霉头，只用眼神使唤周十八。

周十八沉默地站起来，端着碗推开了母亲的卧室门。周晴晴竖着耳朵听，不多时，就听到了清脆的碎裂声。

很快，周十八捧着一些陶瓷碎片出来了，又从厅堂里拿了扫帚进去清扫掉摔在地上的饭菜，这才小心翼翼地关上了门。

周晴晴自始至终没有抬头，只是低头扒饭。

姐弟二人吃完饭，各自回了自己的房间。

周十八靠在床头发呆。家里没有什么娱乐活动，电视机倒是有一台，但没有人敢打开，周十八也没有追剧的兴趣。手机不在身上，也不能早睡，因为他晚上还有个任务，那就是去接周年辉回来。他只能睁着眼睛盯着天花板发呆。

估摸着到点了，他从床头找到了手电筒，然后出了门。

小乡镇的夜里安静得如同与世隔绝的桃花源。那其实只是一间不大的一层门面，门板简陋，却有很多人自愿困在里面。

里面酒气熏天，不少人已经喝得酩酊大醉地趴在桌子上。周十八熟练地从这些看着差不多的中年男人里扒拉出了周年辉。

一个看着面熟的大叔醒来了，瞥了他一眼，含糊地说道："是十八啊，来接你爸了吧？"

周十八一个眼神都没有给他。

大叔却笑了。他看着周十八将周年辉背了起来，步伐飞快地往回走。

少年人是真的长大了。他还记得最开始周十八来接周年辉的时候，个头还很小，很吃力地搀扶着周年辉，现在已经可以轻轻松松地将他背起来了。

晚风带着点儿稀薄的凉意，吹散了酒精上头导致的燥热，也吹散了一点儿醉意。

周年辉伏在周十八单薄的背上,感叹似的说道:"我就说吧,还是儿子好,女儿顶什么用啊?我命里就应该有个儿子,幸亏啊当时换成了你,幸亏……儿子,你说是不是?"

周十八没有搭话,只是沉默地往家里走。

"说话啊,臭小子。"周年辉揪住了周十八的耳朵追问道。

"幸亏。"周十八的声音淡淡的。

得到了满意的答复,周年辉总算是安分了,趴在周十八的肩膀上沉沉睡去。周十八没有将周年辉送回房间,就放在客厅的沙发上,然后回了自己的房间。

他刚躺下,门就被推开了。

是周晴晴。

她穿着睡衣站在门口,表情有些扭捏。

"什么事?"周十八的话音刚落,一个沉甸甸的东西飞了过来,他赶紧一把接住。

"这个今天晚上给你玩。"

"我不用。"周十八拒绝道。

"不玩也得玩,反正我放在你这里了。至于你玩不玩,就不关我的事了。"在周晴晴看来,他这个年纪的小孩子怎么可能不喜欢玩手机?周晴晴说着关上门,还不忘叮嘱他一声,"明天必须要还给我。"

他不小心捏住了手机按键,屏幕亮了一下,已经是凌晨了,日期也跳转到了六月二十号了。

周十八捏着手机,又躺了回去。

这虽是一个杂牌手机,但该有的功能都有,还是周年辉有一次打牌赢了钱,随手给他买的。周晴晴眼馋也想要,但不敢说。于是他将手机悄悄给了周晴晴。

他很少用手机,也很少和别人联系。他登录自己的社交账号,上面也只有零星的几个对话框。

167

置顶的是宋燃燃，第二个是赵明明，第三个是系统的生日祝福。

周十八盯着手机屏幕看了好一会儿，还是没忍住给赵明明发了一条消息："你去找宋燃燃，看看她在不在线。"

赵明明回复："你拿到手机使用权了啊？"

"少废话。"

赵明明回了一个"OK"。

周十八点开了宋燃燃的主页，她的动态更新的频率很高，几乎每天都会写一些小事情，像是在汇报自己的生活。

宋柏的账号隔几天就会出现在点赞区，他知道宋燃燃是写给宋柏看的。前两天的一条动态，宋燃燃说起有亲戚带了特产过来，也想尝尝A市的特产。

宋柏在下面评论："给你寄。"

周十八收到了新的消息，退出了宋燃燃的主页。

赵明明："她在，回复我了。你找她什么事情啊？她没回复你吗？"

连着两个问号就像是狠狠打在周十八脸上的巴掌，他有些烦躁地回复："没什么，宋燃燃就是只白眼狼！这么晚还不睡觉，迟早会猝死。"

赵明明收到这条消息一脸蒙。宋燃燃怎么成白眼狼了？他的好奇心比较重，有问题就要去找当事人问清楚，于是他把这话截屏发给宋燃燃。

宋燃燃只发了一个问号过去。

她又哪里惹他了？她很好奇。

【3】

周十八没睡好。

早上还手机给周晴晴时，周晴晴吓了一跳："你玩通宵了？"她纠结了片刻，将手机还给了周十八，"那就再多玩一天吧！"

"不是因为这个，就是单纯失眠。"周十八没要手机。

周年辉还躺在沙发上，钟藜在厨房做早餐。周十八特意进去看了一眼，是清汤面，和往日一样，没有任何特别之处。

他眼底的光刹那间就暗淡了下来。

好在他已经习惯了，所以并不指望他们会记得今天是什么日子，他也从没在家里过过生日。

周十八三两口就吃完出门去了。

他的心情不太好，他将这一切归咎于没睡好。

在校门口，他看到了宋燃燃，不知道为什么，他的心情更糟糕了，一下跌到了谷底，就连宋燃燃主动向他打招呼，他都没有理会她，冷漠地别开了眼睛。

他还在气头上，不能这么轻易地接受宋燃燃的投诚。

"你怎么了？"宋燃燃追了上来，拍了一下他的肩膀，脸上带着淡淡的笑意。

这要是放在以前，是很难想象的事。

也许她自己都没发现，她好像变得比之前更亲近他一点儿了。周十八伸手抵住她的脑袋，拒绝她的靠近："烦着呢。"

"烦什么？"

"自己想。"周十八随手弄乱了宋燃燃的头发，没等她，自己先走了。

教室里，赵明明已经到了，正在和刘小兰说着什么，两个人有说有笑的。见到他进来，刘小兰跟见了瘟神似的，立马就掉头。

周十八都已经习惯了，他坐在座位上，拿起了水性笔灵活地在指尖转动。他看向赵明明，见他并没有什么表示，忍不住提示他道："今天是什么日子？"

赵明明一头雾水："星期一啊，上学的日子。你这么看着我做什么？我脸上有什么吗？"

周十八停止了转笔，赌气似的说道："有眼屎！"

赵明明连忙向刘小兰借了一面小镜子，一边照，一边絮絮叨叨道："没有啊！哪里有？好你个周十八，又骗我！"

周十八没有说话，早已经趴下了。

看见宋燃燃也进来了，赵明明和刘小兰说起了悄悄话。

刘小兰问："上次周十八这样是因为宋燃燃要转学，这次又是因为什么啊？"

"是因为昨天晚上宋燃燃在线没搭理他？"赵明明也看不懂周十八了。

"嗯？昨天晚上他没找我聊天啊。"宋燃燃插话道，随后将书包放进抽屉里。

周十八从鼻子里发出一声冷笑。

课间操时间，大家做完广播体操赶着回教室。

周十八走在前头，赵明明、刘小兰和宋燃燃走在后头，像是刻意疏远一样。

操场正对面是校医务室，窗户上挂了一块小黑板，上面写着一些收到快递的学生的名字。

周十八一眼就看到了宋燃燃的名字，正想提醒一下宋燃燃，却被刘小兰抢了先："燃燃，你在网上买东西啦？"

宋燃燃进去找到了属于自己的一个大纸箱子。

赵明明扯了扯周十八，两个人帮她搬回了教室。

宋燃燃找人借了小刀拆快递，刘小兰和赵明明好奇地围在边上看，周十八"喊"了一声，转过脑袋去看窗外的风景。

没意思。

他甚至觉得今天的教室格外吵，于是用手捂住了耳朵。

"是礼物哎！谁过生日了吗？"刘小兰发出一声惊喜的叫声。

周十八的耳朵突然竖了起来，有个不切实际的想法浮上了心头，心跳也跟着加快了。宋燃燃，她原来还记得……喜悦一点点儿攀上心头……

"是我哥寄的，应该是一些零食、特产和其他礼物。"

周十八心中的喜悦一下子消散了。他双手将耳朵捂得更严实了,真烦。

"哇,你哥对你真好!"刘小兰羡慕极了。

箱子里满是各种各样的零食,有些她都没见过。

赵明明也是一脸兴奋:"看着就很好吃。"

"你们选些你们爱吃的,想吃什么就拿什么。"宋燃燃非常大方。

刘小兰和赵明明发出了欢呼声。

他们开心了,周十八却是更加不开心了。

他一脸烦躁地坐了起来,椅子擦着地面发出刺耳的声音,他的话也尤为刺耳:"吵死了!能不能小声点儿?"

空气凝滞了一瞬间。

三人都用异样的眼光看着他,像是在质问他。

原来,期待落空是这么令人难受的事情。周十八心里酸酸的,有些羞恼,还有些难受,难受得眼睛都有些胀胀的。

宋燃燃犹豫了一会儿,从箱子里拿出了一大堆零食放在他的课桌上:"这个给你。"

赵明明也察觉到他的不对劲了,尽挑他爱听的话说:"宋燃燃亲自挑选的,都是你爱吃的。"

"你以为我要的是这个吗?"周十八的语气也变酸了。

"那你想要什么?"

"我想……"周十八突然停顿下来,深吸了一口气,"没什么,不记得就算了。"

他看着课桌上的一堆零食,心想,其实也没什么的,大家都不记得也没什么的,习惯了就好了。

他随手拿了一包零食拆开,恶狠狠地吃起来,随后说了一句:"替我谢谢柏哥。"

"好。"宋燃燃扭头去拆那个空箱子。

刘小兰觉得奇怪,问:"燃燃,你要那个纸箱子做什么?"

宋燃燃用小刀将快递上的地址裁下来。

"你裁这个做什么啊？"刘小兰塞了满嘴零食，含糊地问。

"这是我哥的地址。"

"你打算去找他啊？"

"嗯，暑假就去。"

【4】

这一天对周十八来说，度日如年。

周十八盘算好了，下课就立马走，不等这些人。

他没想到的是，下课铃声才响起，宋燃燃、刘小兰和赵明明就迫不及待地冲出了教室，反倒是把他给落下了。

周十八猛踹了一下桌子腿，慢慢吞吞地出了教室。

他走出教室才发现外面不知道什么时候起下起了小雨。

真烦，天气也和他作对。

早上出门时天气都是好好的，下午就变了天。女孩们带着的太阳伞倒是派上了用场，走廊上挤着的基本上都是男孩子，像他一样没带伞。

有不怕淋雨的，一个个将书包顶在头上就往雨里冲的，跟下饺子一样。

"别走了，我爸等下回来接我，我让我爸捎你回去。"

"好啊。"

…………

周围的人在聊天，校门口站着不少带着雨伞来接孩子的父母，然后亲亲热热地一块儿回家。这种画面每个突如其来的下雨天都能看到。小时候，他也期待过周年辉或者钟蘩能带着雨伞来学校接他。但一次，两次，三次……也不知道多少次等到天黑都没看到他们人影，他也就不再奢望了。

周十八没有什么好期待的，头也不回地冲进了雨里，踩出一脚又一脚水花。身后的欢笑声渐渐远去，他的世界总是这样的黑白默片，不会有什么别的颜色。

"周十八。"耳边传来熟悉的声音，下一秒，一把小花伞遮住了他头顶上的雨。黑白默片被强势地染上色彩，周十八猛地顿住脚步，身体有些僵硬。他低头撞上宋燃燃那双清澈的眸子，好久都没回神。

　　宋燃燃伸手在他眼前一挥。

　　下一秒，她的脸颊被人狠狠地捏住了："你不是走了吗？"

　　那语气恶狠狠的，听起来却带了几分委屈。

　　"走了也可以回来。"宋燃燃说，因为脸颊被捏着，她说话有些瓮声瓮气的，"走不走啊？"

　　"我们又不顺路，你还能送我回家啊？"周十八脸上的神采恢复了一些，眼睛里也有光了，直直地盯着她看。

　　"还是能顺一段路的。"宋燃燃说。

　　周十八"哦"了一声，松开了她的脸颊，接过了她手里的伞："那你离我近一点儿，不然淋雨了可别怪我。"

　　宋燃燃就真的靠近了一点儿，两个人的肩膀都挨在了一起，周十八像是触电了一般猛地往边上撤："宋燃燃！"他语气愤怒，好像在责怪宋燃燃为什么突然触碰他。

　　"又怎么了？"宋燃燃仿若未觉。

　　"算了。"他撑着伞，两人一块儿往前走，只是每次不小心肩膀碰撞在一起，周十八的身体都格外僵硬。

　　他们一路出了校园，两个人回家的方向是相反的，按道理就要分道扬镳了。但周十八走得很慢，似乎有意在拖延时间。宋燃燃指着前面那一排低矮的店铺："我们去那边避雨吧，雨越来越大了。"

　　那边有的商店门口摆了很多伞在卖，周十八知道宋燃燃要做什么——给他买一把雨伞，把他打发掉。

　　"怎么？送我回家不行吗？"他状似漫不经心地试探她。

　　宋燃燃一脸古怪地看着他，仔细思考了一下，问他："你确定吗？"

　　"不敢啊？"

宋燃燃摇头。

两人走到了店铺的屋檐下，周十八不打算在卖伞的商店门口停留，强势地拉着宋燃燃停在隔壁的餐馆门口。

宋燃燃疑惑地"嗯"了一声："你怎么了？"

"没什么。"他生怕她发现自己那点儿不足为外人道的小心思，又惊觉自己表现得太明显了，有些懊恼，"行了，你回去吧，不用你送了。"

"为什么说我白眼狼啊？"宋燃燃却转移了话题。

这话听着熟悉，周十八唾弃了一万遍赵明明这个大嘴巴。

"你自己想啊！"不说这个还好，听她这么一说，周十八就更生气了。

"想不到。"宋燃燃一脸无辜地说。

"宋燃燃，你生日我都记得，你怎么不记得我什么时候生日呢？"积压的委屈还是抑制不住地涌上了心头，周十八忍不住心里一酸。

"你生日什么时候啊？你现在告诉我，我现在记。"

"算了。"在不在意一个人从细节就可以看出来，强求来的又有什么用？他说，"你回去吧，不用管我了。"

"真的吗？"宋燃燃反问。

"真的，宋燃燃你真烦。"他推开宋燃燃，将雨伞还给了她。

宋燃燃接过他手里的伞，转身进了餐馆，周十八疑惑地问："你干吗？"

宋燃燃不说话，只顾往里面走，他只好跟进去，随着她上了二楼。

"喂，宋燃燃！"他看着宋燃燃进了一个包厢，门被关上了。他犹豫了一下，一把推开门，里面黑漆漆的。

他心里正疑惑，下一秒，屋里亮起了微弱的烛光。有人围着一个点了蜡烛的蛋糕，齐声高唱道："祝你生日快乐，祝你生日快乐，祝周十八生日快乐！祝你生日快乐！"

周十八反应了好一会儿，才借着昏暗的烛光看清了宋燃燃、赵明明和刘小兰的面孔。

原来，他们都没忘记。

周十八不知道要如何形容自己现在的心情，他第一次后悔肚子里的墨水太少，站在原地久久没能回神。

"愣着干吗？许愿。"宋燃燃过来拉他。

赵明明鼓掌："快许愿，周十八，三个愿望必须有我一个啊，就保佑我考个好大学！"

"你自己生日时许。"周十八明确地拒绝了他，看向宋燃燃，"你呢？有什么愿望？我捎带帮你一块儿许了。"

宋燃燃当然不能犯和赵明明同样的错误："我自己生日时许吧。"

周十八气结。

他闭上眼睛，默默许愿："那就让家里好起来，让赵明明那个家伙考上好大学，让宋燃燃一辈子都开心、健康、顺遂。"

然后他猛地一口气吹灭了蜡烛。

包厢的灯随即亮了起来，服务员很快就来上菜了。

四个人围坐在桌子边，都有些兴奋。

"所以，你们今天都是故意的？"周十八开始秋后算账。

"对啊，惊不惊喜啊？我们昨天晚上商量到了好晚。"赵明明兴奋地说道，"这顿饭是宋燃燃请的啊！她非说欠你一顿饭。至于蛋糕，是我和刘小兰买的。"

刘小兰出现在这里就足够让周十八惊讶的了，没想到她还出钱给他买了蛋糕。

刘小兰别别扭扭地说道："之前我是看你对燃燃不好才讨厌你的，但看你上次保护了燃燃，那我就勉为其难不讨厌你了，你也别讨厌我。"

周十八嘴角微微上扬，勾起一个浅浅的弧度："那可不行，那我不是亏大了？"

刘小兰脸上的表情一僵。她都准备收拾东西走了，周十八说了一句："我又没讨厌过你。"

刘小兰笑了:"那就好。"

宋燃燃从书包里掏出一份礼物放在周十八面前:"这个是我哥给你的礼物。"

一个四四方方的小盒子,上面写着三个字——给十八。

"就算我忘了,我哥也绝对不会忘的。"宋燃燃说。

周十八将礼盒拿在手里,心中感慨不已,是啊,柏哥永远都不会忘记他的生日。这么多年来,每次他生日都是在宋柏家过的。

每年他生日,宋燃燃都会逮着他去自己家里吃一顿。他以为宋柏走了,宋燃燃就会忘记了。他现在也说不清楚自己是什么心情。

"那个……你们费心了。"周十八有些别扭地说道。

"就这个啊?就不能说点儿更好听的?"赵明明一心想纠正周十八嘴欠的毛病,现在总算逮着机会了。

"去去去,爱听不听。"

这顿饭周十八吃得很开心,这么多年来,他头一次这么开心。

外面雨已经停了,赵明明肩负起了送刘小兰回去的任务,四人挥手道别。

周十八不想那么早回去,想和宋燃燃多待一会儿。

"走吧。"宋燃燃说,"我送你回去。"

天色已经晚了,路途也不近,一来一回估计得很晚。周十八知道宋燃燃是个言出必行的人,劝道:"太晚了,还是我送你回去吧。"

"不行。"

"那你送我回去,我还得送你回来再自己走回去,宋燃燃你是想累死我吗?"

宋燃燃只好妥协。

他们向着宋燃燃家里走去。雨后的街道湿漉漉的,空气十分清新。周十八深吸了一口气,直觉得浑身舒畅。

他突然觉得下雨天也挺好的。

"宋燃燃,你是不是还有什么东西没给我啊?"周十八问。

宋燃燃一头雾水："什么东西？"

"你说呢？"

宋燃燃突然停下脚步，像是变魔术一般拿出一个小盒子："是不是这个？"

粉色的丝带捆绑住了那一份神秘和期待，周十八接了过来："宋燃燃，你是不是故意的？现在才给我。"

"是故意的又怎么样？"每次看到周十八跳脚或者生气，宋燃燃就忍不住想逗逗他。

"没良心。"

"白眼狼，没良心，周十八你还有多少个这样的外号？你是我的长辈吗？"宋燃燃终于反驳了，但周十八没有从这话里感觉到宋燃燃的怒气，她的语气很平静。

宋燃燃自然知道这些称呼背后隐含的意思，但她总是平和的。她身上有宋柏的影子，家庭的烙印。他的爱让她变得平和。

周十八就做不到。小时候他经常和人发生冲突，可能是因为一句脏话或一句否定他的话。他的情绪里也带着家庭的烙印，易怒易暴，敏感多疑。

有时候，他是真的羡慕宋燃燃，羡慕她那种发自骨子里的自信。

"还多着呢，总有一个你听了会生气的。"周十八说。他一定会找出来的。

"你非要惹我生气吗？"宋燃燃很无奈。

"是啊。"那么多人都喜欢你，那么人真挚地喜欢你。

他能做什么呢？随大流喜欢她吗？宋燃燃不缺爱，压根不会看到他。

【5】

宋燃燃回家时有些晚了，张玫瑰和宋志国正坐在沙发上看肥皂剧。见她回来了，张玫瑰立刻起身从冰箱里拿出半边西瓜，切好放在餐桌上："快来尝尝。"又将灶上炖好的鸡汤端出来，放到宋燃燃的面前。

177

宋燃燃其实已经吃饱了，可这些都是特意给她留的。在大人眼里，好像她无论在外面吃了什么，都不如在家里吃得好。

宋燃燃坐下来尝了一口鸡汤，随口夸了一句："好喝。"

张玫瑰和宋志国脸上绽放出笑容。

"今天玩得开心吗？"张玫瑰问。

"挺开心的。"

宋志国乐呵呵地说道："燃燃喜欢吃鸡，爸爸下次再去给你买一只土鸡。"

"对啊，这次的鸡也是你爸爸买的。"

这样深厚的爱意包裹着她，逐渐将她心中的冰融化。她只能做一些力所能及的事情来回报，比如主动做一些的家务活，看到张玫瑰在厨房忙活时，偶尔搭一把手。

有时候，宋燃燃也会觉得自己已经真正融入了这个家庭，就只差开口喊张玫瑰和宋志国爸妈了。

燥热的夏天，仿佛漫无尽头。

宋燃燃回了自己的房间，将书包放下。

外面的蝉吵闹得很，也不知道是什么时候飞来的，不分昼夜地叫，吵得宋燃燃睡不着觉，也看不进书。她拿出手机，宋柏依旧没有发来新的消息。

她有些赌气地拨通了他的电话，嘟嘟声过后是提示对方正忙的声音。

宋燃燃心里更烦躁了。她的目光落在自己的书包上，那里面其实还有两份礼物。

宋柏是个周到的人，准备了三份礼物，一份是周十八的，一份是她的，还有一份是……

宋燃燃拿起那份礼物走了出去。

宋淼淼的房间门大敞着，她正伏在书桌上奋笔疾书。宋燃燃好奇地过去看了一眼，草稿上是密密麻麻的数字。

宋淼淼似乎入迷了，一心都扑在学习上面，对宋燃燃的靠近毫无知觉。

直到宋燃燃很轻地"咦"了一声，宋淼淼才猛然一惊，一把捂住试卷。

"你为什么在做高一的试卷？"后面的话宋淼淼用手捂住了。

"嘘，你小点儿声。"宋淼淼难得表现出一丝难为情来，"你别让爸妈知道，不然肯定要说我不务正业。"

宋燃燃的嘴巴被捂住，说不出话来，只能妥协地猛点头。

宋淼淼还是不放心："你要是偷偷打小报告，我们两个的和平关系算是完了。"

宋燃燃心想，自己都不知道宋淼淼做了什么事，她这算是做贼心虚吗？

宋淼淼松开手，又坐了回去："今天还差一点儿呢。"

"你这是为了赚钱吗？"宋燃燃猜测道。

"也不算吧，又能学习又能赚钱，何乐而不为呢？"宋淼淼财迷本性暴露无遗，"每个月收入不少呢。不然你以为我去网吧真的就是为了打游戏啊？好吧，游戏偶尔也打，主要是去帮人做试卷的。"

宋燃燃没说话了。

宋淼淼真的很优秀，和她相比，自己完全就是咸鱼一条。

"你找我有什么事吗？"宋淼淼知道，如果不是有事，宋燃燃也不会主动来找她。

宋燃燃将一个小礼盒递给了她："这个给你。"

宋淼淼有些受宠若惊，眼睛里写满了不可思议，指着自己再三确认道："给我的？"

"嗯，我哥给你的。"

宋淼淼吓得差点儿没拿稳："你哥干吗给我礼物啊？难道是想贿赂我？"

"你不要吗？"宋燃燃伸手要去拿回，但被宋淼淼牢牢护在怀里，"到了我手里就是我的了，有礼物不要白不要。"

宋燃燃就知道。

宋淼淼当着宋燃燃的面打开盒子，是一个非常漂亮的小熊存钱罐。

宋淼淼爱不释手，"啧"了一声："你哥还挺会抓重点的。"一下就抓住了她的财迷性格。宋淼淼不可避免地想起之前两人的相处，心情也好了不少。

宋燃燃完成任务回到自己的房间，也打开了宋柏给她的礼物。

是一个水晶球，晶莹剔透的球体里有一栋老房子，和他们从前的家一样，还有飞扬的白雪。

宋燃燃用手指点了点水晶球，托着下巴看了好久。

口袋里的手机振动了一下，是周十八打了电话过来："到了。"

"好。"

"算你有点儿良心。"

宋燃燃摇头："只是一点儿吗？"

"两点吧。"

宋燃燃习惯了他的挑刺。

"你那边什么声音？好吵。"

"是蝉叫。"宋燃燃拉开窗帘一看，幽暗的庭院里多了两道手电筒光，张玫瑰和宋志国正拿着捕虫网抓知了。

知了落在捕虫网里依旧在鸣叫。张玫瑰骂知了："你吵死了！吵得我女儿睡不着！"

有时候，宋燃燃会产生一种立马开口叫他们爸妈的冲动。

比如，此时，此刻。

第九章
去见宋柏

【1】

气温越来越高,暑假也来临了。

刘小兰问大家暑假有什么安排。

小乡镇里的孩子,大部分会去父母工作的地方和他们团聚,条件好一点儿的,一家人找个地方游玩一番。

"我和我妈要去我爸那边。厂子里的环境其实挺不好的,但只要一家三口能团聚,我就什么都不在乎。"赵小兰说这话的时候,眼睛里像是有小星星在闪。

赵明明要和父母去沿海城市玩:"去见见大世面。周十八你呢?"

周十八耸肩:"在家里帮忙干活。"

"燃燃呢?"刘小兰问。

宋燃燃:"我去找我哥。"这是她早就打算好了的,掰着手指等了好多天,才等到了这天。

她已经存够了来回的车票钱和吃饭、住宿的钱。

"你知道你哥的地址吗?"

"知道。"

宋燃燃做了万全的准备。

"A市很远,你一个人去吗?"刘小兰有些担心自己的好姐妹。她从大人那里听说了不少独身女孩在外被拐骗走的传闻。

宋燃燃说："我不怕。"

赵明明冲宋燃燃竖起了大拇指："女中豪杰。"

周十八倒是没说话。

放假意味着大家能解脱了，所以哪怕最后一天要在学校劳动，学生们也充满了干劲。

每个班级都划分了劳动区域，班级又分了小组，分别负责某一区域。

天气炎热，休息时间他们就站在一棵大树下乘凉。

气温高得令人难以忍受，热得人前胸后背都大汗淋漓。大家都聚集在树荫下，渴望能享得一丝清凉。宋燃燃站在边缘，她是被一个男孩挤出来的，大半个身子还在太阳下晒着。

手腕突然被人抓住往里面拉，顿时，她整个人都站到了大树的阴凉里了，倒是把那个男孩挤了出去。男孩恨恨地看了她一眼，可对上周十八犀利的眼神，一下子就心虚了，只能讪讪地去了另外一棵大树下。

"你不要这么凶。"宋燃燃觉得，周十八要是只老虎，她都要揪着他的虎须耳提面命了。

周十八有些不耐烦："你话好多！休息你的！娇娇弱弱的，等下可别中暑丢人了。"

宋燃燃一时语塞。

就像是刘小兰说的那样，周十八的嘴里从来没有一句好话。

其实，这样的话她从另外两个人的嘴里听到过，那就是周十八的父母。

宋燃燃从网上看到有人说过，孩子的一言一行都有自己父母的影子。

宋燃燃知道周年辉是个什么德行，也知道他家里是什么情况，所以她没办法生他的气。

老师在催进度，大家只好从树荫下回到自己的岗位上。宋燃燃在除草，手臂有些酸，脸晒得通红。

和她同组的有几个调皮的男孩子，中途溜走就再也没有回来了，只剩三个女生凑在一块儿埋头干活,一边抱怨他们偷懒。速度快的小组已经完成任务,陆陆续续地走了,宋燃燃这组还有大半没完成。

"不想干了,我们也走吧。"同组的一个女生提议道。

"有道理。"

最后两个队友也跑了,任务区就只剩下宋燃燃一个人。

刘小兰和赵明明分在一个组,远远地看到这边的情况,气不打一处来:"搞什么嘛,这些人还有没有一点儿责任心?"

原本天气就热,脾气也容易被点着,刘小兰最见不得有人欺负宋燃燃,镰刀一甩,当即就不干了。

赵明明在一边拦着:"别急,别急,等我们早点儿干完再过去帮忙是一样的。"

如此才把刘小兰劝住。

两人看见周十八起身大摇大摆地走了。

"周十八要干吗?去帮忙吗?"赵明明的这个想法刚冒出来就否定了,因为周十八直接走了,压根就没去帮宋燃燃。

不合理啊,这完全不合理。

他和刘小兰大眼瞪小眼,面面相觑。

之前好不容易积攒起来的那点儿好感一下就烟消云散了,刘小兰手里的镰刀狠狠地扎了一下地面:"天天说燃燃是白眼狼,到底谁才是白眼狼啊?"

气头上的女孩,赵明明拦得了第一次,却不敢再拦第二次了,只能重复道:"我们搞快点儿,过去帮忙。"

再晚一点儿,人已经走了大半了,就剩下几个区域还有人在干活。

宋燃燃扭头看了一眼,继续干活。倒不是她不想走,主要是时不时有老师过来巡查,先松后紧,这个时间点,巡查的老师反倒盯得更紧了。

她看着没除完的草,正发愁时,身后传来一阵脚步声。

他们小组躲起来偷懒的几个男生"良心发现",自己回来了。

其中一个男生还主动向她道歉："宋燃燃同学，不好意思啊，今天是我们不对。剩下的这些我们来做吧，你回去吧。"

"是啊，这些原本也就是我们的活，辛苦你了。"

几个男孩将宋燃燃拉了起来，赶她走。

宋燃燃一头雾水。

干完活赶过来的刘小兰和赵明明也同样一头雾水。要知道这几个男生是班级出了名的懒虫，一到集体劳动，就会跑去打游戏，都被班主任抓了好几次。

"走吧，燃燃。"刘小兰求之不得，赶紧催促道，生怕宋燃燃犯傻留下来。

宋燃燃当然不傻，这原本也是他们应该做的。宋柏告诉过她，每个人都有每个人的责任。现在，她的责任完成了。

只是有点儿奇怪。

刘小兰也这么觉得："你们觉不觉得他们这几个人好像有点儿不对劲？前面的那个脸上好像有点儿肿。"

宋燃燃闻言回头看了一眼，好像是，又好像不是。

他们走出了劳动区域才发现周十八就在外面等着，他个子很高，也不好好站着，歪歪地倚靠在一棵大树上。少年人的五官轮廓清晰，身材清清瘦瘦，显示出迅猛生长的势头。

衣袖突然被拉了一下，刘小兰凑了过来，小声地说道："其实，周十八长得也挺不错的。可惜——"

"可惜什么？"宋燃燃问。

"可惜不做人。看你一个人在那边辛苦，他不但不来帮忙，还自己找地方乘凉去了。"刘小兰心有怨念。

赵明明却一副高深莫测的样子："有没有可能，他是去找人去了？"

"什么意思？"刘小兰反应了过来，"你是说那些人是他找回来的？"

"不然呢？他们那几个老油条真的会良心发现吗？"

说话间三人已经走到了周十八的面前，他腰部微微发力，站直了身体："走吧。"

　　虽然只是赵明明的猜测，宋燃燃却听进去了。她盯着周十八，想从他脸上看出一些蛛丝马迹，但除了懒散，什么都没有看到。

　　他们回了教室拿书包，很多学生在校门口道别。

　　刘小兰抱了一下宋燃燃："燃燃，记得想我。"

　　"会的。"

　　赵明明也想抱，被周十八按住了。他问宋燃燃："真的要去找柏哥？"

　　"真的。"

　　"什么时候去？"

　　"明天。"

　　"几点？"

　　"问那么多干什么？"宋燃燃没回答。

　　"不说算了。"他突然伸手揉了揉她的头发，往她脖子上戴了个东西，"路上聪明点儿，别被人卖了。"

　　宋燃燃拿起来一看，是个警报器。

　　因为放暑假，家里变得格外热闹，大人们似乎也感受到了孩子们的兴奋劲，晚上做了一桌子好吃的。

　　宋淼淼放言要好好补觉，张玫瑰和宋志国则计划着要去哪里玩。宋淼淼哪儿也不想去："去哪里都花钱，不如在家里。"

　　张玫瑰和宋志国有些嫌弃这个比他们还抠门的女儿："放暑假哎，这么长时间，总不能稀里糊涂就过去了吧？燃燃呢？"

　　宋燃燃说："我也不去，我有事。"

【2】
　　宋燃燃的事情就是去找宋柏。

　　她天没亮就起来了，一个人背着一个大书包偷偷摸摸下了楼，却不料在拐角撞上了一个人。

"走了？"宋淼淼压低了声音问。

宋燃燃觉得有些意外，宋淼淼竟然会出现在这里。她警惕地看着她："你是来拦我的？"

"拦你有什么好处？这个拿着。"宋淼淼扔给她一个礼盒，"给你哥的。"

宋燃燃更加意外了。

"我是抠门，但不小气，礼尚往来懂不懂？你自己注意点儿，别走丢了。"宋淼淼轻轻地按了一下她的脑袋，打了个哈欠，懒散地上楼去了。

宋燃燃小声地问："你为什么帮我？"

"那我拦你，你会改变主意吗？"

当然是不会。

时间还早，外面却已经有了烟火气。早餐店烟气缭绕的，很是热闹，都是一些早起讨生活的人。这样的场景宋燃燃少有机会看到。

她去上学时，这个世界已经井然有序了。

这是她第一次出远门，觉得新奇、忐忑又紧张。她来得太早了，车上只有她和最后一排座位上的一个穿着紫色短袖，正趴着睡觉的人。

她的座位靠窗，看看外面还灰蒙蒙的天空，心里的不安和紧张逐渐放大，她不由得捏紧了自己的衣角。她担心张玫瑰和宋志国起来会发现她不见了，立即过来拦截她，也担心未知的旅途。

不多时，车上陆陆续续上来一些中年人，大包小包的，拎着各种东西。这些人都是背井离乡去外面谋生的，而她是去找人的。

和宋柏分别那天的场景还历历在目。以前她没想过宋柏会离开，想象不到他离开后会怎样，但现在两三个月过去，她好像也习惯了。

司机到点开车，一切都顺利。

宋燃燃松了一口气，给张玫瑰发了一条消息："我去我哥那边过暑假了，每隔两个小时会给你报平安，不用担心我。"

在这件事上，宋燃燃选择了先斩后奏。

她很清楚，要是提前告诉张玫瑰，估计就出不来了。

果然，下一秒她就接到了张玫瑰的电话。

电话里，向来温柔的张玫瑰控制不住怒火，数落了她一通，无非是责备她让他们担心之类的。宋燃燃都平静地接受了。她知道自己这次的行为会让家里人担心，可她太想宋柏了。宋柏已经很久没有和她好好聊天了，她很想知道宋柏在那边过得好不好，更多的是担心他。

这种感觉太熟悉了。从前初中的一些玩得还不错的同学毕业去外面打工后就渐渐断了联系，就像是空中断了线的风筝，持线的那一方是无能为力的。

"对不起。"她真诚地向张玫瑰道歉，"我不懂事，让你们担心了。但我真的想去看看我哥过得怎么样，我会和你们保持联系的。"

张玫瑰的怒火平息了下来。

宋志国在一边劝说："行了，燃燃也不是小孩子了，就当作是一次锻炼吧。孩子也总归是要长大的，别人家的孩子这个年纪都出去打暑假工了，也不见人家父母这么担心。你要相信燃燃，她是个聪明的孩子。"

顿了顿，他又说："再说了，你一味阻止有什么用？燃燃放不下她哥，正说明燃燃不是个没良心的孩子，她记着恩情呢，我们应该为她感到骄傲。"

宋志国是在为她说好话，宋燃燃在心里感激他。

"而且她说了，每两个小时就会报平安，妈妈你也别太担心了。"宋淼淼也懒懒地开口帮她说话，那声音听着似乎才睡醒。

张玫瑰最后还是妥协了："每隔半小时就给我发一条消息，要是超过半小时没发，我就过去找你。"

宋燃燃乖巧地应道："好。"她其实也心虚，担心这样的行为会伤害到家里人。

"还有,在外面保持警惕,不要随便吃别人的东西,也不要跟陌生人走,手机和包不能离开视线。"

"好。"

"还有……"

张玫瑰还在絮絮叨叨,电话那边传来了宋志国的声音:"好了,唠唠叨叨的,孩子听得都烦了。"

张玫瑰再三强调:"一定要记得给我发消息。"

"好。"

宋燃燃的思想负担放下来了,所有的忐忑不安和焦躁都在这一刻烟消云散了。手机响了一下,是张玫瑰给她转了一笔钱。虽然她什么都没说,但好像什么都说了。

宋燃燃的眼睛有些发酸,张玫瑰和宋志国真的是很好很好的父母,那些点点滴滴的爱,足以消磨掉之前的隔阂。她没有犹豫,回了一条消息:"谢谢……妈妈。"

她发完不太敢看回复。

张玫瑰的电话再度打过来,宋燃燃的手都有些抖了。她其实很害怕一些煽情的场面,那边传来的却是宋淼淼的声音:"宋燃燃,你还挺上道的嘛!干了坏事才知道哄人。老妈因为你那条信息,现在兴奋得不行,兴奋得开始让我们全屋大扫除了。"

张玫瑰就是这样,一兴奋就喜欢大扫除。

宋燃燃的脸有些红:"她很开心吗?"

"你说呢?她等你这句已经等了很久了,哦……还有个疯的,疯狂吃醋,现在在偷听电话。"

宋燃燃很上道地喊了一声:"爸。"

"哎,好孩子,好孩子。"宋志国的声音有些颤抖。

"我呢?"宋淼淼拉长了音调,"你害得我大清早起来稳住张女士,现在还被张女士拉去大扫除,怎么着也得表示表示吧?"

"回来给你红包。"宋燃燃下意识地说。

"宋燃燃,别装蒜,真听不懂还是假听不懂啊?"宋淼淼也隐隐有些期待,期待她开口叫她姐姐。

"包个大的。"宋淼淼不就是财迷人设吗?

"宋燃燃,你个王八蛋。"

宋燃燃收了手机,看着窗外倒退的风景。如果说出门时忐忑和紧张更多一点儿,现在则是期待更多一点儿。

大片大片苍翠的绿色包裹着她生活的那个小镇,挣脱这些后,就是外面的世界了。

繁华的城市,高楼大厦,崭新的世界扑面而来,书里或者说网络里的东西直观地呈现在眼前,更像是一种文明的冲击。

原来,外面的世界是这么精彩。所以大家才不愿意回来了吗?

她的眼睛一眨不眨地盯着窗外。昨天晚上她因为太兴奋了,很晚才睡着,早上起得又早,现在兴奋和激动消退,困意占据了上风。

但她不敢睡。

她的手机和包都不能离开视线,身边的中年男人盯着她的眼神总让她觉得不怀好意。

"小妹妹你去哪里啊?"他果然找她搭话了。

宋燃燃警惕地将脑袋扭向一边,没搭理他。

中年男人也不生气,继续凑过去问:"你还是学生吧?是去打暑假工吗?家里人不放心吧?你长得这么漂亮,一个人出门确实很危险,要不然我和你结个伴吧?"

宋燃燃依旧没搭理他。

"嘿,怎么还不搭理人啊?"宋燃燃越是不理他,他越是来劲了,一把拽住了宋燃燃的书包。

宋燃燃狠狠地踩了一下男人的脚:"你松手!再不松手我喊人了!"

车上睡着的人被吵醒,不满地看向他们。男人底气十足地喊道:"这是我家不听话的小侄女,不读书,非要出来打工……"

睁眼说瞎话都不带脸红的，一看就是惯犯了。

宋燃燃淡定地从脖子里拿出了周十八给的警报器，毫不畏惧地看着中年男人："你再惹我，再胡说，我就按了。"

闹成这样，就有些没趣了。

中年男人摸了摸鼻子，讪讪地说道："真不经逗。"

身后传来扑哧的笑声，很轻，夹在车厢里的各种谈话声中。宋燃燃总觉得那声音有些耳熟。然后她看到后座那个穿着紫色短袖的男孩走了过来，待看清楚他的面容后，宋燃燃双眼一亮。

男孩就停在中年男人面前，双手抚摸着中年男人的脸颊，又拽了拽男人的包："哎呀，叔叔，你去哪里啊？要不然带上我啊！你长这么帅，一个人出门在外多危险啊。我给你做贴身保镖啊。"

男孩的语气充满了挑逗，眼神却冰冷得吓人。

要是被女人搭讪，中年男人可能会迎合几句，但现在搭讪的是个男孩，即便是个眉清目秀的男孩，他也觉得恶心至极。可偏偏对方长得那样高，他还干不过别人。

他打开男孩的手，小声骂了一句："神经病。"然后换了一个座位坐。

周十八坐到了男人的位子上，学着他的语气对着他的背影说道："真不经逗。"

在这里见到周十八，宋燃燃很是意外和惊喜，看他为自己出头更是感动："你怎么来了？"

她的那双眼睛被喜悦填满了，眸光晶亮，就像是灿烂的星河落在了里面。

这样的宋燃燃真好看。

周十八很难想象，当年那个脏兮兮的，快要冻死的小女孩有一天会出落得这样美丽。

"这么久没见柏哥的也不止你，我也是好吧！"周十八对宋柏的感情不比宋燃燃少。

"你也想我哥了？"

"不行啊？"

"行。"宋燃燃从自己的书包里拿出了一些零食，"我没想到早上那个人是你。怎么不和我说一声呢？吃早餐了吗？"

宋燃燃絮絮叨叨的，小嘴一张一合。

周十八将手搭在她的脑袋上："休息一会儿吧，我给你放哨。"

宋燃燃愣了，他怎么知道自己困了？她看着周十八："你不困吗？"

"我早上不是睡了？"

宋燃燃被说服了，她背靠着座椅，彻底放松了身体。不再需要抵抗睡意，她安心地闭上眼睛。

手里的包子已经冷了，但周十八吃得挺开心的。

他吃完包子，收拾好垃圾，扭头看向宋燃燃。她已经睡着了，发出均匀的呼吸声。周十八收回了视线，目视正前方。

此刻的他，好像一个守门员，或者更好听一点儿……守护者？骑士？

那宋燃燃是什么？小公主？

他把自己逗乐了，车子颠簸了一下，肩膀一沉。

周十八游离的思绪瞬间终止，整个人静止不动了。

他僵硬地偏过头，从这个角度能看到宋燃燃纤长卷翘的睫毛，还能看到她唇上的茸毛。

啊，宋燃燃，真的好烦人！

【3】

宋燃燃来A市没告诉宋柏，她想给他一个惊喜。

但她不确定张玫瑰会不会通知宋柏，除非宋柏在上班，没时间看手机。

直到下车，宋燃燃也没接到宋柏的任何信息和电话，这说明惊喜是存在的。

到了车站，司机催着大家下车。

宋燃燃刚起身，书包就被周十八抽走了。他很自然地将它挂在肩膀上了："走了。"

宋燃燃笑了一下，也很自然地接受了他的帮助。

下了车，繁华的街道和高楼大厦映入眼帘。与从电视或网络远观大都市的繁华不同，他们现在已经身处其中了。

一辆辆从他们身边穿梭而过的私家车，载着一张张陌生的面孔，驶向不知名的目的地。

两个人站在路边，没有头绪，没有方向，显得格格不入。

宋燃燃找出收藏起来的地址。他们穿过了繁华的商业区，又走进了人烟渐渐稀少的街道，繁华渐渐退去，眼前是最质朴的，没有什么规划的街道，成片挤在一起的老旧的握手楼，显得逼仄又压抑。

这里破旧得让她恍惚觉得回到了那个偏远的小镇，两双眼睛只是静静地看着周围的一切。原来，即便是大城市，也有这样的地方。就像是美丽的人身上有个丑陋的疤痕，也像华丽的旗袍下乍然发现了虱子，反差感极强。

距离目的地越近，宋燃燃的脚步越是沉重。

纵横交错的巷道和围墙圈出一个个小方格，不同的小方格前挂着不同的招牌，大同小异地写着"×××有限公司"几个字。

"这种老城区，都是工厂聚集地。"周十八分析道，"你也别担心了，柏哥不是说了他现在过得很好？你啊，就是……""想太多"三个字还没说出口，他扭头发现宋燃燃站在原地没动。

他好脾气地折返到宋燃燃的面前，问她："怎么了？"

宋燃燃没说话，只是盯着前面的某一处。

周十八顺着她的视线看过去，看见一群穿着脏兮兮的工作服的男人。他们正在搬运货品，那些货品很沉，像是一座小山压在背上。

"有什么好看的……"周十八的声音戛然而止——他在那群人里看到了宋柏。

宋燃燃想起宋柏不止一次地告诉过她，他工作的地方干净明亮，工作很轻松，工资也高，领导也看重他。但她的心里总觉得有些不安。她太了解宋柏了，他总是报喜不报忧。又或者说他太习惯苛待自己了。也许是因为没过过好日子，不知道好日子是什么样子的。

也许是兄妹之间心有灵犀，宋柏抬头看了过来，视线相接，他顿在了原地。

还是周十八最先反应过来，用力地朝宋柏挥手，大声喊他："柏哥！"

宋柏摘下手套飞奔过来。

"燃燃！"重聚的喜悦盖过了一切，宋柏有点儿激动。

"哥！"

宋燃燃同样也很激动，以至于忘记了青春期的生疏，伸手想去抱他，但宋柏连连后退："我身上脏。"

"我又不嫌弃。"

"孩子话。"宋柏还是委婉地拒绝了。

虽然他们没有血脉关联，但这么多年相依为命，他们早已经将彼此视作真正的家人。宋燃燃拍了拍宋柏身上的灰尘，又伸手擦去他脸上的灰尘。

"柏哥。"周十八也同他打了一声招呼。

宋柏拍了拍他的肩膀："好小子。"

宋柏其实有很多话想问宋燃燃，问她为什么会来，怎么来的，要在这里待多久，但他都没问出口，他想的是要先将他们安顿下来。

"走吧，哥给你们找个地方住。"厂子里是包吃住的，周十八是男孩，还能和他挤一挤，但宋燃燃不行。

他想着在周围给宋燃燃找个旅馆安顿下来。

附近的旅馆环境都一般，房龄最少二十年了，楼道也有些黑，但胜在价格便宜。

宋燃燃每次打算办入住都被宋柏拉走了，他锲而不舍地走了好几家，总算找到了一家像样的旅馆，但价格是之前的两倍。

宋燃燃眼疾手快地付了钱，她自己攒了钱的。

宋柏也没有强求。

宋燃燃将东西放在旅馆的桌子上，坐在床上休息。

周十八一脸好奇地四处张望，感叹了一声："大城市还是挺方便的。"

宋柏在收拾宋燃燃的书包，理清物品时发现一个小礼盒。

"宋淼淼给你的。"

宋柏愣了一会儿，将礼盒塞进了自己的口袋，扭头说："你们在这里等我一下，我先去买点儿东西。"

小房间就剩下宋燃燃和周十八了。周十八坐在床上颠了颠，床铺发出吱呀的声音，这床和他家里的木板床很不一样，软得像是云朵。被子是纯白色的，干净得一尘不染。

"宋燃燃，你晚上一个人睡这里害不害怕啊？"周十八问。

"怕什么？"

周十八恶作剧般扮了一个鬼脸："你不怕晚上从床底下爬出个什么东西啊？"

这么一说，宋燃燃心底有些发毛了。她小时候跟着周围的小孩子看了不少恐怖片，对床底下、厕所和楼梯等地方都有很深的心理阴影。听了周十八的话，她下意识地抬脚，好像真怕床底下有什么东西。

周十八笑得前俯后仰："你晚上该不会被吓哭吧？胆小鬼。"

"你哭我都不会哭。"宋燃燃逞强道。

她给张玫瑰发了报平安的信息，张玫瑰只是叮嘱了一句："注意安全，有事就给妈妈打电话，乖女儿。"

宋燃燃盯着"乖女儿"三个字看了好一会儿，突然感觉很不好意思。

宋柏买来了一些日用品，包括牙刷、毛巾和一套睡衣，基本上补全了宋燃燃缺的东西，然后带着两人出去找地方吃饭。

"哥，你不用上班吗？我们可以自己搞定的。"宋燃燃过来是想看看宋柏，并不想给宋柏添麻烦，更不想影响宋柏的工作。

"我已经和主管请假了,放心吧。"宋柏的声音依旧是温柔的,他说,"你们来了,我也无法安心上班,不如玩个痛快。"

周十八单手插兜,摸了摸肚子:"柏哥,我们晚上吃什么?"

宋柏带他们去了市中心的一家装潢不错的饭店。服务员将菜单拿上来,宋柏递给了宋燃燃和周十八。两个脑袋凑在一块儿看菜单,都倒吸一口凉气。

"你们喜欢吃什么就点啊。"宋柏说得很轻松。

宋燃燃和周十八什么都没点,反倒是合上了菜单,小声地对宋柏说:"好贵!"

"偶尔吃一顿,没关系的。"主要是周十八和宋燃燃来了,宋柏觉得高兴。

"那也不行,我们就吃普通的快餐就行了。"他们还是舍不得乱花钱。对他们来说,吃饭就是填饱肚子,花太多钱并不值得。

如果是平时,宋燃燃发话了,宋柏就会妥协。但这次他坚持要留在这里吃,宋燃燃和周十八不点单,他就拿过菜单,自己看着点了一堆。

于他而言,赚钱就是为了让宋燃燃过上好日子,所以这些都是应该的。

趁着没上菜,大家闲聊起来。宋柏问起了他们期末考试的成绩。

"宋燃燃还是有点儿进步的,现在都全班十二名了。"周十八抢先回答,一脸得意,似乎与有荣焉。

宋柏觉得好笑,问他:"那你呢?"

"我……柏哥你知道的。"他抓了抓自己的头发,"我就是不太会读书,我读不进去。"

他那是不会读书吗?他的心思压根就没放在读书上,经常在课堂上睡觉,成绩能好吗?但宋燃燃自觉自己是个好人,得给周十八留了一点儿面子,便没戳穿他。

宋柏说笑似的拍了拍他的肩膀:"还是要努力,争取上个好大学。"

"啊?"周十八一脸奇怪地看向宋柏。宋柏一向都不怎么说这种话的,或者说宋柏一向不怎么关心成绩的。

宋柏的眼神一暗，摇摇头："没什么。"

吃完饭，宋柏带宋燃燃和周十八去公园转了一圈消食。公园就在工厂附近，他来的这几个月很少出来，对这座繁华的城市也没有多少了解。或者说，别人精彩的夜生活对他来说是未知的领域。他习惯了为温饱而奔波，对于享受生活一窍不通。

宋燃燃说有点儿累了，于是宋柏和周十八将宋燃燃送回了旅馆。

简单地叮嘱她几句后，宋柏和周十八回去了。出门时，遇到几个男人，喝得醉醺醺的，在拍门。

一个泼辣的女声从屋里传出来："再乱敲门，我报警了啊！"

男人们讪讪地离开了，醉醺醺地找自己的房号。

周十八突然停下了脚步，他思虑再三，还是开口了："柏哥，你真的放心她一个人在这里住着啊？要不然我留下吧？我就在宋燃燃的床边打个地铺或者睡沙发上。"

宋柏也有些担忧，他明天要早起上班，没时间顾及这边。他考虑了一会儿，最后还是同意了。周十八是他从小看着长大的，他很清楚周十八的品性。

看到去而复返的周十八，宋燃燃并不觉得意外。

天气热，随便找个地方就能睡。

月光从落地窗洒了进来，照在周十八的身上。

"宋燃燃。"

"嗯？"宋燃燃翻了个身，看到周十八蜷缩在沙发上，右手放在脖子后面枕着，没有看她，只是看着外面的月光。

月光轻柔地笼罩着他。他太瘦，身体单薄得像是纸片，也太高，得蜷缩着，受制于狭小的空间。

"睡不着？"他问。

宋燃燃没说话。

周十八道："是不是心疼柏哥？"

宋燃燃翻了个身,看向昏暗的天花板。

他们这间房临街,来来往往的车轮声响个不停,吵得很。她想,科学家们怎么还不解决这种噪音问题呢?

她的思维发散得厉害,什么都想,就是不去想宋柏的事情。她也不知道要怎么回答周十八的问题。

来Ａ市的第一天,宋燃燃失眠了。

手机屏幕亮了一下,宋燃燃打开手机一看,是刘小兰发来的消息,问她Ａ市怎么样。

宋燃燃回复:"没有想象中的好。"

赵明明也给她发了消息,不过,不是问Ａ市,而是问周十八:"周十八是不是跟着你去了Ａ市?"

宋燃燃:"嗯。"

赵明明:"这臭小子料到你要走,早早让我留意你的车票。他走的时候被他爸发现了,把他狠狠骂了一顿,但他还是跑了。"

赵明明:"其实他一直都挺关心你的。昨天晚上和我们一块儿回去,他一直念叨着你一个人去不安全。我想,他就是担心你被骗。"

宋燃燃放下了手机,又看了周十八一眼,发现周十八正偏头看着她,也不知道看了多久。

一瞬间两人大眼瞪小眼。

"怎么还不睡?不要眼睛了?"周十八嘴里依旧没句好听的。

宋燃燃也不知道自己为什么不撑他,而是乖乖地放下了手机,闭上了眼睛。

"还挺乖。"周十八的语气中透着愉悦。

宋燃燃反应过来,想说点儿什么,却又忍住了。

真奇怪,她怎么会真的听周十八的话?

"周十八,你是不是喜欢我?"她问。

这是她第二次问这个问题了。

"你又在说梦话了。"他说。他讨厌宋燃燃还来不及呢。

【4】

第二天早上,宋燃燃一睁眼,周十八那张脸就撞入了她的眼帘,极具冲击力——他靠得太近了,几乎就要贴上来了。

宋燃燃猛地往后一退,瞌睡也烟消云散了。

周十八双手抱胸,直起了腰:"宋燃燃,你果然是懒虫,这么晚还不起来,太阳都晒屁股了。"

宋燃燃坐了起来,发现周十八都已经洗漱好了,还换好了衣服。

桌子上放着豆奶和热包子。她起来去洗漱,发现牙膏都挤好了。

等她整理好出来,周十八已经吃完了早餐,开始帮宋燃燃收拾床铺和背包了。宋燃燃坐在椅子上吃早餐,看着他忙活。

"待会儿我们去柏哥那边,这些东西你要带哪些?"周十八说这话的时候一本正经的,语气和神态都很像宋柏。有时候她有种错觉,周十八在顶替宋柏照顾她,或者说,他在……模仿宋柏?

"带充电器、纸巾、钱包和太阳伞吧。"宋燃燃下意识问了一句,"你怎么和我哥似的?"

周十八一愣:"也是,你到哪里都有人照顾,也不差我一个。你自己收吧。"他停了下来,不再去收拾那堆东西,光坐在床边上等她。

他背对着宋燃燃。在他的印象里,宋燃燃总是被喜爱、被照顾的,所以他做这些都是自然而然的。他刚刚帮着收拾时,甚至有种奇怪的满足感。直到被宋燃燃戳破,他才反应过来,自己也许……潜意识里有点儿羡慕宋柏。

他其实永远都无法代替宋柏照顾她。

因为他不是宋柏,所以即便做了和宋柏相同的事情,也得不到宋燃燃的认可。

这个东施效颦一样的认知让他心里有些难受。

宋燃燃不知道自己又哪里戳到了他敏感的神经,也不说话,只是暗暗地观察他。她吃了个包子,又喝了几口豆奶,试探性地对着那个傲娇的背影说道:"那个……我吃饱了。"

"吃完。"周十八强硬地说道。

宋燃燃立马又拿起了豆奶。真是奇了怪了，周十八怎么知道她没吃完的？而且她为什么这么熟练地就听了他的指挥啊？

周十八又悄悄帮忙收拾了，他能感觉到投射在背上的视线。

"看我干吗？"周十八说，"你听话的奖励。"

"周十八，我发现你简直就是我肚子里的蛔虫。你怎么知道我一个动作要做什么，要问什么？"

这话其实有点儿夸赞的意味，周十八的心里稍微舒服了一点儿，明明很开心，却压低了声音嘴硬道："认识你这么多年可不是白瞎的。"

周十八和宋燃燃去找宋柏。

他们是悄悄来的。

两个稚嫩的年轻人走进这灰扑扑的地方，这里一下子就增色了不少。

宋柏正在搬运布料。卷成圆柱子的布料和他在山里扛的树没什么两样，重量估计也差不多。布料有颜色，都染在工作服上了，他整个人显得灰头土脸的。

宋柏好像依旧过着那个偏远小镇上的生活。

宋燃燃看着难受极了。她很不喜欢宋柏出卖劳动力去换取工资，可好像除了这样也别无他法了。

宋柏抽空过来和他们交谈了几句："你们怎么来这里了？这里灰尘太多了，你们就在旅馆里待着就好。我休息了就去找你们。"

宋燃燃摇头："我闲着也无聊，我就在边上看着，不打扰你。"

周十八也说："柏哥，没事，我陪着她呢。"

宋柏依旧一副不赞成的样子，但主管在催他，宋柏也顾不上他们了。

几个拎着拖把打扫的阿姨走过来好奇地问："你们是谁家的孩子啊？"

宋燃燃礼貌地回答："我是宋柏的妹妹，这位——"她指着周十八说，"这是我弟弟。"

"难怪呢，我就说你们看起来长得有点儿像。"

199

这句话夸在了点子上，宋燃燃冲着她们甜甜一笑。

也许正是因为知道不是亲兄妹，每次有人夸他们长得像，她都格外开心。很多时候，她都在想，要是她和宋柏是血脉相连的亲兄妹就好了……

周十八对此似乎很有意见，使坏地掐了一下她的手心。

宋燃燃捏住了他的大拇指，阻止他使坏。

阿姨们你一言，我一语地和他们聊起来，都夸宋燃燃和周十八长得好，不过几分钟就把他们的情况打听清楚了。宋燃燃几岁了，在哪里读书，读几年级了，成绩怎么样，都打听得一清二楚。宋燃燃却连她们的名字都不知道。

"笨蛋。"周十八说，"话都被套完了。"

"这边好多小姑娘都喜欢你们家小柏哥呢，阿姨给你找个小嫂子要不要啊？"

"要啊。"她附和道。

宋柏确实长得很好看，她单纯地从妹妹的视角来看，也觉得好看的那种。如果在学校里，他应该是不少女同学暗恋的对象，就算在这里，她也能感觉到大家都比较关注他。

阿姨们说有很多小姑娘喜欢他，也不知道宋柏有没有喜欢的姑娘？要是有的话，会是什么样的女孩？

阿姨们和他们聊了一会儿，又投入工作当中，毕竟再新鲜的人和事情都不如手上的工作重要。

宋燃燃和周十八坐在原地有些无聊。

空气里尘埃飞扬，宋燃燃打了一个喷嚏，不多时，一个口罩挂在了她的耳朵上。

周十八说："戴着，这里灰多。"

这个动作一瞬间将宋燃燃的记忆拉回了那个偏远的小镇上，兄妹俩相依为命的日子。只是，这次为她戴口罩的人换成了周十八。

这次宋燃燃没有拒绝，只是偏头去看周十八。

最近周十八真的对她好得过分。还是说，他一直都这样，只是她没发现？

工厂有食堂，员工一般都在食堂吃饭。

宋柏想带两人到外面吃，但宋燃燃坚持要在食堂里吃，便宜是一个原因，另外一个原因就是，她想多了解宋柏的生活和工作环境。

这里和学校差不多，到饭点了就会响起铃声。

食堂里熙熙攘攘的，宋柏和周十八提前给她买了粉色的碗和小勺子，在为她排队打饭。她占了座位托着下巴等他们。

她看到不少同龄人的面孔。因为放暑假，不少留守在家的孩子都过来和父母团聚，在食堂里吵吵闹闹的，让这里显得特别鲜活。

她看到一个扎着麻花辫的小女孩，长得白白净净的，像是一条小鱼儿，灵活地在大人中间穿行。

不多时，一个穿着光鲜的中年女人姗姗来迟。她是那样亮丽，和周围的所有人都不一样。母女俩说说笑笑，看起来很是温馨。

"傻乐什么？"周十八端着饭菜过来了。

宋柏也看着她，一副很想听的样子。

"没什么。"她看着食堂的饭菜，两荤一素，还算不错，比她小时候的日子要好一些，她稍微安心了一点儿。

她其实还想去看看宋柏住的地方，但宋柏说那是个大宿舍，住了很多人，不太方便。

午饭后并没有什么休息时间就再度开工了。

天气炎热，宋柏的衣服几乎湿透了。

宋燃燃拉着周十八出去买了冰水，又买了切好的冰西瓜，全部挂在周十八的手上。周十八脾气好得就像是一个机器人。到最后他手上的东西多得宋燃燃都过意不去了，自己去拎，周十八还不乐意了："怎么，是觉得我不行？"

他们拎着这些回去给工友们分了。

工友们都喜欢这个漂亮的小姑娘,说要介绍自家的儿子给宋燃燃。其实这只是一个玩笑话,但宋柏总是很认真地拒绝:"她还小,要读书。"

周十八则更为强硬:"你们别想了,没戏。"

工友们都笑:"这个弟弟还挺维护他姐姐的啊!"

看到周十八脸都黑了,宋燃燃觉得好笑。

【5】

宋柏要干活,顾不上两个小孩,想到两个小孩会无聊,于是给了他们一些钱,让他们出去转一转。

来到大城市,不见见世面总归是有些遗憾的。

但两个小孩也不知道要去哪里。

宋燃燃问周十八意见,周十八阴阳怪气道:"姐姐拿主意吧。"

宋燃燃自觉理亏,于是在手机上随便选了一个目的地。

他们是走路去主街的,虽然河东这块不如河西那样繁华,但也算是老城区了,加上火车站和汽车站都在这边,形成了一个大的商圈。

天气炎热,宋燃燃撑着太阳伞,像是即将枯竭的水池里的一条鱼,有气无力的。身边还杵着一个大高个,她不得不举高太阳伞。

"你来撑吧。"宋燃燃说。

周十八阴阳怪气地说:"姐姐照顾弟弟不是应该的吗?"

"好了,我错了。"宋燃燃懂得什么时候应该示弱。

周十八冷哼一声,从她手里接过伞,带着她走进最近的大型商场。空调的冷气扑面而来,那一刻,宋燃燃蓦然有一种枯萎的花朵复苏了的感觉。

终于活过来了!

宋燃燃找了一张椅子坐下,周十八去了一旁的商店买了一瓶冰水递给她。

宋燃燃一口气喝了大半,扭头看到周十八的衣领子也湿了,于是将水递给了他。周十八很自然地接过去，仰头喝下，她甚至能看到他的喉结在滚动。

她摸了摸自己的脖子，她就没有那个小凸起。

商场里装潢精美，在灯光和摆件的衬托下，所有的物品都显得高不可攀。

她沉默地往前走，沉默地欣赏着。

周十八就跟在边上看她。女孩的眼神总是亮晶晶的，看什么都觉得新鲜，也确实新鲜，这里有很多小镇没有的东西。但这些东西都没能让她的目光停留下来，她唯一多看了两眼的是玻璃橱窗里的一条白色的长裙。

"喜欢吗？喜欢就进去看一看。"他拉住了她。

宋燃燃没有拒绝。那是一家主打怀旧情怀的服装店，装修得不像别的店铺那样高不可攀。

周十八下意识地拿起了吊牌，上面的标价将近八百了，他的手僵了一下。

"其实，也没有那么喜欢。"宋燃燃浑不在意地拉着他出去了。

周十八没说话，只是回头看了一眼商店的名字。

那以后，宋燃燃也不记得具体是从哪一天开始了，周十八也加入了宋柏的搬运队伍。他个子很高，加上常年在家里干活，所以浑身都是肌肉，搬运那些沉重的卷筒布料不成问题。

她问过周十八为什么也干起了活，周十八只是说："闲着也是无聊，不如趁机赚点儿生活费。"

宋燃燃朝周十八竖起了大拇指。她敬佩自食其力的人，也打算向他学习，找点儿事情做，却被宋柏和周十八一致否决。

两个人态度坚决，宋柏甚至放话，要是宋燃燃这么做，就立马送她回去。

她看向周十八，周十八这次站在宋柏这边："别看我，我支持柏哥。"

于是宋燃燃只能作罢。

于是,从前两个人搬着小板凳坐在角落,现在变成了她一个人。

她实在无聊,只好从书包里拿出了暑假作业来做。要知道往年她都是要等到暑假最后几天才疯狂赶作业的。

就这么波澜不惊地又过了一个星期,这些日子周十八晚上蜷缩在旅馆的沙发上睡觉,白天就和宋燃燃一块儿去工厂。宋燃燃也在这段时间将暑假作业全部写完了。

宋柏和周十八在忙活,顾不上她。宋燃燃也想舒展一下手脚,于是自己找乐子,到处闲逛。

她又看到了那个扎着麻花辫的女孩,她穿着非常漂亮的小裙子和精致的黑色小皮鞋,正无聊地低头看平板电脑。

走得近了,宋燃燃才发现女孩并不是在玩,而是在做题目。她全神贯注,就像是在做一件非常重要的事情。

宋燃燃被她吸引了,也凑过去看了一会儿。

有人盯着,女孩也不害羞,大大方方地展示给她看:"我快做完了,你等一下。"

最后一道题目做完,她点了提交,分数很快就出来了,是一百四十八分。

"我厉害吧?"她说。

周十八扭头没看到宋燃燃,眼睛到处找她,远远地看见她正和一个女孩坐在一张长凳上说着悄悄话,又安心投入工作了。

两个年纪差不多的女孩很快就熟络了起来。

"你家里人在这里上班吗?"女孩叫作沈迪,她大大方方地问宋燃燃。

"嗯。你好努力啊!是暑假作业吗?"宋燃燃问。

"也不是,就是普通的练习题。我妈妈在这里做财务总监,她带我来这里是想逼我学习。她说不努力读书就只能像那些人一样做苦力。"

女孩纯真的话语道出了最残忍的真相。

那一瞬间,宋燃燃直观而真切地感受到了这个城市的残忍。

光鲜亮丽只是它的一部分，但宋柏不包含在这其中。

宋柏下了班想带两人去吃消夜，但被宋燃燃拒绝了。她说有点儿困，想早点儿回去睡觉。

宋柏以为宋燃燃赶作业太累了，心疼她，就让周十八带宋燃燃回去了。

周十八盯着她看了一路。宋燃燃不对劲，她脸上一直没有什么表情，也不说话，安静得有些过分。

"要不然，你陪我去外面转转？"周十八说。

"不想去。"

"去吧。"

周十八不由分说地走在前面。大街上到处都是霓虹闪烁，五彩斑斓的灯光将这里装饰得繁华无比，路上人流如织，白天蛰伏在大楼里的人都出来散步、娱乐了。

宋燃燃走累了也不说，只默不作声地停在一个公园的人工湖边上，那边有堆砌整齐的大石头，很多人坐在上面纳凉。

宋燃燃也找了一块石头坐下，盯着某一处看。

她看的是一对兄妹，哥哥的年龄和他们差不多，亲亲热热地牵着一个小女孩的手在吃冰激凌，小女孩吃得满嘴都是。

宋燃燃想起小时候的自己。那时候的夏天，就算家里再困难，宋柏也会每天带一根冰棍给她吃。不知道为什么，今天晚上她总是想起小时候的事情。

她突然很想吃冰激凌了。

"吃吧。"

好像上天听到了她的想法，那个念头刚冒出来，眼前就真的出现了一个冰激凌。

还是草莓味的。

她顺着那冰激凌往上看，是周十八，他手里也拿着一个冰激凌，已经咬了一口。

宋燃燃将冰激凌接了过来，却没吃。

"不喜欢草莓味的？"周十八说着用手里葡萄味的冰激凌换走了她那个草莓味的。

他的那个其实已经吃了一口，他也不是真的要和她换，只是想逗宋燃燃，听她恼羞成怒地来一句："周十八，你怎么给我吃剩下的！"但宋燃燃什么也没说，只是说，"周十八，我没事。"

她察觉到周十八在担心她，并费心哄她了。

"那你怎么不开心了？和我说说，让我开心一下。"周十八嘴巴又欠欠的。

"那我不能让你如意。"宋燃燃吃了一口冰激凌，葡萄味的，还挺好吃。周十八看见这一幕，不小心呛得直咳嗽。

"我吃过的。"他说。

宋燃燃"哦"了一声，继续吃。

不远处的高楼投射出明亮的灯光，年纪大点儿的阿姨们在广场上跳舞，还有演奏乐器的、悠闲散步的。

晚风习习，吹得湖面上起了涟漪，也吹动了湖边的柳枝。

"大城市真好。"宋燃燃说。

周十八难得为家乡说了点儿好话："这些风景老家也有，还是纯天然的。老家空气也好，晚上还能看到星星。"

"但是那里没有我哥。"就算再好也没用。

周十八没法反驳。

"周十八，我想回去了。"宋燃燃在心里暗暗做了一个决定，她要去为这个决定努力了。

周十八点头："好啊，路上再买点儿吃的带到旅馆吃，我看你晚上都没怎么吃饭。"

宋燃燃摇头："我是说回自己家。"

"啊？"周十八有点儿蒙。

"你跟我一块儿回去吗？"

第十章
他已经那么可怜了

【1】

第二天，宋燃燃告诉宋柏，她打算回家了。

"什么时候回？"

"明天。"

"买票了吗？"

"买了。"

宋柏晚上请了假，带着宋燃燃和周十八去吃了一顿好的。可能是离别在即，大家的情绪都不高。

"哥。"宋燃燃喊他，拉着他的手，郑重地问，"哥，你有没有想过换个好一点儿的工作呀？"

"燃燃想让我换个什么样的工作？"

"坐办公室的，可以吹着空调，喝下午茶的那种。"就像沈迪的妈妈那样。

宋柏笑了，摸了摸她的脑袋："别操心了，回去好好学习，哥一切都好。"

宋柏没正面回答她，那是因为他们都很清楚，宋柏有心无力。

从一个世界到另外一个世界，是需要敲门砖的。

那个被逼着学习的小女孩已经给了她答案。

"如果，我是说如果可以，你还愿不愿意回去上学？"

宋柏一愣，旋即否定了："我都多大了……不太可能了……不太可能了。你们好好学习就好了。"他转移了话题，"开学前就是你生日了，今年想要什么礼物？告诉哥哥。"

宋燃燃沉默了一会儿，道："什么都可以吗？"

"只要我能办到的。"

"那我还没有想好，想好了再告诉你。"

周十八笑了："口头支票，柏哥你到时候惨了，什么都得答应。"

宋柏给她买了不少零食在路上吃，周十八没跟她一块儿回去，他还没赚够生活费，打算开学之前回去。

宋燃燃坐在车上，隔着车窗玻璃朝两人挥手。周十八双手插兜，表情淡淡的。车渐渐地开远了，比起来时的忐忑和紧张，宋燃燃的心境完全变了。

她这次回家是带着任务的。

张玫瑰和宋志国在车站等她，他们其实并不知道她是坐的哪一趟车，也不知道来了多久了，东张西望地在人群里寻找她的影子。

看到这一幕，巨大的酸楚涌上了心头，宋燃燃心里十分歉疚。

"爸，妈。"她喊他们。

张玫瑰和宋志国扭头看到了她，脸上的焦急变成了喜悦。张玫瑰三步并作两步，冲过去将她抱进了怀里，不停地抚摸她的头发。

宋志国在一边醋意大发："行了，行了，先回家吧。"

宋志国在前面开车，张玫瑰和宋燃燃坐在后排，絮絮叨叨地跟她说今天的安排，告诉她买了什么好吃的，又拉着她的手说她瘦了。

宋燃燃想说点儿什么，但面对这样热情且直白的关爱，她开不了口。这一次出远门，她深刻感受到了张玫瑰和宋志国对她的爱并不比宋柏少。

她靠在张玫瑰的肩膀上，安静地倾听着。她想，至少让她多做点儿事再开口吧。这样才能少点儿愧疚。

张玫瑰和宋志国都觉得宋燃燃出去一趟后似乎变了，变得愿意和他们亲近了，也愿意叫他们了。

家里有什么家务活宋燃燃都会抢着干，还主动给张玫瑰和宋志国倒水喝，在她喊累的时候，主动为她按摩。

这种变化，很突然。

有一次宋志国出去钓鱼，她都主动陪他去，虽然只是远远地站着，依旧让宋志国在一众钓友面前赚足了面子。

张玫瑰和宋志国的心情一天比一天好，早上起来还会放音响跳跳舞。他们都知道，这个家算是真正地走上了正轨。

晚上，宋淼淼抱着枕头上了宋燃燃的床。两姐妹并排躺在床上，窗帘没拉，月光偷溜了进来。

宋淼淼将手放在宋燃燃的额头上："你没被下降头吧？怎么出去一趟，变得这么狗腿了？"

宋燃燃把她的手拿开："这不是大家都希望的吗？"

宋淼淼说："是倒是，但你突然这样，让我觉得害怕。事出反常必有妖。你跟我说句老实话，你到底在图谋什么？"

宋燃燃心底咯噔一响，她翻了个身，平静地说："没有。"

实则她的内心波涛汹涌。

宋淼淼看着天花板感慨地说道："爸爸妈妈这些天真是高兴坏了。"

"他们真的……真的找了你好久。"宋淼淼说，"其实有很多事情你都不知道……"

宋燃燃突然睁开眼睛，竖起了耳朵。

宋淼淼立刻揪住了她那只好奇的小耳朵："想听啊？怎么不见你叫我姐姐？爸爸妈妈都喊了，不差这一句吧？"

原来是来吃醋的。

"宋淼淼，你好无聊。"宋燃燃说。

"那我说完你就喊我啊，就这么定了。"宋淼淼不容她拒绝，开口说了起来，"虽然已经过去很久了，爸爸妈妈也不愿意旧事重提，但我觉得还是有必要让你知道。

"你之前看着没心没肺的，好像也不在意这个家，我也不好跟你说这些。现在既然你真的融入进来了，我想是时候告诉你了。你当年并不是被爸爸妈妈遗弃的。

"奶奶是个重男轻女的人，妈妈生下我，奶奶就已经很不满了。后来有了你，奶奶还想着催生孙子，但妈妈觉得家里条件不好，养两个孩子足够了。然后……奶奶趁爸妈没注意，就把你带走了。你失踪后，妈妈疯了一样到处找你，但怎么都找不到，奶奶怎么都不肯透露将你送到哪里去了。妈妈当着奶奶的面说这辈子再也不会生孩子了，这是妈妈反抗奶奶的决心。爸爸也和奶奶断绝了关系，再也没有回去过，只是逢年过节会给奶奶打钱。

"这些年妈妈一直在找你，去外面打工，开店，一路找你。你并没有被我们放弃。我们吃了很多的苦，我小时候过的日子并不比你好多少，真的很穷，很苦，苦得我再也不想回忆，以至于即使现在有点钱了，我也会觉得朝不保夕。

"后来家里拆迁了，爸妈用这些钱买了几套房子，能收租了，条件稍微好一点儿了。也许是固执的奶奶也想通了，告诉妈妈一些有关于你的消息，我们没有犹豫地关闭了店子，举家搬到这里。我们几经辗转才找到的确切位置，怕吓着你，我们小心翼翼地安家落户，一步一步慢慢来。她经常会停驻在你们学校外面，就为了远远看你一眼。学校什么时候放学，学校对面有什么店铺，她都一清二楚。学校到宋柏家那条路她也不知道走过多少次了。我知道，这些年你心里有怨恨，但我们也尽力了。我不是为了家里人开脱，我知道你是个聪明人，总有一天会明白的。

"我其实欠你一句话，我觉得现在也是时候对你说了。

"欢迎你回家，燃燃。"

暗夜寂静无声，谁也没开口惊扰这一刻的宁静。

宋燃燃的心里已经掀起了惊涛骇浪，久久不能止息。

宋淼淼描述的画面一帧一帧在脑海中闪过,张玫瑰当时是怎么坚持下来的呢?

那会儿张玫瑰应该是刚刚找到她,每天就蹲在家门口,就为了和她说几句话,多看她几眼。可她从来只当张玫瑰是想将她从宋柏身边带走的坏人,从来不给她一个眼神,却不知道她吃了多少的苦,究竟经历了什么才找到她。找到她时,张玫瑰又是什么样的心情?好不容易将她接回来,却不和自己亲近又是什么心情?究竟要多么宽广的胸怀才能平静地将这一切的苦涩都包容下来,只是静静地等待一个好的结果?

她没法想象。

脸颊有些凉,她悄悄用被子擦了一下脸,克制着没有发出声音。

这一晚,对宋燃燃来说格外漫长。

她的眼泪无声地流淌了很久。

【2】

早上起来的时候,张玫瑰发现她的眼睛有些肿。

她迷迷糊糊地坐在沙发上,宋志国多看了她几眼:"昨晚没睡好吗?"

"嗯。"宋燃燃应了一声,有些不敢去看张玫瑰和宋志国。

张玫瑰拿了一条热毛巾过来,折叠成厚厚的长方形,帮她敷在眼睛上。

宋燃燃觉得干涩的眼睛舒服多了。

"燃燃明天就生日了,想要什么礼物,想要吃什么菜,都告诉我们,我们去准备。"

张玫瑰和宋志国都很重视宋燃燃回来后的第一个生日,这也是他们找回宋燃燃后的第一个大日子。张玫瑰和宋志国都想要大办。

宋燃燃取下毛巾,看着一脸期待的宋志国和张玫瑰,什么话都说不出口。

她说:"谢谢。"好像除了这个词,别的词都显得多余。

"傻孩子,和自己爸爸妈妈说什么谢谢?只要爸爸妈妈能做到的,都会满足你的。"张玫瑰摸了摸她的头发,和蔼地说。

什么都可以吗?哪怕和宋柏相关的也可以吗?她想起了埋藏在心里的那个决定,她回来后一直在等的时机现在来了。

她应该闭嘴的,因为只要开口就会刺伤张玫瑰和宋志国。

可她一想到宋柏待在那个灰扑扑的工厂里卖命,良心就得不到安宁。

宋燃燃此刻就像是被逼入了绝境,思绪左右拉扯,怎么也分不出胜负。

她突然从沙发上起身,对着宋志国和张玫瑰跪了下去。

两人被吓了一跳。张玫瑰立马去搀扶宋燃燃:"你这孩子,这是怎么了?"

"对啊,有什么话好好说,爸爸妈妈在呢。"宋志国也有些急了。

宋燃燃只是哭,一直压抑的情绪在这一刻爆发了,豆大的泪珠不断地砸下来。

张玫瑰和宋志国心都碎了:"燃燃,你说,到底出什么事了?别吓唬爸爸妈妈。"

"我想……让我哥回来,我想让他继续上学,不想让他继续卖苦力了。爸,妈,你们让他回来吧。"宋燃燃抽泣着说道。

张玫瑰和宋志国都愣住了。

"我……我可以不要零花钱,我也会很乖的,我会听你们的话,我不会因为他回了就离开这个家……你们不要担心。"宋燃燃依旧在哭。

宋志国去看张玫瑰,她的表情有些凝重。宋志国拉了一下张玫瑰。

张玫瑰开口了:"你回来后这么乖,这么讨好我们,就是为了这件事吗?"张玫瑰叹了一口气,有些伤心地说,"我还以为你是真的……"后面的话她没说下去了。

这对她来说,打击太大了。

"不是的。"宋燃燃此时百口莫辩,但她还是想说清楚自己的想法,"我认可这个家庭是真的,我担心我哥也是真的。"她说,"我知道你们找了我很久,你们也并没有抛弃我,我是一个很幸运的小孩。你们不在身边的时候,我也没吃什么苦,我哥都替我承受了。他为了我放弃了自己的学业,到处打零工养活我,供我去上学。他其实也应该有更好的人生,都是被我拖累了才活成这样的。我很想为他做点儿什么,但我能力有限。我现在只想他能够回来继续上学,改变自己的命运。"

张玫瑰和宋志国并不是忘恩负义的人,他们给过宋柏一笔感谢费。但这笔钱被宋柏用来给别人救命了,他的人生还是没有转机,还是沉在底层。

他不应该过这样的人生,如果好人不能得到好报,她至少得为宋柏争取一下。

她想起在A城的沈迪和她的妈妈,她都能感受到有学历和没有学历的差异,也许正在承受辍学苦果的宋柏体会得更加深刻,所以才会一反常态地再三嘱咐她和周十八要好好学习。

张玫瑰和宋志国没有给她正面的答复,只是说要再想想。

一整天下来,张玫瑰和宋志国都没表现出什么异常来,还是照常吃饭,好像早上的事情从未发生过。

宋燃燃不敢多说什么,一直待在自己的房间里。

晚上的时候,宋淼淼过来问了一声:"爸爸妈妈去哪里了?"

宋燃燃摇头表示不知道。

宋淼淼打了个哈欠:"真是奇了怪了,怎么都不见了?大晚上的能去哪里?"

宋燃燃蜷缩在被子里没有说话。早上张玫瑰那失望的眼神不断浮现在她脑海里,让她觉得有些难受,直到后半夜才迷迷糊糊睡着,第二天醒来的时候已经是上午十点了。

手机已经接收到了刘小兰和赵明明的生日祝福,她挣扎着起身,发现家里异常冷清。

张玫瑰和宋志国都不在,厨房里冷锅冷灶。

"燃燃明天就生日了，想要什么礼物，想要吃什么菜，都告诉我们，我们去准备。"

言犹在耳，现实的反差让她觉得很难受。她上楼去找宋淼淼。宋淼淼还没有醒来，她毫无睡相，被吵醒了还有点儿起床气："你干吗啊？大清早的。"

"昨天晚上爸妈没回来吗？"宋燃燃去院子里看过了，车不在，张玫瑰和宋志国卧室里，被子是折叠好的，没有一点儿热气。

宋淼淼单手撑着脑袋看她："那你不是最清楚的吗？"

"我怎么……"宋燃燃话说到一半，突然愣住了，一个猜想浮现在脑海里。

"没准，就是你想的那个。"宋淼淼说。

不可能，宋燃燃还是不敢相信张玫瑰和宋志国会做到这个地步。

"嘀嘀——"楼下传来了汽车的鸣笛声，宋燃燃飞快地冲下楼。张玫瑰和宋志国正好从车里下来，手里拎着买好的菜以及一个大蛋糕。

车门被关上，宋燃燃的眼睛却还死死盯着车里面，期待从里面看出什么来。

"生日快乐，燃燃。"张玫瑰将蛋糕递给她。

宋志国也说了一声："生日快乐。"

"谢谢爸妈。"她心不在焉道。

"燃燃，妈妈知道你不在我们身边的这些年受了不少的委屈。现在我们生活好了，应该往前看，过去的事情我们永远不要再回头了。"

这意思是让她忘记宋柏吗？宋燃燃低着脑袋，没有说话。

宋志国也开口了："爸爸妈妈相信你是真的认可了我们这个家。爸爸妈妈虽然是大人，但也会有自私的时候，也会做出错的决定，也会有考虑不周的时候。爸爸妈妈在这里向你道歉。"

"不是的……"宋燃燃的心像是破了一个口子，风不断地往里面灌。她才应该向张玫瑰和宋志国道歉，是她一直在伤他们的心。

宋淼淼穿着睡衣站在楼上懒懒散散地喊了一声："行了，你们别逗她了。车里的那位还不下来?你真想看她哭啊。"

下一秒,车门打开,宋燃燃看到了那个熟悉的身影。

宋柏手里抱着一个很大的毛绒小熊,一步一步朝她走过来:"燃燃,生日快乐。"

巨大的惊喜砸中了她,宋燃燃有种脚踩云端的不切实际的感觉,她彻底呆在原地。

她看了看张玫瑰和宋志国,又看了看宋柏。她都分不清现在是梦境还是现实。她凑到张玫瑰面前道:"妈,你掐我一下。"

"这孩子,傻了。"张玫瑰说着轻轻地掐了她一下。

是痛的,是真的。

张玫瑰和宋志国真的把宋柏带回来了。

她激动得一把抱住了张玫瑰和宋志国,哭出了声音:"谢谢爸爸妈妈!谢谢,谢谢……"她一连说了好几声"谢谢"。

张玫瑰为她擦掉眼泪,释然道:"爸爸妈妈没什么能给你的,这些年的亏欠我们也不知道怎么补偿,从今天起,宋柏就是我们家的孩子了。"

宋燃燃不知道说什么好,任何语言都无法形容她此刻的心情。

她只能抱紧张玫瑰和宋志国,一遍又一遍地喊他们。张玫瑰和宋志国静静地站在原地,感受着她的情绪。

宋淼淼煞风景地说:"这都快十一点了,再不吃饭就要错过饭点了。"

张玫瑰如梦初醒:"对啊!我去做饭,老宋你给我打下手。淼淼,燃燃,你们带宋柏去楼上安顿好。"

宋淼淼带着宋柏去了楼上的一间客房。

宋燃燃拉着宋柏的手不松开,她仍沉浸在惊喜中。

客房没有铺被子,只有有客人来才会铺上。但宋燃燃推开门时,发现房间已经收拾好了。

"怎么?觉得新奇啊?十块钱。你们谁付啊?"宋淼淼不改财迷本性。

宋柏非常爽快地从钱包里拿了十块钱给宋淼淼。

宋淼淼接钱的时候，狠狠捏了一下宋柏："叫你当初瞒着我。"

宋柏一声不吭，算是承受了。

宋淼淼非常有服务意识，收了钱就把空间留给了兄妹俩。

宋燃燃拉着宋柏坐在床边："哥，到底是怎么回事？"

"叔叔阿姨昨天晚上连夜开车去找我，让我回来。"宋柏有些感慨，"叔叔阿姨也不容易，他们是真心为你好。燃燃，你不应该为了我去为难他们。"

"对不起，哥。"宋燃燃发誓道，"就这一次，我以后再也不这么做了。我以后一定好好听他们的话。"

"你早应该如此了。"宋柏说。

【3】

宋燃燃过了一个非常圆满的生日，她爱的每一个人都在身边。她觉得自己是世界上最幸福的小孩。

张玫瑰和宋志国买的大蛋糕上还写着她的名字，让她许愿。

宋燃燃许了一个朴实的愿望："希望一家人平平安安，健康快乐。"当然，一家人里面也包括了宋柏。

宋柏初来乍到，和其他人相处还有些拘谨。

张玫瑰和宋志国对他客客气气的，这种客气周到让宋柏有些无所适从。

宋燃燃很懂这种感受，就像她刚回这个家时一样。

"哥，不会太久的，等融入了就好了。"

宋柏回答得很含糊，宋燃燃双手扳过他的脸，逼他："你回答我。"

"知道了。"宋柏总是拿她没办法。

"你答应我，会留下来，会回学校学习。"

"好。"

宋燃燃有午睡的习惯，睡着前她起来好几次，去宋柏房间里看看人还在不在。她也不清楚自己为什么会这样,好像宋柏随时会走掉一样。

确定他还在,她笑眯眯地说:"哥,你也午休一下。"

宋柏说:"好。"

宋柏躺在床上,却不安心。

他不习惯目前的一切。张玫瑰和宋志国连夜赶去他工作的地方劝说他回来,他只当回来给宋燃燃过个生日就走。他也就请了两天的假,一天给宋燃燃过生日,一天回去。

他已经成年了,可以自食其力了,他不想到了这个年纪还寄人篱下。宋燃燃想让他重返校园,可他之前成绩就不好,更何况他已经二十岁了,学过的知识早就忘记了。

他已经没有回头路了。

他知道宋燃燃是为了他好,他不想伤宋燃燃的心。

他思来想去,悄悄收拾东西,打算趁着宋燃燃睡着了就离开。

"怎么?不喜欢这个家?"

宋柏被吓了一跳,扭头看到宋淼淼站在门口,她接下去道,"还是不喜欢我们?"

"不是。"他老实地回答。

不知道为什么,他每次面对宋淼淼时总有种被压制的感觉,气势不足,明明对方是个比他小的小姑娘。

"你要是走了,那丫头估计又得哭上好一阵子。"

宋柏没法反驳,他知道她说的是对的。

"留下来又能怎么样?家里又不是容不下你,就当吃饭多双筷子呗。"宋淼淼说。

"我不想。"宋柏打断了宋淼淼的话。

"哥,你骗我!"一道清脆的声音响起,宋柏一惊,果然看到了宋燃燃。

她眼眶有些红,捏着拳头似乎要发作。

宋柏一直都小心翼翼地照顾着宋燃燃，她是个娇气的女孩，是一朵花。可从放手的那一刻起，他好像经常会把难过留给她，自己一个人当逃兵。

"燃燃，我……"他想解释，可手里提着行李，他百口莫辩。

"为什么要回去呢？哥，你留下来完全可以有另外一种人生。我问过你想不想换一种工作，你还记得吗？那时候你为什么不敢回答我？你很清楚你缺了一块敲门砖。现在还有弥补的机会，你为什么要放弃？"宋燃燃深吸了一口气，平复自己的心情，"就当是为了我，行吗？你难道真的要我内疚一辈子吗？"

"如果你真的不在意我，那你走吧。"宋燃燃说完，头也不回地走了。

她故意说一些狠话，故意刺激宋柏。从前不敢拿到明面上讲的话，她今天也都摊开说了。

经过社会的打磨，宋柏应该比她更了解学习的重要性。她闲逛的时候，走过那个工厂的所有地方。

光鲜亮丽的人，穿着西装，坐在办公室里吹空调。

灰头土脸的人，在烈日下挥汗如雨地出卖劳动力。

不同的分工，大家的工作环境也不一样。

她甚至去看过宋柏的宿舍，很小的房间，密密麻麻地摆放着好多床铺，堆着各种各样的被子和毯子，阳台上还挂了许多衣服，堆积着各种生活用品……

这么些年下来都是宋柏在照顾他，她好像都帮不上他什么忙，她就想为宋柏争取一次，就这一次。

如果还是失败了，宋柏还是不听，那么她会好好学习，将来再报答他。反正她不会不管他的。

宋燃燃离开了家，漫无目的地走在主街上。

有陌生人给她发来一条消息，打乱了她的胡思乱想。

"在哪里呢，寿星？"

虽然是个陌生联系人，但光凭这个欠收拾的语气，宋燃燃也猜到了是谁。她回复:"在主街的梧桐树下。"

"在原地别动,等我。"

宋燃燃收了手机,坐在原地无聊地晃荡着双足。

不多时,有人踩着自行车朝她这边来了。少年身上的衣服被汗水浸湿了。

即便是八月末了,天气依旧是那样炎热,这个夏天可真是太漫长了。

"今天不是你生日吗?怎么一个人在外面啊?"周十八将自行车停在一边,坐到她身边。

斑驳的光影落在两人的身上,时光显得十分悠闲。

周十八是坐昨天晚上的车回来的,早上才到家,补了一会儿觉才出来。

"你是来看我笑话的吗?"宋燃燃说。她的鼻音很重,眼圈也有些红。

"怎么还哭过了?家里没给你买生日蛋糕啊?"周十八打趣道。但宋燃燃的情绪依旧很低落,周十八顿时站了起来,"小场面,我去给你买。"

他转身就要去买蛋糕,被宋燃燃拉住了手:"买了。"

"那你怎么了?"

周十八好像每次都很容易看出她的情绪,无论是高兴的还是难过的。

她伸出手:"我的生日礼物呢?"

周十八故作惊讶地说道:"啊?完了,我都忘记了,今天居然是你的生日啊?"

"别装了,好假。"

周十八被戳穿了也不尴尬:"走吧,带你去个地方。"

宋燃燃现在也不太想回家,干脆坐上了周十八的自行车后座,就当去散散心。她自己也不清楚,为什么会觉得跟着周十八能散心,而且还顶着烈日。

周十八带宋燃燃去了他家后面的小山坡,途中经过她和宋柏之前的家,周十八问她要不要进去看看,宋燃燃拒绝了。她还在生宋柏的气。

上山的路比较陡峭，对于没怎么运动过的宋燃燃来说，有些难行。

周十八走在前面开路，一手拉着她。

"你行不行啊？哪有人生日带去爬山的？"宋燃燃好笑地抱怨。

周十八没说话。

等艰难地爬上去，她才发现这里有一片白色的野菊花花海，星星点点的花朵在绿野之中怒放。往前可以看到翻腾的云海，还有小山村的全貌。

这样的美景可以驱散一切抑郁，宋燃燃那点儿凡人的烦恼都抛诸脑后了，只想对着山野大喊了一声。

她找了个地方坐下。清凉的山风裹挟着草木香气迎面吹来，让人觉得十分惬意。

"你是怎么找到这个地方的？"她问周十八。

"无意间知道的。"

其实是小时候的某一次，周年辉出去打牌，几天没回来，家里没吃的，他饿得不行，到山里碰碰运气，看看有没有蘑菇时发现的。后来这里变成了他的秘密基地，心情不好的时候他就会上来坐一坐。

"谢谢你把秘密基地分享给我。"宋燃燃说，"这份礼物很特别。"

宋燃燃摘了许多白色的野菊花，拢成了一束抱在手上，爱不释手。她扭头想展示给周十八看，一个花环落在她的头顶上。

宋燃燃想摘下来看看，周十八已经掏出了新买的手机对准她："别动，给你拍一张。"

宋燃燃只好保持不动。

"好了没？"

周十八举着手机看了好久。宋燃燃今天穿了一身小白裙，和头顶上的小白花十分相配。那种感觉就是……周十八从墨水不多的肚子里搜刮出两个字——清纯。

清纯至极。

周十八想，就算是电视里的女演员也不过如此了。宋燃燃真是这个小乡镇里的一块宝玉，也不知道最后会落到谁的手里。

宋燃燃要看照片，拿过手机才发现照片已经被他设置成了手机壁纸。

"手机没图片，借用一下，我不会下图片。"

"老土。"宋燃燃是个大方的人，她不会计较这么多，头顶上的花环吸引了她全部的注意力。

手还挺巧。宋燃燃允许它在自己脑袋上了。

再晚一点儿，天色稍微黑了一点儿，无数的萤火虫从草丛里飞出来，一闪一闪的，像是有翅膀的星星。

宋燃燃从未见过这么多的萤火虫，它们似乎要将她和周十八包围起来。她想去捉一只，然而捉了半天都没捉到。

周十八抬手随意一挥，收拢手指，伸在她的面前："猜猜看？"

"没捉到。"

周十八松手，一只萤火虫飞了出来。

"你输了。"

宋燃燃输了也不在意，双手托着下巴，看着这里的一切，心情好像真的好了许多。

【4】

周十八送宋燃燃回去，宋燃燃邀请他："你要不要留下来一块儿吃个饭？"

周十八摇头。

"好吧，今天谢谢了。"宋燃燃往回走，衣领子突然被人拉住了，一股力道拉着她往后退，一直退到了周十八的身边。

"宋燃燃，你该不会以为今天那个花环是你的生日礼物吧？"

"嗯？"宋燃燃一脸疑惑，难道不是吗？

"看不起谁啊？这个才是你的礼物。"周十八从身后的背包里拿出了一个四四方方的礼盒，看着十分精美。

他将礼盒塞到宋燃燃的怀里："不要太感动了，回去再拆啊。"

宋燃燃看着他逃也似的背影，忍不住笑了起来。

张玫瑰正在厨房里忙活，她换鞋时特意看了一眼鞋柜，宋柏的鞋子还在。

宋燃燃回了自己的房间，她看了一眼宋柏的房间，屋子里亮着灯，但她没有去找他。她想，她应该留出一点儿时间给宋柏思考未来。

她拆开了周十八送的礼物，是一条裙子，手感柔软，看起来十分眼熟。

宋燃燃想起来了。

这是她和周十八在 A 市的商场里看到的那条裙子，因为太贵，她只看了一眼就出去了。

没想到，周十八还是买下来了。

可是……花八百元买一条裙子，周十八疯了吗？他得搬运多少卷布料才赚到这些钱？周十八……难道是为了买这条裙子才去打暑假工的？

宋燃燃拿着这条对他们而言无比贵重的裙子，不知道说什么好。除了她以前问过周十八两次的那个问题，她想不到还有什么别的理由。

可是周十八两次都否认了。

周十八不喜欢她。

她给周十八发消息："周十八，你……"她想再问一次，一时间却失去了勇气。

"想问什么？问我喜不喜欢你？"

一行小字跳出来，宋燃燃心思被戳中，就像一个小偷被当场抓住了。

"宋燃燃，你自己感觉不到吗？"

宋燃燃的思维飞快发散，周十八喜欢她？什么时候开始的？为什么会喜欢她？要不要答应他？答应了会怎么样？

要不然……勉为其难……她这个念头冒出来，新的消息又跳了进来："宋燃燃，我发现你挺自恋的。你想到哪里去了？男生最要面子了，不过是一条小裙子，我不可能买不起。"

思维如多米诺骨牌瞬间坍塌，宋燃燃刚生出的一点儿感动也烟消云散了："周十八，真是谢谢您了。"

宋燃燃将手机扔开，直挺挺地躺在床上。她也不知道为什么心底会有某种奇怪的期待。而且她好像……不知道什么时候起，看周十八也越看越顺眼了，刚刚那一瞬间甚至有些感动。

宋燃燃躺在床上翻来覆去。

咚咚，门被敲响。

她起身去开门，是宋柏。

他的神情看起来有些疲惫和茫然，像是一个做错的孩子，有些局促。

"燃燃……"宋柏喊她。

"不走了吗？"宋燃燃没有心软，板着脸质问。

"不走了。"宋柏说。

宋燃燃松了一口气，严肃地看着宋柏："哥，我知道你在顾虑什么，但是我相信你，你一定可以做到的。"

生活中那么多的苦难宋柏都能战胜，这次也一样。

如果宋柏需要信心，那么宋燃燃一定给他很多自信。

张玫瑰和宋志国很快就给宋柏安排上了返校的事宜。新学期开学，宋燃燃成为一名高二的学生。

宋柏没有选择宋燃燃的学校，而是去了宋淼淼的学校。

宋燃燃没有意见。

宋柏退学的时候，任课老师都挽留过他好几次，他自觉无颜面对那些老师。既然是重新出发，那就全新出发。

宋柏入学时的东西，书包、作业本、水性笔等都是宋燃燃一手包办的。某一瞬间，宋柏觉得他和宋燃燃的身份倒置了。

他失落之余又觉得有些欣慰，宋燃燃是真的长大了。

宋淼淼酸得直冒泡："宋燃燃，你都没送过我东西。"

宋燃燃给她买了一个小熊挂件，宋淼淼冷哼了一声接了过来："都说钱在哪里，爱就在哪里。宋燃燃，我看透你了。"

223

宋燃燃要给宋柏也买个书包挂件，宋柏拒绝了："我有。"他说着拿出了一个小兔子的塑料挂件，还是个粉色的，一看就是女孩子送的。宋燃燃笑了笑，没有追问。

入学的当天，宋柏起了个大早。

他的表情还算淡定，但他的手一直紧扣着书包肩带，全身都透着紧张。

宋燃燃像个家长一样唠唠叨叨："没事的，你就进去简单地自我介绍一下，然后什么都不用管。他们都高三了，注意力都在学习上，谁也不会过多关注你的……"

宋淼淼的耳朵都起茧子了。

"行了，有我在，谁敢欺负他？不要命了？"

有了宋淼淼这句话，宋燃燃放心了很多。全校第一罩着，估计能横着走了。

"你这是操着不必要的老母亲的心。柏哥多大了？"宋燃燃和周十八念叨这件事，周十八不给情面地刺了她一句。

宋燃燃想，也是。

学校开学了，像是有一根风筝线，将飞到天南地北撒欢的学生们都收了回来，集中在一间间教室里。

刘小兰穿了新裙子，赵明明晒黑了不少，很多人都有了细微的变化。

宋燃燃也有了变化，以前会和大家一块儿去食堂或者外面吃饭，现在下一课就跑到对面学校去吃饭了。

刘小兰幽怨地说道："燃燃不在，真的好无聊啊。"

周十八冷笑："当然是自己的哥哥更亲啦。"

赵明明察言观色，打圆场道："毕竟很久没见了嘛。而且她哥哥好不容易回来上学，那边不只有她哥哥，还有她姐姐。"

周十八没法反驳，丢下筷子起身走了："不吃了，没胃口了。"

周十八的变化也很明显——宋燃燃不在，他好像变得更暴躁了。

周十八径直往校外走，他下午也不打算来了。周年辉昨天就让周晴晴去干活，他要在周年辉回来之前把活干完。

只是他刚走出校门就看见一群中年大叔蹲在街边，穿得花里胡哨的，嘴里还叼着烟。

不知道怎么的，周十八突然有种不好的预感。

那些人也看到他了，双方一对视上，周十八就知道肯定是周年辉又惹事了，他的直觉很准，当机立断转身就跑。

但到底他们人多，一下就将周十八围住了。

为首的中年男人揪住了周十八的衣领，恶狠狠地问："周年辉呢？"

"不知道。"周十八如实地说。

"周年辉欠了我们的钱，什么时候还？"

"我什么都不知道。"

"那就去我们那边好好聊一聊。"中年男人揪着他的衣领，将他拖上了车。

【5】

宋柏在学校的第一天还算顺利。

和宋燃燃说的一样，同学们都进入高三了，学业紧张，压根对他不感兴趣。加上他长得比较年轻，坐在他们中间毫不违和。

九月的阳光变得柔和了一点儿，不再那么刺眼。

他坐在教室里，听着同学们读书，老师授课，有种不真实感。他不敢相信，他真的离开那个嘈杂的工厂，重返校园了！血液在身体里沸腾，他摸课本的手都控制不住有些颤抖。现在除了努力学习，他再也没有别的想法。

十二点下课，学生们都起身去食堂吃饭，宋柏依旧沉迷在课本里。

课桌被敲了一下，一个清脆的声音传来："求知若渴也要吃饭吧。"

少女的脸上透着一丝不耐烦，但那张明艳的脸着实好看，表情也因此显得很生动。

宋柏觉得有些意外。

宋淼淼说："我是替宋燃燃看着你。你不吃饭要是被宋燃燃知道，估计又有一顿哭。"

这个借口有些勉强,宋柏没有多想,乖乖起身跟着宋淼淼去吃饭。

宋淼淼走在前面,宋柏紧跟其后,两人沉默地走在楼道里。

"谢谢你的礼物,我很喜欢。"宋柏一直没和宋淼淼说过,这么些年来,除了宋燃燃的礼物,他从没收到过别人的礼物。

这份礼物对他来说格外珍贵。

宋淼淼的神色有些不自在,那只粉色的小兔子每家精品店都有售卖,还是打折促销款,就只花了两块钱而已。他这么郑重地感谢她,反倒令她感到有些内疚。她摆摆手:"这种东西你要是喜欢,我以后每年送你一个。"

宋柏眉眼低垂:"好。"

宋淼淼说完又有些后悔。怎么人家一扮可怜,她就多了一笔开销?但她很快盘算了一下,现在宋柏住家里,每年都有生日,这也算是一笔合情合理的开销。

这么一想,宋淼淼心里又平衡了。

他们下到一楼,拐角处突然传来一个恶作剧的声音:"嘿!"

接着,宋燃燃跳了出来,还做了一个鬼脸。

宋柏慢半拍地往后退了一步,象征性地拍了拍胸口。

宋淼淼不屑地说:"你还能再假一点儿吗?"她伸手捏了捏宋燃燃的脸颊,"就你这张脸,做鬼脸都可爱,能吓唬到谁啊?"

宋燃燃不服气,宋柏却在一边暗暗点头表示赞同。

三人为去哪里吃饭产生了分歧。

宋淼淼想去食堂吃饭,那里的饭菜是最是实惠的。但宋燃燃过来就是为了庆祝宋柏重返校园的,自然不肯这么随便应付。

宋淼淼这人在别的方面都十分宽容大度,涉及金钱就特别轴。

原本轻松的气氛也变得紧张了起来。

"想庆祝去食堂吃也可以啊,不是非得要去外面吃吧?"

宋淼淼这话暗含了指责,宋燃燃的小脾气也上来了:"这些钱都是我一点点儿攒下来的,我攒钱就是为了今天请我哥吃饭的。"

宋燃燃不是一个铺张浪费的人,她以前也过了很多苦日子,懂得节约。她也知道哪些地方能花钱,哪些地方不能花。宋淼淼这样指责她,让她很伤心。

两个人吵架,谁心里也不好受,尤其是宋淼淼,她最后还是妥协了:"行行行,下不为例。"

宋燃燃心里这才稍微好受了一点儿。

他们去了校门外,宋燃燃顾及宋淼淼的感受,选了一家很小的饭店,点菜的时候也很有分寸。宋淼淼让了一步,她也知道要让步。

服务员在一边写菜单,宋淼淼的两条眉毛都快拧成一条了。

"你想吃的牛肉,妈妈早上就买了牛肉。"

"猪肉?外面才十块钱一斤,饭店里二十元才几片肉,不划算。"

"虾?那一盘才几个?"

宋燃燃打断了宋淼淼的碎碎念:"那小盘换成大盘虾。"

宋淼淼闭嘴了。

宋柏在一边给两人清洗餐具,没给任何人帮腔。他脸上没有任何的不愉快,看着宋淼淼碎碎念的时候,眉眼甚至透着包容。

宋燃燃也就硬气了那么一回,后面点的几个都是素菜。她也怕惹到宋淼淼,让这顿庆祝饭变得不开心。她也在小心翼翼地维护着气氛。

小饭馆上菜很快,一盘红彤彤的大虾,几碟红、黄、绿的素菜,颜色鲜明。

宋燃燃夹了几只大虾放到宋柏碗里:"哥,你最喜欢的,你多吃点儿。"

宋柏放下筷子,用手剥虾,将虾肉一个一个都放到了宋燃燃的碗里,兄妹俩互相推让着。

宋淼淼夹了一筷子青菜,冷哼一声,埋头吃饭。

"蔬菜营养价值高。"她没头没脑地说了一句。

要是别人,宋燃燃会直接一句"那你多吃点儿"撑上去,但说这

227

话的是宋淼淼,她知道她在闹脾气,于是剥了一只虾放到了她的碗里。

没想到宋柏和她想到一块儿去了,他剥好的虾几乎是同时落进了宋淼淼的碗里。

兄妹俩默契地相视一笑。

宋淼淼却放下筷子站了起来:"没胃口,我不吃了,你们两个慢慢吃吧。"她将"两个"咬得很重,很明显就是生气了。

但宋燃燃不知道她为什么要生气,难道她还有洁癖?

宋柏也摇头。

宋淼淼这属于突然变脸。

宋燃燃不知道怎么哄宋淼淼,她压根不知道自己哪里惹到她了,主动和宋淼淼说了几次话没得到回复后,也没有再哄了。

她以为这次之后,宋淼淼不会再和他们一块儿吃饭了,但每次在食堂遇到,宋淼淼总是很自然地和他们坐在一块儿。

宋燃燃当然求之不得,这样宋柏也能减轻一点儿心理压力。

宋柏来了之后,她开始害怕家里有人起争执,担心宋柏会胡思乱想。

现在这样的日子,她很满足,她也没时间去想别的。

宋柏帮忙把饭盒端走,回来的时候带了两瓶牛奶,一瓶给了宋燃燃,一瓶给了宋淼淼。

"谢谢哥。"宋燃燃将牛奶抱在怀里,眼睛弯成了月牙儿。

宋柏摸了摸她的脑袋。

他们两人之间好像有种天然的磁场,亲密地吸附在一起,让人一看就笃定是兄妹。反倒是宋淼淼这个亲姐姐看起来像是外人。

宋淼淼将牛奶推回到宋柏的面前:"谁要你的牛奶啊!我不会自己买吗?"

宋燃燃听出了这话里的酸味,她看了看宋淼淼,又看了看宋柏,心里冒出一个莫名其妙的念头:"宋淼淼,你是不是喜欢我哥啊?"

她的话像是一枚炸弹,将两个当事人炸得外焦里嫩。

宋淼淼说话都结巴了,可见其激动程度:"宋燃燃,你……瞎……

瞎说什么?"

宋燃燃平静地分析道:"我没胡说。通过我这几天的观察,我发现每次我哥为我做点儿什么事,你就生气。你难道不是想引起我哥的注意?不是在生气、吃醋吗?"

宋淼淼气得说不出话来,她看了宋燃燃一眼,转身就走,丢下一句:"宋燃燃,蠢死你算了。"

宋燃燃丈二和尚摸不着头脑,小声道:"喜欢就喜欢呗,我也不是不同意。"

她委屈地说:"哥,宋淼淼骂我。"

"你有没有想过,她可能是对我怀有敌意,而不是你说的喜欢?"宋柏一副看透一切的表情。

"啊?"

"你下次可以试试。"

【5】

宋淼淼是真的生气了。

晚上不和他们一块儿回家,中午也不和他们一块儿吃饭了,就算在食堂遇到,宋淼淼也离得远远的。

宋柏和宋燃燃对视一眼,非常有默契地换到宋淼淼的对面坐下。

宋淼淼起身就要走,宋燃燃一把拉住了她的手,什么也不说,只是仰起脑袋看她。那水汪汪的眼睛,谁看了也不忍心拒绝。

宋淼淼沉默了一会儿说道:"你要单独和我吃饭可以,和他不行。"

宋燃燃"啊"了一声,心想,宋柏说得还真准。

她有时候不太懂宋淼淼。明明并不反对宋柏来家里,可现在看,她好像对宋柏有敌意。

"哥,你别放在心上,以后我陪你吃饭。"宋燃燃只好安慰宋柏。

宋柏却笑着摇头:"傻丫头。"

啊?一个两个都骂她,好难懂。

229

九月，南方的夏季还不肯离去，外头的太阳还很炽热，宋燃燃有些心不在焉地坐在教室里听课。

"周十八。"老师突然点名。

教室里安静了一下。

老师又喊了一遍，有人回答："老师，他请假没来。"

宋燃燃扭头一看，周十八的位子是空的。

这些天她一心都扑在宋柏身上，她太开心了，忽略了周十八。

周十八从前也不是没做过无故旷课的事。

一天、两天没来，还算正常，三天还没来，确实有些反常了。

宋燃燃给周十八发消息，一直没有得到回复。

赵明明也不知道周十八去了哪里，他也联系不上周十八。下课后，宋燃燃、赵明明、刘小兰商量着去周十八家里看看情况。

破烂不堪，狼藉满地……宋燃燃都找不到合适的词来形容周十八的家。他们站在门口没有进去，因为根本没有地方下脚。

他家里就像是被人扫荡过，什么都砸了。有人来过，或者说有一帮人来过。

周晴晴和钟藜弯腰沉默地收拾着，两人的眼睛都有些红，很显然是哭过。

宋燃燃对这里十分抗拒，她抗拒周年辉，抗拒周晴晴，也抗拒钟藜，抗拒这里的一切。

十年了，她再也没有踏足过这里，对这里的印象早已经模糊了。宋柏的爱治愈了她，让她渐渐地从这梦魇一般的经历中走了出来。

现在，再次站在这里，这种梦魇一般的回忆扑面而来。原来，痛苦的经历早已经烙在了记忆中。

她站在刘小兰和赵明明的身后，尽量降低自己的存在感。钟藜还是看到了她，但仅仅是看了她一眼，什么都没说。

她厌恶周年辉，也不想见到周晴晴和钟藜。

这两个人曾经给了她希望，将流浪的她带回家，却又一次次将她带去不同的地方抛弃。她固执地一次又一次回到这里，又被一次又一次推出门。

　　"我们没办法，周年辉他不同意，他想要一个儿子，而不是女儿。你走吧，走得远远的。"钟藜说。

　　言犹在耳，宋燃燃觉得呼吸都有些困难了，像是有一双无形的大手攥住了她的心脏。如果不是想知道周十八的消息，她一分钟都待不下去了。

　　"周十八已经好几天没来上学了，你们知道他在哪里吗？"赵明明壮着胆子问了一句。

　　"不知道！"钟藜突然歇斯底里地喊了一声。就如同平静的湖面下突然火山爆发，她积压的情绪找到了一个发泄口，"他和我们没有关系，他们两父子都和我们没有关系！你们自己去找他们吧！"

　　"两父子都是祸害，祸害！我们现在这样都是他们两个害的！"

　　钟藜说完将脸埋在臂弯里，向周晴晴抱怨："这日子没法过了！都怪你爸非要个儿子，非要收养那个来历不明的孩子！就是他来了，我们家的日子才越过越差的！他……"

　　"妈！"周晴晴提高了音量，打断了钟藜的话。

　　钟藜脸色一沉："现在连你也嫌我了？"

　　钟藜没什么本事，只能靠贬低自己让子女产生强烈的愧疚感，从而掌控他们。

　　虽然难听又可耻，但无比管用。

　　这种沉重的亲缘负担就像是枷锁，困住了周晴晴和周十八。以往这个时候，周晴晴都会愧疚地解释："我不是这个意思。"到最后发现解释不清楚，就只能选择道歉，"妈，对不起，是我错了。"

　　可她错在哪里？她也厌倦了。

　　周晴晴没有去哄她，将她晾在一边，平静地看着赵明明三人："我送你们出去吧。时间也不早了，你们都早点儿回家。"

她送三人出去，看着他们离开的背影，还是没忍住喊了一声："燃燃。"

宋燃燃后背一僵。

"周十八应该是在仇老板那里，爸这次欠了他不少钱，自己找了个地方躲了起来。仇老板带人来家里将东西都砸了，说周十八在他那里，让我们拿钱去领人。"

宋燃燃听明白了，她突然觉得浑身发冷："那你们去找过他吗？"

周晴晴眼睛一红："我们没有钱。"

"说到底，是因为不是亲生的吧？所以可以随时抛弃，可以不管不顾别人的死活。"

宋燃燃的话假如能化作实物，那一定是尖锐的刀，她不知道这是为自己刺出去的，还是为周十八刺出去的，也不知道她想刺的，是周晴晴，还是周晴晴身后的这个家。

"对不起，我知道爸妈对不起……"

"你"这个词还没来得及说出口，就被宋燃燃粗暴地打断："这话还是留着当面和周十八说吧。"

埋藏的痛苦回忆被唤醒，她对周十八产生了共情。

是啊，周十八过的就是她从前的日子。

她怎么就这么轻易地忽视了呢？

宋燃燃带着刘小兰和赵明明离开了。这个地方她一分钟都不想多待。

刘小兰震惊不已："原来周十八是收养的啊。"

"嗯，周十八应该是别人遗弃的孩子，是周年辉收养了他。"

宋燃燃鼻子里发出一声冷哼，与其说是收养，不如说是利用。

她这副模样多少和周十八有点儿像。

有时候，赵明明会觉得宋燃燃和周十八在某方面有些相似。但他很快又否定了。这怎么可能呢？周十八和宋燃燃过的是完全不一样的日子，一个是在泥泞里苦苦挣扎，一个即便过得清贫，却是被宋柏捧在手心里娇养大的。

宋燃燃的命比周十八好太多、太多了。

"现在怎么办？"赵明明问。

仇老板是小镇上有头有脸的人物，几乎每个人都认识他。他兄弟很多，大家都知道他不好惹。让他们三个小孩去面对一群成年人，怎么都说不过去。

这真不是一件小事，刘小兰有些害怕："要不然，我们告诉老师吧。"

"就我们三个人肯定不行的。他们主要是想逼周年辉出来，要回自己的钱，应该不会伤害周十八的。我们先回去吧，明天告诉老师。"宋燃燃镇定地说。

赵明明和刘小兰忧心忡忡地回家了。

傍晚的夕阳，恬静且柔和。

宋燃燃突然想起了很多事情。

想起自己被周年辉赶出去无家可归，在冰天雪地里快要饿死的时候，是周十八将她带到了一个屋檐下，给她喂了一口吃的，她才不至于冻死或饿死。那时的周十八也只是一个和她差不多大的小孩，和她差不多的处境。他抱着她轻声安慰道："你别怕，我给你找个好人家。那家人我盯了很久了，有个很好的哥哥……你一定一定要在那个家待下去。"

可能是求生的本能驱使她抓住了宋柏这根救命稻草，也可能是宋柏真的心善，没法不管她，她留下来了。

而周十八不知道怎么去了周年辉的家里。

命运就这样交换了。

仔细想想，从小到大，周十八一直都在她的身边。

宋燃燃想去打板栗，没有人陪她去，是周十八牵头喊了一大群孩子一块儿去，所以他上树摘板栗时，狠狠摔下来也假装没事。

他用肩膀托着她攀墙，冒着烈日来接她去宋柏家打扫卫生，前胸后背湿透了也不在乎，他给她撑伞，帮她背书包，拼尽全力载她去车站追宋柏……

可她只关注他嘴里说出的不中听的话，只记得他的毒舌。

明明那张嘴也说过安慰她的话，也维护过她。

他陪着她走那么远的路，坐那么久的车去找宋柏，给她买那样贵重的礼物，带她去他的秘密基地……他几乎将自己能给的都给了她。周十八还要怎样对她好呢？

这些好就像是细细的水流，经年累月温柔地冲刷着她的内心，直到现在，她才后知后觉，这些好已经镌刻进了她的心中。

她的心里掀起了巨浪，久久无法平静。

她这辈子得到了很多的爱，宋柏、朋友和家庭都给了她深厚的爱意，她也在慢慢地回馈这些爱意，可独独忘了周十八，他从未收到过她任何的回馈。

她转身朝另外一个方向去了，步伐从未有过地坚定和从容。

意识到周十八对她的重要性，她心中生出了无所畏惧的勇气。她很少有这样坚定的认知。

她一边走一边想，现在周十八在做什么？在想什么？会不会害怕？他可能还在等着家里人去找他吧？如果没有一个人在意他的话，那好像太可怜了。

他已经足够可怜了，她至少……要为他做点儿什么吧。

第十一章
你为什么不管管我啊

【1】

宋燃燃在一家麻将馆门前停了下来。

这家麻将馆开了很久了,她每次去上学都会经过这里。这里聚集了各种各样的男人,一般人家对这里都没有什么好感。

她清点了一下钱包里的现金,将它们折叠好,放在裤子口袋里,然后深吸了一口气,走了进去。

里面烟雾缭绕,宋燃燃忍不住咳嗽了几声,用手捂住了鼻子。她的目光在人群里寻找着,最后定格在收银台。

她压制住内心的紧张,走到了那人的面前。

男人注意到她,问:"你爸爸是哪个?有什么事?"

"我找周十八。"

男人数钱的手顿了一下,不知道想到了什么,笑了起来。他将抽屉关上,上了一把锁,站起身。他个子很高,有一米八以上。

他给宋燃燃带路:"跟我来。"

宋燃燃犹豫了一会儿,还是跟了上去。

男人将她带到了一扇窗户前。透过玻璃窗户,宋燃燃看到了周十八。他就蹲在院子里,正在清洗烟灰缸和垫子。

他个子很高,蹲着总感觉有些憋屈,宋燃燃看着心里有些难受。

许是感觉到了背后的目光,周十八突然扭头和宋燃燃对视上了。

他嘴里骂了一句什么,扔下手里的抹布,几步就到了两人面前。

他挡在宋燃燃和男人之间,将她往外推:"你怎么来了?快走,别多管闲事。"

宋燃燃不动:"要走一块儿走。"

"这么些天了,你家里人都没反应,没想到来了个小姑娘。"男人饶有兴味地看着两人,调侃道。

"我不认识她,你让她走。"

"别,来都来了,先聊聊吧。"男人看着宋燃燃,问道,"带钱了吗?他爸爸可欠了我不少钱。"

周十八将宋燃燃护在身后,宋燃燃勇敢地站出来,她从口袋里掏出了一沓零钞:"这是我所有的钱了。"

男人没有接:"小妹妹,你在开玩笑吧?"

"我没有那么多钱,欠你钱的是周年辉,和他没有关系。他还只是一个学生,如果你今天不放他走,老师很快就会知道的,到时候老师报了警,就不太好看了。要么你放他走,这些钱你先拿着,学校就在附近,你想要找他什么时候都可以。至于周年辉,给我们一点儿时间,我们会把他找出来的。"

男人没说话,似乎在思考。他说:"那如果我不呢?"

"我现在就报警。"宋燃燃毫不犹豫地说。

"那给我一个时间。"

"七天。"

仇老板接过了她手里的钱,清点了一下,又看向周十八:"这点儿钱我记在账上,你这几天的工钱我也会扣掉。"

宋燃燃最终带走了周十八。

仇老板将周十八扣在店里做事是想逼周年辉出来,让他还钱。但周年辉那个缩头乌龟根本就不露面,并不在意周十八的安危,他再扣着周十八也没用。

周十八身上穿着的还是三天前的衣服，浑身脏兮兮的。

他故意同宋燃燃拉开距离，宋燃燃却仿若未觉，不管不顾地跟上来。

"你回去吧。"他的语气有些生硬，想赶她走。

他现在的模样实在狼狈。

在他的人生中，这样狼狈的时候多了去了，但他从来都不在意，唯独不想让宋燃燃看到。

今天还是被她看到了。

他实在不知道该怎么形容自己现在的心情。他心里有个声音在提醒他，远离宋燃燃吧，她知道你所有的过去，所有的不堪，只会让你觉得难堪和自卑。

"我送你回去。"宋燃燃尽量让自己的语气和平时无异，"我欠你一次。"

"不用。"周十八果断拒绝了。

宋燃燃没听他的，还是跟了上去。她知道周十八现在心情不太好，没有去烦他，只是安静地跟在他身后。

她跟着周十八回家，他没有进去，就站在院子里。

家里已经被收拾得整整齐齐，灯光下，母女二人正在平静地吃晚餐。

这里的人就是这样，天塌下来了也是要吃饭的。

家里已经天翻地覆了，只要不说话，不争吵就还是平静的。

可这样的平静里，不包括他。

宋燃燃很难形容周十八的表情。安心？伤心？迷茫？太多种情绪交织着，她只能捕捉到其中的几种。

周十八没有进去，转身就走了。

宋燃燃仍旧跟着他，跟着他在黑夜里穿行，跟着他爬山。她还摔了一跤，周十八没有来扶她，但停下了脚步，像是在等她。

这种信号，便是默许了她跟在身边。

他们再次来到了那个小山坡，野菊花的香气飘浮在空中，想必依旧开得灿烂，萤火虫倒是没有之前那么多了，只有零星几只在飞舞。

长久的沉默之后，宋燃燃说："你要是心情不好，可以和我说。"

"和你说有什么用？宋燃燃，你是不是太自以为是了？"

"你知道，我不会真的生你的气。你随便怎么说都可以。"宋燃燃的语气很温和。

"随便怎么说？"周十八冷笑一声，"宋燃燃，我当然可以，这是你欠我的。"

"嗯，我欠你的。"宋燃燃依旧是好脾气地附和着。

她就是这样，很少生他的气。

她欠他，所以可以无限包容他，可是他要的不是这样的。

"滚吧。"他说。他不需要同情。

"好。"宋燃燃站起身。周十八不需要她，她就真的打算走了。

可才走几步，她的手就被人抓住。少年将脑袋埋在臂弯里，声音从臂弯下飘了出来："宋燃燃，你管了郭娅，管了宋柏，你为什么不管管我啊？"

少年绝望地吼着。他的人生就是如此糟糕，他无力挣脱，没有办法改变。

他并不是没有试过去改变，可毫无用处，每当他以为生活快要好起来的时候，总会遭受重重一击。

他其实只想让宋燃燃管管他。为什么她就只绕过了他，只对他视而不见？

宋燃燃蹲下身子，一把抱住了他。

"我管你，只要你想。"她说，"你别着急，我们慢慢来好吗？"

"周十八，对不起，这么多年来，你受苦了。"她小声地哄着，耐心得就像是一位幼儿园的老师在哄伤心的小朋友。

她的声音就像是四月里的春风，轻柔地抚在周十八的心上。

哭泣的少年停止了抽噎，抬起头看着她，清俊的脸上满是不信任。他已经失望过太多次了。他觉得自己就像吊在悬崖边，用尽全力抓住一根树枝，只要稍微松懈一下，就会跌入万丈深渊。他抓着这树枝挺了很久很久了，要是能来个人拉他上去就好了。他一直在等这个人。

"别哭了好吗？"宋燃燃伸手擦拭他的眼泪，"没关系的，我们一起来想办法。"

从前，她一直在逃避。总觉得对周十八多些包容就算是在弥补亏欠，可他受了那么多次伤，吃了那么多苦，她都没有注意到。这原本应该是她承受的人生，是周十八替她承受了。

"对不起。"替她承受这样人生，一定很辛苦。

"我没后悔。"周十八说，"我只是，有点儿累了，撑不下去了。"

"我知道的。以后我们一起来面对，你不会是一个人了。"

周十八没说话，他一动不动，像是一尊雕像。

宋燃燃也没说话，没有动。他们就像两尊静静依靠的雕像。

【2】

周十八第二天就回了学校。

他坐在椅子上，慎重地将书包放进了抽屉里。

他将手臂放在课桌上，这张他以前从来没有在意过的课桌，现在存在感如此强烈。也许是经历过差点儿失去，才明白曾经拥有的是多么珍贵。

无论是喋喋不休的同桌，还是那些交头接耳、不怎么往来的同学，他都觉得无比顺眼。

刘小兰和赵明明知道宋燃燃独自去找仇老板要人后，都是一阵后怕。

他们压根儿想不到看似柔弱的宋燃燃竟有那么大的勇气。赵明明不禁为她竖起了大拇指："宋燃燃可真行。"

周十八淡淡地"嗯"了一声。

他也没想到宋燃燃会去找他。

"还说你们两个没事，我看你们两个关系很不一般。"赵明明忍不住调侃道。

周十八下意识看了一眼宋燃燃。他和宋燃燃是什么关系？他也不知道。

他们见过彼此最狼狈的时候，互相讨厌，也刺伤过对方。他对宋燃燃实在说不上好，每次都冷言冷语，专挑最恶毒的话刺她。

比起宋柏，他完全不值得她这么做。

可她还是做了。

宋燃燃不是白眼狼，不是没良心，她是这世上最好的女孩，好得让他自惭形秽。

可她是他的救命草，他如果不抓住，就会掉下深渊。

在没有找到周年辉之前，宋燃燃、刘小兰和赵明明寸步不离地跟着周十八，怕他单独行动被仇老板的人盯上。

宋燃燃没有将这些事情告诉宋柏和宋淼淼。她担心会连累宋柏。最关键的是，这笔钱数额太大了，告诉宋柏也无济于事。

宋柏和宋淼淼那边好几天没见着宋燃燃来吃饭，都有些不习惯。

最开始这两人在食堂遇到还会避开，后来就自然而然地坐在一块儿了。

宋淼淼主要是想来羞辱宋柏一番："你这是失宠了？"

宋柏的声音淡淡的："是我们失宠了。"

宋淼淼有些惆怅。宋燃燃不在，她觉得有些无聊。她问："她最近在忙些什么？总是不见人。"

宋柏沉思了一会儿，提议道："不如去看看？"

宋淼淼也正有此意，抢先起身："谁要和你一块儿啊！我们各看各的。"她说完收了碗去对面学校了。

宋柏不远不近地跟着。他一个大男人还撑着伞，伞面努力往她这边倾斜。

宋淼淼觉得他这样有点儿娘。她一个女生，就算是太阳最烈的时候也没打过伞。

"别跟着我！你跟屁虫啊？"

"嗯。"宋柏坦然应道，一下就把宋淼淼要说的话给堵住了。她一拳头打在棉花上,实在是无趣。

他们在食堂找到了宋燃燃。

她正和几个学生在一块儿吃饭,有说有笑的。

那一瞬间,宋柏和宋淼淼都有些失落:宋燃燃果然还是喜欢跟同学一块儿玩。

放学后,宋淼淼早早就来到宋燃燃的学校门口等她,不巧在这里看到了宋柏。这该死的,没必要的默契!

不只是现在,两人偶尔会同时出房门,同时从餐桌上起身,等等。除了制造尴尬,就是尴尬。

宋柏抬手挥了挥:"燃燃。"

她往人群里看,来回扫了几遍都没看到宋燃燃。不多时,宋燃燃从一个犄角旮旯挤了出来,朝这边跑。

宋淼淼腹诽,这人是有透视眼吗?

宋燃燃的身后还跟着几个眼熟的男孩、女孩。

"现在回家吗?"宋柏问。

"不回家干什么?成天和别人在外面疯玩,爸爸妈妈都有意见了。"宋淼淼盯着宋燃燃身后那些学生不满地嘟囔了一句。都是这些人,把宋燃燃抢走了!

这话听起来有些刺耳。

"她的意思是,这些天你都没去找她,她想你了。"宋柏做了全新的解读。

宋燃燃"哦"了一声:"是这样啊?"

宋淼淼像是被踩中了尾巴,整个人都炸毛了:"你们少自作多情了!这个家你爱回不回!"她气呼呼地走了。

宋淼淼就像是个炮仗,老是自己把自己点着了。

宋燃燃说要晚点儿回家,宋柏也没问原因,只是叮嘱了一句:"别太晚了,要是太晚就给我打电话,我来接你。"

宋柏对宋燃燃总是那样温柔,他对她的约束并不大,甚至可以说

241

得上很包容。

哥哥姐姐走了,宋燃燃他们轻松了很多。

刘小兰小声地抱怨:"你姐姐……怎么和上次不太一样?现在有点儿凶。"

宋淼淼某种程度上和周十八有点儿像,也许也是因为小时候吃过不少苦,造就了刀子嘴豆腐心的性格。

她因为洞悉,所以不会责怪。

"今天去哪里找?"宋燃燃问周十八。

周十八有些犹豫。他不想让宋燃燃和家人产生争执:"要不然你跟你柏哥回去吧?我自己去找也行。"

赵明明急了:"说好大家一起面对的,怎么,想甩掉我们啊?可不兴啊。"

"就是。"刘小兰握紧了拳头,"我们约定好的。"

宋燃燃思考了一会儿,看向周十八:"要不然你想回去就先回去,我们继续找?"

这话一下子就把刘小兰和赵明明逗乐了。

周十八的眼睛却酸酸胀胀的。他眉眼低垂着,掩去了情绪。

没有人知道他的心里是怎样的波涛澎湃。他一直以为自己不容于世,没有人在意他,没有人喜欢他。

他害怕身处泥沼或深渊,茫然四顾时,却没有人能拉他一把。从小到大这样的事他经历得太多了,他太了解那种绝望的滋味。

可当那一刻到来了,他在意的和不在意的人,原来都在他的身边。

现在,他已经没有那么害怕了。

他的情绪不断地堆叠,最后只是真心实意地说了两个字:"谢谢。"

他们兵分两路,周十八和宋燃燃一组,赵明明和刘小兰一组,骑着自行车四处打听周年辉的下落,他们把周年辉可能出现的地方都找了一遍。

他们一连找了几天,一无所获。

"好几天没见到他了,听说他欠了仇老板不少钱啊。"

"他是怎么从仇老板手里借到这么多钱的?"

"……"

这些都是和周年辉一样的无耻之徒,他们一张嘴,周十八就带着宋燃燃头也不回地离开。

"周年辉会不会已经离开这里了?"宋燃燃问。

"不会。仇老板的人脉很广,收费站、客运站都有朋友,他要走肯定会被发现。我猜他还在这里,不是躲在谁家,就是躲在山上哪里。"

"嘀嘀——"周十八的话音刚落,身后传来一阵汽车鸣笛声。

周十八停了下来,汽车刚好停在他的身边,车里坐着的正是仇老板。

"快找到了吧?"他问。

虽然只是简单的一句话,周十八却听出了催促的意味。

他必须快点儿找到周年辉。

也许是察觉到了他的焦虑和不安,坐在自行车后座的宋燃燃突然抓住了他的衣角。隔着薄薄的一层衣服布料,他似乎感受到了宋燃燃的体温。有点儿痒。他一瞬间僵直了身体。

像是石子落在平静的湖面,荡开一圈又一圈的涟漪,他的心湖也起了涟漪。

"别担心,周十八,还没有到最后一天,我们会找到他的。"

她的话就好像一阵温柔的春风,一下子就安抚了他焦躁的心,宋燃燃总是有一些神奇的魔力。

【3】

"妈,要不然我们逃走吧?"周晴晴收拾好家里,平静地说,"我在这里受够了,真的不想再待下去了,也不想再过这种战战兢兢的日子了。"

她压抑多年的情绪在这一刻爆发出来。

"我们找个地方重新生活,离他远远的。我们可以自食其力,离开他反而能过得更好。"她们人生中所有的不幸都是周年辉带来的，如果离开他，日子一定会好起来的！

"周年辉不会答应的，这么多年来，我无时不刻不想要离婚，逃离这个鬼地方，但周年辉放话说他死都不会离婚。"

这样一个没有用的男人，用一纸婚姻就将母女二人牢牢地困在这个糟糕的家庭里。

钟藜不再挣扎了，任它风来雨来，她都受着。

年轻的时候，她也有一份稳定的工作，加上相貌出众，是不少人梦寐以求的女神。但这样的美貌并没有好的眼光相伴，她遇人不淑，经历过一个、两个、三个金玉其外，败絮其中的男人后，她选择了老实巴交的周年辉。周年辉的家境不好，但对她十分殷勤，因着这份好，她忽略了别的。

怀孕生子，无法重返岗位，没有了经济收入，她的日子越过越差。她也不是没闹过，可周年辉总是日复一日地安慰她，日子会好起来的。

可事实上从来没有好过。闹到后面，夫妻俩的感情消磨殆尽了，只剩互相指责。

算命的说他只要有儿子就会大富大贵，周年辉开始埋怨他们的生活这样糟糕，是因为她生不了儿子，只生了个便宜的女儿。她无数次想过要离婚，可对周年辉来说，他这辈子最有成就感的一件事就是娶到身为大众女神的她，他是绝对不会放手的。

她甚至开始认命了，觉得这是命中注定，是她前世欠下的债。

"妈，就算不离婚，我们跑得远远的，只要不让他知道就好了。"周晴晴试图唤醒她，"我已经计划好了，我也攒下了钱，只要你点头，我们马上就买车票走。"

她说着脱下了鞋子，从鞋垫下翻出了一沓零钱。

周年辉没钱了就会翻箱倒柜地找钱，家里的钱早被搜刮得干干净净。

钟藜双手颤抖着接过钱点了点数，昏暗的灯光下，那张颓败的脸似乎恢复了生机，她的眼睛里逐渐有了光。

"我们去租个小房子,然后找工作赚钱。十八去上学,他高二了,再供一年高三,十八就能上大学了,我们也能轻松了,到时候我们想干……"

钟藜突然情绪激动地打断了周晴晴的话:"你打算带他?"

周晴晴一下子愣住了,不确定地反问:"妈,你说什么呢?他是我弟弟。"

"不行,不行,不行!"钟藜连说了三个"不行","他是你爸的指望,我们带他走,周年辉就算是跑到天涯海角也会来找我们的。"

"他……也不是你亲弟弟。"她低声说。

他只是周年辉不知道从哪里弄来的无家可归的孩子,是承载着他的发财梦的工具人。

"可是……"周晴晴想起了之前被她们丢弃的宋燃燃,那个孩子真的很乖巧,很可爱,就连钟藜看了也很喜欢,所以才将她领回了家。

可周年辉就是不同意收养她,她们被迫放弃了她。

难道同样的事情要再发生一遍吗?

"妈,我们不要重蹈覆辙了好吗?我们已经丢弃了燃燃,别再丢弃十八了好吗?"周晴晴几乎要哭了。

钟藜也想起了那个女孩,脸上露出一丝不忍。

可她到底不愿意担这个风险:"他要是走,我就不走,你看着办。"

这是在逼周晴晴做选择。

沉默良久后,周晴晴依旧央求道:"妈……"

窗边的影子摇曳了一下,钟藜警惕地站了起来,喊了一声:"谁?"

高大的身影走了进来,是一张年轻的面孔。周晴晴紧张地站了起来:"十八,你回来了?"

"嗯。"周十八应了一声,和往日一样,放下书包径直走向厨房,开始煮饭、洗菜。

周晴晴和钟藜对视了一眼,不约而同地松了一口气。

周十八收拾厨房的时候，发现了蹊跷。他转身走出厨房，周晴晴和钟藜的神情又紧张了起来。

"他回来过？"周十八问。

钟藜突然掩面而泣。

"天黑的时候，回来过一趟，把家里翻了个遍，将剩下的钱全部拿走了。妈妈去拦，被他狠狠推了一把。"

也就是那时候，周晴晴下定了决心要离开。

这个男人自私自利，永远别指望他会浪子回头。

钟藜的膝盖上红了一大片，被裙子半遮半掩着，如果不仔细看，压根不会发现。

周十八从身边的柜子顶上拿下了一瓶碘伏和一根棉签。

他蹲在钟藜的面前，将裙摆稍稍往上推了一点儿，露出了伤口。

钟藜下意识地抗拒着往后缩。她对这个名义上的儿子没有什么感情，要说有，就是她病态地将对周年辉的怨恨迁怒到了这个孩子的头上。

她从未了解过这个孩子在想什么，在做什么，甚至抗拒他的亲近。但此刻，也许是因为下定决心要抛下他，她内心产生了一丝愧疚，没有拒绝周十八给她上药。

周十八的手法很轻柔，棉签蘸着药水像是羽毛一样刷在伤口上。

真是个贴心的好孩子。

好像这孩子一直就是这样，什么都不说，只是埋头做事。她都记不清是从什么时候起，这孩子就开始给家里做饭、炒菜了。她和周年辉吵架时，也是他端着饭菜送到她的房间，摆在她的面前。也不知道多少次挡在她的面前，承受周年辉的怒火。

不能再细想了，再细想，她的良心会痛。

她的生活已经够难的了，没有多余的精力和爱分给别人。

她缩回了自己的腿："不用做这种多余的事情。"她起身回了自己的房间，关上了房门。那扇门就像是她自己的心，从未向周十八敞开过。

周十八收拾好棉签和碘伏，放回了原位。

周晴晴不知道该说些什么好，叹了一口气道："你别怪她，她……就是心情不好。"

"我知道，我不会的。"周十八说。

他只担心一件事，周年辉偷偷回来过，不知道仇老板那边知不知道，如果他收到风声……那就糟糕了。

【4】

周十八隔天就取消了四人组的活动。

他下课之后走得飞快，甚至都不等宋燃燃他们。宋燃燃逮着他，揪着他的衣领子问他，他才借口说家里有事。再问什么事，他就说家里需要干活，延期一天去找周年辉。

"我们不去找他，没准他反而会露出破绽。"他说。

更重要的是，周十八说鱼塘里的活等不了，再晚鱼都会死，一年的收成就没了。

宋燃燃不懂养鱼，但能感觉到他的急迫。她稍微一松手，他就像是滑手的泥鳅，一下就跑了。

宋燃燃十分郁闷。真是皇帝不急，太监急。

事实上，周十八的顾虑是对的。

他背着书包才出校门，就看到了仇老板的车。仇老板这次没坐在车里，他靠在车门边朝周十八招手。

周十八微微侧目，看到了身后不远处的宋燃燃，心一下就沉了下来。

他好像也变得勇敢了，没有呼救，也没有跑，从容地跟着他身边的一个大高个，走进了一条小巷子里。

握手楼夹着的狭小巷道里满是破碎的啤酒瓶，似乎是从楼上扔下来的。

他们身后跟着几个气势汹汹的中年男人。

和他们一对比，周十八显得过分单薄。

有人推了一下他的肩膀:"小子,你居然敢和家里人合起伙来骗仇哥?欠债还钱,天经地义。仇哥都是正当催债,你不厚道啊。"

周十八被推得后背狠狠地撞在墙壁的棱角上,剧痛袭来,他忍不住闷哼了一声:"我们不知道他会回来。"

"骗鬼呢?"又是狠狠一推。

周十八百口莫辩。

宋燃燃和刘小兰远远地跟着周十八,不料才出校门就不见他的人影了。

刘小兰说:"我感觉周十八有点儿不对劲,他好像在躲我们。"

"别多想。"宋燃燃安抚了刘小兰,自己却捏紧了书包肩带。刘小兰都看出来的事情,宋燃燃当然也能看出来。

周十八家里肯定是出事了。她打算一个人去他家里看看。

她走了几步又倒退了回来。她没看错,就是仇老板的车。虽然只是匆匆一瞥,她还是记住了车牌号。

仇老板正坐在车里抽烟,车里还放着歌。

他怎么会在这里?

她看了一下四周,人来人往的,看上去并无异常。

可是她有种直觉,周十八应该是出事了!她快速搜寻每一条小巷子,一遍又一遍地喊周十八的名字。

周十八听到了熟悉的声音,他没有出声。

男人一巴掌拍在他的脸上:"怎么不出声啊?你出声啊!"

周十八咬紧了牙关,就是不开口。他知道自己一开口,宋燃燃就会义无反顾地过来找他。

"死小子,嘴硬得很!"大高个"嘿"了一声,作势要给他教训。

"住手。"女孩的声音十分清脆,宛如莺啼。

周十八被男人们遮挡得严严实实,压根看不到人,但宋燃燃就是知道周十八在里面。

"走啊!别管我!"周十八突然高喊了一声。

宋燃燃看着这些人，说不害怕是假的，她的双腿都在颤抖。

耳边响起了周十八的话，他说："我给你找个好人家。"

周十八没骗她，那的的确确是个好人家。

那天晚上，她对周十八说："以后我们一起来面对，你不会是一个人了。"她也不会骗周十八。

只要想到这些，她心里就会生出源源不断的勇气。她拨开人群，冲到周十八的前面，将他挡在自己的身后。他让她避免了这种生活，现在也该由她来拉他一把了。

"宋燃燃，你疯了！"周十八说，"你走啊！"

"我不走。"她说话时声音都在发颤，现在就算让她走，她的双腿也迈不开了。

大高个有些新奇，对着宋燃燃道："小姑娘，这事和你没关系，你别瞎掺和。"他说着动手将她拉开，但一下没拉动，宋燃燃很固执地站在原地。

"嘿。"大高个也较上劲了，"我还拉不动一个小姑娘了？"他这会儿使劲了，一下就把她甩在地上。

右脚着地，宋燃燃感觉到脚踝处传来一阵刺痛。

"燃燃！"周十八急忙去搀扶她，"没事吧？伤着哪里没有？"周十八迫切地想要检查宋燃燃有没有受伤。

宋燃燃没说话，只是眉头紧锁着，看起来十分痛苦。

周十八扭头看向那个男人，眼底翻涌着恨意。

大高个被看得有些心虚了，小声地嘀咕："我也不是故意的……"他一时没控制好力道，不使劲吧，拉不动，他稍微一使劲，人就摔了。

宋燃燃艰难地起身，伸手将周十八拦在身后，小声地说："你不要打人，打人是犯法的。"

男人嗤笑了一声，不屑地看向周十八："你小子怎么什么事都要女人保护啊？你有没有种啊？你这种人我最看不起了。"

周十八立刻将宋燃燃拉到身后，用胸膛撞上男人的胸膛。

四目相对，要是视线能具象化，此刻应该是火花四溅了。

"行了。"仇老板的身影出现在巷子口。

方才剑拔弩张的场面一下子就缓和了。

仇老板走了过来，给了大高个一个栗暴："我说了吧，我们只是来讨债的，不要欺负人。"

几个中年男人低下了头，像是犯错的孩子："老大，你这样什么时候才能要回自己的钱啊？你不是还等着娶媳妇吗？"

仇老板抽了一口烟，看着抱成一团的两个孩子，叹了一口气："你也别怪我们，我们也是没办法，你爸爸借了我的钱，欠债还钱，天经地义，我们也不想把事情搞成这样。"

顿了顿，他又说："我们也不是什么坏人，堵你也只是想知道周年辉的下落。老实说，周年辉跑得了初一，跑不过十五。事情总是要坐下来解决，我也需要一个交代。你说是不是？"

周十八抬起头说："我会给你交代的。"

"今天他们不懂事，伤了你，产生了多少医药费，你拿凭证找我，我这边从欠款里给你扣。"

仇老板带人走了。

精神松懈后，脚踝的刺痛便立即感知到了。宋燃燃有些站不稳，周十八从身后托着她，低头才发现地上留下了一小片血渍。

周十八立刻弯腰去看，发现宋燃燃的脚踝处扎了一块玻璃。

他心如刀割："你……"

宋燃燃脸色苍白，她痛得说话都有些哆嗦了："我没事儿，你先送我去医院包扎一下吧。"

周十八蹲下身子，让宋燃燃趴到他背上。

他背着她，走得很快，表情阴沉得吓人。

他必须快点儿解决这件事，不能再连累宋燃燃了。

宋淼淼和宋柏本打算等宋燃燃回家，刚到她的学校门口就撞见周十八背着宋燃燃从一条小巷子出来了,宋燃燃脚踝上还流着血。

他们来不及多说,立即跟着去了医院。

"家属先去缴费。"

宋柏没带现金,收费员看向了宋淼淼:"你也没带?"

"带了,带了。"宋淼淼拿出了一个鼓鼓囊囊的钱包,迟迟没有打开。

收费员催促了一声:"快点儿,别耽搁了。"

宋淼淼这才巍巍颤颤地将钱包打开,抽走了里面的大半。

从窗口扭过头的时候,她一副要哭出来的表情。

"我等一下回去就转给你。"宋柏实在不忍心看她这样。

"要你还?宋燃燃是我妹妹,我做姐姐的给她出点儿钱怎么了?"宋淼淼提高了音量。

"哦,好。"

宋淼淼说完忍不住打了一下自己的嘴巴,小声地念叨着:"让你逞强!"

她捏着瘪了一大半的钱包,心在滴血。

但现在宋燃燃的伤情更重要一些,她急匆匆上楼。

病床上的宋燃燃脸色有些苍白,看起来很虚弱,医生还在给她清理玻璃碎片,那伤口看着有些吓人。

镊子每夹一片碎片,他们的心就要揪一下。

"到底是怎么回事?"宋柏一向温柔,此刻也不免有些激动。

骨折,还被玻璃扎伤,这可不是小事。

"哥,我没事,我就是不小心摔了一跤,没想到那里刚好有玻璃。"宋燃燃的语气轻快,没有丝毫异常。

"那还真是巧哦。"宋淼淼阴阳怪气道。

宋燃燃讪讪地笑了一下。

"我们这关能过,你觉得爸爸妈妈那关好过吗?"

宋柏看向宋淼淼:"你有什么办法吗?"

"我?"宋淼淼指着自己。

宋燃燃拉住她的手摇了摇:"你脑袋最聪明,爸爸妈妈也最相信你,只要你开口帮我,肯定能行的。"

宋淼淼傲娇地从鼻孔里哼了一声:"这就想打发我啊?"

"那你想要怎么样?"

"那至少得帮我洗一个月的袜子,承包我一个月的早餐吧?"

宋燃燃看着自己的腿,觉得这真是为难她。宋柏开口了:"我替燃燃做。"

"怎么哪里都有你啊?我开个玩笑你也当真?我是乘人之危的人吗?"

周十八站在走廊外听了一会儿,将手里提着的水果放在门口,走出了医院。

外面天已经黑了。周十八走在路上,脑子不断地想着解决办法,想了很多方案都被他否决,他想得脑袋都疼了。

突然,他脑中灵光一闪。他的目光坚定起来,脚步也更稳健了。其实,只要给他一点点儿肯定和爱,他就能看到希望。

他走到了家门口,站在外面,第一次认真地审视着这个家庭。他决定拼尽全力做些改变。

推开门,周晴晴和钟藜正在收拾东西,见到他回来,两人有一瞬间的愣怔。

她们已经买好了晚上的车票,打算趁着夜色离开,走得远远的。

钟藜有些紧张,下意识地将背包藏在身后,用身体遮挡住。

周晴晴也有些紧张:"十八,我们……"她想解释,但又无力解释。

"走吧,走得远远的。"周十八突然说,"我们一起走。"

"不行……"钟藜下意识地拒绝,"你得留下来。"

周十八垂下了脑袋,声音很轻,像是小时候那样乞求道:"我不会给你们增加负担的。我会做很多事情,我会煮饭炒菜,会打扫卫生,我还可以出去赚钱……为什么不能带上我呢?妈,我也是你的孩子呀,我会很听话的。"

他的声音很轻，轻如空气，却像铁锤一样，敲击着母女二人的心。

周晴晴实在受不了："你快去收拾东西，越快越好，我们马上就走。"

钟藜弱弱地抱怨了一声："不会错过车吧？"

算是默许了。

周十八的动作很快，几分钟就收拾好，背着包出来了。

他一出来就将周晴晴和钟藜的行李背在背上，拎在手上。似乎为了验证他刚刚说的话，他承担了所有的力气活。

周晴晴有些过意不去，强行从他手上拿走了一些，就连钟藜也分走了一个背包。

来这个家这么多年，好像直到今天他才感觉到了一点点儿的爱意。

三人趁着夜色走进了汽车站。

汽车站灯火通明，还没有到发车时间，他们也不知道要先上哪一辆。

周十八给两人找了个地方坐着，自己就站在一边等着。

钟藜和周晴晴的神色都有些紧张，距离发车的时间越近，她们越是紧张，紧张得都搓起了手。

"怎么还不让进去？"周晴晴自言自语道。

钟藜也念了一句："怎么还不让进去啊？"

周十八说去问一问，周晴晴让他快点儿回来，他说好。

他迎面撞上了一个人，那人包裹得严严实实，越过他径直走向了周晴晴和钟藜。周十八觉得那人眼熟，便在原地停了下来。

只见他一把抓住了钟藜和周晴晴的胳膊，开口大骂："你们居然敢背叛我，想离开我？"

钟藜都要崩溃了，她大哭了起来："我要跟你离婚！我要离婚！"

"没门，钟藜！你以为你还是之前那个人人都爱的女神吗？你看看你现在这个样子，你离开了我还有谁要你？"

周晴晴也不知道从哪里爆发的勇气，一口咬上周年辉的胳膊。周年辉吃痛，松开了钟藜，一巴掌打在周晴晴的脸上。

"妈，你先走，能走一个是一个。"周晴晴喊。

钟藜走了几步,放不下女儿,又折返回来去拉扯周年辉。

两个女人豁出去了,撕打、拉扯着周年辉,他有些招架不住了,喊了一声:"周十八,你还是不是我儿子!你就这么看着你老子被人欺负啊?"

周十八撸起袖子走了过来。

这么多年了,就是这个烂人把家里弄得乌烟瘴气,明明有这么温柔的妻子,这么懂事的女儿,他却还不满足。周十八的胳膊像铁一样硬,很轻松地给了周年辉一个过肩摔,然后将他牢牢地按在地上。

周年辉大喊:"你反了!周十八,你撒开我!"

周十八加大了力道,周年辉"哎哟哎哟"地喊痛。

周晴晴和钟藜不知所措地站在一旁。

"走啊!你们两个快走!"周十八大喊道,"快走!车要开了!"

周晴晴最先反应过来,拿上了两人的行李,推着钟藜进了车站。

"钟藜,你敢走!你就是走到天涯海角,我都会把你找出来的!"周年辉嚷嚷道。

钟藜看着这个男人,眼里没有任何的感情,只有漠然与决绝。她往前走了几步,又折返回来。

她双眼含泪,对周十八道:"好孩子,我对不起你。"她从来没有将这个孩子当成自己的孩子过,也从来没有尽过一个母亲的责任。

她将命运的不公和生活的不如意都归咎到他的头上,让他受尽了委屈。到头来,却是这个孩子不计前嫌地将她解救了出来。

周十八笑了。

他有很多年没在家人面前笑过了。小一点儿的时候,他也期待过钟藜给予的温暖,但经历长年累月的失望后,他已经麻木了。

"妈。"他依旧这么喊她。

钟藜没有应声,她没有资格回应。

"以后,你们要好好的。"他说。

周晴晴没忍住,终于哭出了声。她是最清楚周十八的处境和委屈的。

她现在可以脱离苦海了,他却还不能,他被留下来了,换取她们离开的机会。

"十八,你等姐姐,姐姐一定会接你走的!"周晴晴说完,拉着钟黎消失在车站里面。

周年辉还在挣扎,嘴里大骂:"你个不孝子!早知道这样,我就不应该收养你!我造了什么孽啊!"

"爸,你就放过她们吧。"周十八说,"她们留在这里就像是在坐牢。"应该把自由还给她们。

"你还有你要面对的事情。"

直到周晴晴她们坐的车子离开了车站,周十八才松开了周年辉。周年辉从地上弹了起来,直接给了周十八一个巴掌,接着是第二个、第三个。

他还要扇下去的时候,手腕被周十八抓住。周十八看着这个比他矮了一截儿的中年男人,深吸了一口气道:"跟我去见仇老板。"

周年辉暴跳如雷:"你这是想害死你老子啊!"

第十二章
以后都是好日子

【1】

"所以,你是故意跟你妈妈和妹妹走的?就是为了引你爸爸出来?"

"是。"

是钟藜的话提醒了他,周年辉不会放走钟藜和周晴晴,更不会放走他。所以,他有了引蛇出洞的想法。

也不单单是这样,他也想试探一下,如果自己开口,钟藜和周晴晴会不会带上他。现在他得到了想要的答案。他心满意足了。

"你就没想过跟她们一块儿走?"

"没有。"

"为什么?"

"欠债还钱。"

面对仇老板的询问,周十八十分坦荡。

周年辉朝周十八啐了一口:"逆子!"

男人一巴掌扇在周年辉的脸上:"你还不给我老实点儿!怎么着,你还觉得你可怜啊?有你这样的爸爸,我觉得人家才可怜。"

周年辉欺软怕硬,一下子就老实了。

仇老板摸爬滚打这么多年,还是第一次见到周十八这样的人。他见过太多的偷奸耍滑的人了。

"那你把你爸绑过来,是想好怎么交代了?"仇老板很清楚,周年辉向他借的那笔钱已经拿去打牌输光了。现在让他还钱，压根不现实。但他不可能让这笔钱打水漂，他得要一个交代。

"想好了。"周十八淡淡地说。

他是周年辉的儿子，这些事情他无法逃避。拖延下去，只会让身边的人受伤。

宋燃燃在家休息了好几天。

赵明明和刘小兰每天放学都来看她，给她带学习笔记、老师布置的作业和周十八的消息。

"他今天也没来学校。"

没有人能联系上他，也没有人知道他在哪里。

赵明明和刘小兰去过周十八家里了，他家里一个人都没有，家具都被搬走了，只剩下空房子。

钟藜和周晴晴走了，赵明明猜测周十八也悄悄走了，去和钟藜、周晴晴会合了。

如果是这样的结局，宋燃燃觉得也不错。

但她总觉得不是这样，周十八要走，应该会和她打一声招呼的。

"仇老板那边呢？"

"风平浪静。"

风平浪静好，那意味着事情解决了。

夜晚，宋燃燃躺在床上怎么也睡不着。

这些天她给周十八发了很多消息，但都石沉大海。

她熄灭了屏幕，将手机放在枕头底下。

她侧头看着窗户，窗外，月光皎洁。

周十八在那里出现过两次，一次是她生病，他来看她，一次是帮她换滚花玻璃。她很想知道周十八的下落，心里甚至生出了一个不切实际的希望，希望周十八再次出现在这里。

她一眨不眨地盯着窗户。

外面好像起风了,她听到树叶的沙沙声,树影落在窗户上,不断地摇曳。

宋柏说外面降温了,南方的秋天总是来得这样突然。

渐渐的,那影子越来越大了,像是一个人影。

宋燃燃瞪大了双眼,心跳得越来越快,几乎要跳出了嗓子眼。

咚咚,玻璃窗户被敲响。

那一瞬间,宋燃燃极力克制着从床上起来的冲动,她强自镇定,压低了声音说:"窗户没关。"

下一秒,窗户被打开,露出一张熟悉的脸。

周十八从外面跳了进来,双脚落地很轻。他不想让任何人知道自己来过。

"周十八!"宋燃燃喊,有些激动。

太久没有他的消息,她感觉到了久别重逢的喜悦,也真正意识到,原来自己这样在意眼前的这个人。

"嘘。"周十八将食指竖在唇边,示意她小声。

要是让她的家里人知道有个坏小子半夜溜到她房间里,估计会闹翻天。

周十八坐在她的床边。

"宋燃燃,你最近还好吗?"他的声音里透着疲惫。

宋燃燃点头:"挺好的,吃饭都不用下床,感觉自己都长在床上了。"她的气色的确不错,只是眉眼里透着担心。周十八瘦了很多,下巴越发尖了。

宋燃燃问:"你呢?最近都去哪里了?大家都找不到你,都很担心你。事情解决了吗?家里现在是怎么回事?你妈妈和你姐姐又是怎么回事?"

"你的问题太多了,我该回答哪一个?"

"一个一个回答。"宋燃燃道。说好要和他一起面对的,都怪她受伤了,最后还是变成了他一个人面对。

周十八事无巨细,一五一十地将宋燃燃想要知道的都告诉了她,包括他带着周年辉去找仇老板的事。

他将家里的房产证和鱼塘转让协议都给了仇老板，家具什么的统统都让他搬走。老屋破旧不堪，不值什么钱，但地皮和鱼塘还能抵一些钱。

"剩下的部分，我现在确实没能力偿还。"他坦荡地告诉仇老板，眼神不再惧怕和惊恐。

"这就是你给的交代吗？"仇老板的声音冷得像是腊月的寒风。

"钱我会还的，只不过时间可能会长一点儿，我们可以分期偿还。"

这是他目前所能想到的最好的方式了。他很清楚，仇老板最终要的还是钱，仇老板知道他们家目前的还款能力。

"他不担心你赖账或者逃跑吗？"宋燃燃问。

周十八说："不会。"

他将周年辉留在那里了。周年辉以后都要在仇老板的麻将馆里上班还债，就在仇老板的眼皮子底下待着，直到还清欠款。

老宅没有了，地皮没有了，赖以生存的鱼塘没有了，妻子和女儿也走了，他要周年辉自食恶果。

他会努力读书，和周年辉一起尽早把钱还了，早日得到解脱。

这也算是某种意义上的长大吧，虽然过程是痛的。

但这生活的毒瘤，他算是亲手剜掉了。

他这些年一直很倒霉，从未有什么好运。可这次似乎遇到了好事，仇老板并没有为难他，甚至让他好好读书，钱可以慢慢还。

周晴晴也给他寄了信，告诉他，她们到了某个繁华的城市，已经安顿下来了，母女二人都已经找到了工作。

周晴晴给他发了一些照片，她们母女二人租了一个很小的房间，但布置得整洁温馨。

有一天，微信里一个陌生号码添加了他。他看到了那个账号的头像，是钟藜。她就站在公园的桥边，目光淡淡地看着正前方，脸上虽然没有笑容，但看得出心态平和，对未来充满了希望。

她们就像是两棵枝叶枯黄、营养不良的树,挪到了适合的生存环境,重新焕发了生机。

周晴晴在电话里说她们会努力赚钱,发工资会寄回来,一起努力把钱还了,早点儿和他团聚。她开了外音,她说钟藜就在边上,她怂恿着钟藜和他说话。

电话里传来滋滋的电流声,钟藜长久没有出声,就在他想说点儿什么打圆场时,钟藜说:"我们等你,团圆。"

那一瞬间,周十八知道,他真正有家了。

这些天,他一直有种身在梦里,不切实际的感受。

直到此刻见到宋燃燃,他才相信那些担惊受怕的日子是真的过去了。

"苦日子都过去了,以后都是好日子。"宋燃燃说。

是啊,以后的生活都由他来决定:"以后,不管你说什么,我都会听的。"

他无比专注地看着她,这偌大的世界,他只在意她。

宋燃燃心尖一颤,她不知道该说什么,脑子有些乱。

秋夜里,周十八心中涌动着莫名的情绪。他觉得自己就像是飘零的树叶,倏然就落下来了,安定了。

"周十八,那以后我们好好学习吧,我们去同一个城市上大学,我们一起变得更好,好吗?"宋燃燃道。

她在计划着未来,这个未来里有他。

周十八突然握住了她的手,声音有些发颤:"我……可以吗?"

"可以的,只要我们努力。"

"好……"

他们就坐在黑夜里,静静地对视着。

【2】

宋燃燃不知道自己什么时候睡着的,她睁开双眼后,第一时间看向了窗户。

窗户是紧闭的。

她坐了起来,恍惚觉得昨天晚上的事只是自己做的一个梦。她挣扎着下床,打开窗户往外面看了一眼。

她好几天没下床了,小院子里的几棵树的叶子都由绿变黄了,空气都变得清凉了很多。

宋燃燃想去学校,张玫瑰和宋志国不同意。他们怕宋燃燃脚上伤势加重。

宋燃燃皱眉道:"我已经在床上躺了太久了,我想回去学习。"

宋淼淼小声地嘟囔了一句:"是真的想回去学习,还是想去找人啊?"

宋燃燃没作声。

张玫瑰和宋志国还在劝她,这些天亲戚家有事,他们要去帮忙,没办法开车接送她。

宋柏太了解宋燃燃了,知道她非回学校去不可,于是主动请缨:"叔叔阿姨,你们就让她回学校吧,我会负责接送她的。"

"你们不是一个学校,虽然能接送,但是她在学校里还是会不太方便。"

"我朋友会照顾好我的。"宋燃燃争辩道。

张玫瑰和宋志国还是不大放心。

宋淼淼不耐烦地说:"她在家也无聊,不如回学校学习。她这都高二了,学习任务也重,你们作为家长,怎么还阻挡孩子学习呢?"

宋燃燃点头如捣蒜:"我是真的担心落下功课!"

张玫瑰和宋志国既自责又感动,到底是同意了,把接送她的任务交给了宋柏和宋淼淼。

宋柏背着宋燃燃去上学,兄妹俩不约而同地回忆起了从前的事。

"还记得你上小学的时候吗?"宋柏突然问。

"记得。"

她记得有一次下雨天,宋柏背着宋燃燃去学校。她趴在宋柏的背上,努力将伞举高些,举到前面一些,生怕宋柏淋到雨,结果就是,因为伞举得太靠前,回家时两个人的后背都湿了。

"哥,你后悔当年留下我吗?"宋燃燃凑在宋柏耳边小声地问。

宋柏摇头:"没有。"

他反而很庆幸。这些年,很多人都劝他丢下宋燃燃这个包袱。但对他来说,宋燃燃不是包袱,而是一份礼物。如果没有宋燃燃,也许他无法支撑到现在。

她给了他想象不到的回赠。

宋燃燃搂着他的脖子轻声说:"谢谢哥。"

宋淼淼推着自行车在后面跟着,根本插不上话,于是冷哼了一声:"没力气了吧?宋燃燃都快掉下来了,放在自行车上推着走吧。"

闻言,宋柏逞强似的将宋燃燃往上一托。

宋淼淼白了两人一眼,算她多嘴了。

早上因为讨论宋燃燃回学校上课的事,张玫瑰没来得及做早餐,给他们发了钱,让他们自己解决。

路过早餐店时,宋柏问宋燃燃想吃什么。

宋燃燃有些纠结。

"要不就肉……"

宋淼淼想说肉包子,这是她外出吃早餐的最高规则,还没来得及说出口,就听见宋柏说道:"卤粉行不行?你最爱吃的。"

肉包子一块钱一个,卤粉六块钱一份,花的钱她可以吃一星期的早餐了。可她怎么能输给宋柏?于是她去打包了一份加了牛肉的盖码粉。

七块钱,比宋柏的卤粉要贵。

宋柏不知道怎么想的,又回头加了一个鸡蛋,八块钱。

两个人就像是幼儿园的小朋友,这么一点点小事,也好像一定要争个输赢一样。

宋燃燃觉得有些奇怪。宋柏不是那种好强的人,他的性格比较温暾,在宋淼淼的面前时却不太一样。宋淼淼也有些奇怪，身为小气鬼财迷的她，居然不怕花钱，要和人比拼财力了？

"宋柏，你存心跟我过不去是不是？"宋淼淼气得要死。

宋柏无辜地说："没有。"

两个人一路吵吵闹闹，总算是到了学校门口。

学校的门卫十分严格，挨个检查学生证，不让宋柏和宋淼淼进去。哪怕明明白白看到宋燃燃受了伤，无法行走，也铁面无情，只说打电话让班主任来接。

宋燃燃趴在宋柏的背上，没等到班主任，先等到了赵明明和刘小兰。

两人看到宋燃燃都分外激动，再三跟宋柏和宋淼淼保证，一定会照顾好宋燃燃，宋柏这才安心地将宋燃燃交给了赵明明。

赵明明个子高，身体却单薄得像是一阵风就能吹折，宋燃燃趴上去后，他晃了晃才站稳，吓得三人都伸出双手护着。

赵明明尴尬地笑了笑："刚刚没站稳，没事儿，宋燃燃很轻，像朵云，我没问题的。"

宋柏和宋淼淼这才放心。

两人同时将自己买的早餐递给宋燃燃，宋燃燃的手伸向宋柏这边，宋淼淼就咳嗽了一声，移向宋淼淼那边，宋柏的眼睛里又流露出失落的神情。

"我两份都吃。"宋燃燃道。实在吃不下就和大家分着吃。

"不行。"宋淼淼今天胜负欲爆棚，硬是只准宋燃燃选一份。

宋燃燃看了看宋柏，又看了看宋淼淼，不知道怎么办好了。他们在这里僵持不动，却不知赵明明双腿微微发颤，正咬牙坚持。

过了一会儿，他终究坚持不住了，喊了一声："大哥，大姐，我撑不住了，接一下，接一下！"

他说着，手卸了力，宋燃燃随之滑下来。

宋燃燃心想，这下肯定要摔着了，可怜她的腿还没有好呢！她认命地闭上了眼睛。然而，她并没有跌到地上，而是跌入了一个坚硬的怀抱里。闻到熟悉的气息,她惊喜地睁开了眼睛。

"宋燃燃,我回来了。"他说,语气温柔,像一株剔除了尖刺的玫瑰,不再扎人,又分外美丽。

"周十八!"赵明明和刘小兰看到他也很激动。

赵明明直接跳了起来:"你去哪里了?害得我们一直担心!"

周十八抱稳了宋燃燃,一脸歉意地朝赵明明和刘小兰笑了笑。

赵明明看着周十八怀里的宋燃燃,摸了摸脑袋,不好意思地说:"对不起啊,宋燃燃,不是你的问题,是我的问题。"

"是你太虚了。"刘小兰神补刀。

一边,宋柏和宋淼淼同时松了一口气。

该死的默契又来了,两人对视了一眼,宋柏目光平和,宋淼淼火速扭头。

宋燃燃看了直发愁:"你们两个什么时候才和睦相处啊?"

宋柏:"随时。"

宋淼淼:"不可能。"

宋燃燃眼底显露出一丝失望:"哥,姐,我真心希望你们两个能好好相处。"

她以前不太明白为什么宋淼淼不反对宋柏回来,却处处针对他。后来,她发现他们的针锋相对都是为了她好,她似乎又明白了。

"姐,我是你们两个人的妹妹,你们两个对我来说一样重要。"她说。

宋淼淼怔住了。宋燃燃开口喊她姐了!直到宋燃燃等人走出老远,她才回过神。她"喊"了一声,又恢复了往日的那副傲娇模样。

"宋燃燃可真行。"一声"姐"打得她措手不及。

"对不起。"宋柏说,"我知道,你其实对我没什么恶意,你是觉得宋燃燃和我的关系太好了。"

"要你乱说话?要你假好心?你懂什么?她小时候和我天下第一好……"

宋燃燃没有被奶奶带走时,宋燃燃和她是天底下最好的姐妹。宋燃燃非常黏她,每天晚上都要和她睡一个被窝,张玫瑰拉都拉不走,全身心依靠并信赖她。

这些年来,她也很想很想宋燃燃啊。

好不容易将妹妹找回来后,宋燃燃却和她十分生分。这么久了,两人好不容易相互靠近了一点儿,她也挺满足了,可看到宋燃燃那样黏宋柏,她心里当然会不平衡啊……

"不对……既然你都知道,为什么还总是和我对着干?"

"因为我……"宋柏坦然地在她耳边说出了后面的三个字。

"你!"宋淼淼听了,半天说不话来,耳根子倒是可疑地红了。

【3】

为了庆祝周十八归来,大家决定出去吃一顿好的。

宋燃燃还是由周十八负责背上背下,刘小兰揪住赵明明不行这事不放,时不时就拿出来嘲讽他一番,搞得赵明明上体育课都认真了许多,别人跑五圈,他就要跑十圈。

等他找回自己的尊严,宋燃燃的腿伤都好了。他总不能突兀地跟宋燃燃说,我背你吧?

至于周十八,他变了很多,上课不再睡觉了,硬着头皮去听那些晦涩难懂的课程,不懂的就会去问宋燃燃,宋燃燃也会认真地帮他解答。

大家都好像更努力了,周末的时候,四人还会组团学习。

一切都在往好的方向发展,宋燃燃每一天都过得很快乐。

宋燃燃还惊奇地发现,宋柏和宋淼淼的关系变好了,两人不再吵架了。在家吃饭时,宋淼淼坐得远,宋柏帮她添饭,她也自然而然地接受了。

晚上,宋柏经常去宋淼淼的房间,两个人一块儿讨论学习上的问题。昏黄的灯光下,两颗脑袋凑在一起,一个滔滔不绝地讲题,一个虚心地在倾听。

宋燃燃想，也许是高三的时间太紧张了，他们没时间吵架，暂时休战了。

宋燃燃对高三生活充满了敬畏。

张玫瑰悄无声息地出现在她身后："宋柏这孩子，已经连续好多天在熬夜看书学习了，高三原本就压力大，他又离开学校那么久了。那时我就劝他从高二开始，他就是不听，现在搞得自己压力那么大，看着真让人心疼。"

"妈，我相信他行的。"宋燃燃说。

张玫瑰当然也信，他这样有毅力怎么可能不行呢？

宋柏这孩子她是真喜欢，家里什么家务活都抢着干，就没让她干过重活，比宋志国那个老家伙知道心疼人得多。她有时都怀疑自己是不是做家务活也要退休了。

"你给他们送进去吧。"学习上的事情张玫瑰帮不上忙，她只能做点儿后勤工作，支持他们为梦想而努力。

"谢谢妈。"

"谢什么？都是一家人。"

宋燃燃将牛奶端了进去，宋淼淼还在给宋柏讲课，她一如既往地嫌弃道："听懂了没有？这都没听懂啊？"

宋柏还是那样坦诚："没有。"他听懂了就是听懂了，没听懂就是没听懂。

宋淼淼气得满脸通红，宋柏赶紧递上水果。

宋燃燃没有打扰他们，放下牛奶就回了自己的房间。

她觉得自己有点儿好笑，从前总是希望宋柏能和宋淼淼好好相处，现在如她所愿了，她又觉得自己被抛弃了，有点儿孤独了。

不过，这点儿小情绪很快就被月考带来的紧张感取代。

一月一次的考试，宋燃燃无论如何都无法习惯和平静面对。

周十八则摩拳擦掌，这是他认真学习以来的第一次检验，他既期待又害怕。

上学的路上，宋燃燃看到一个摆地摊的老奶奶，她的小摊上有好多考试顺利符。

她一口气买了六个。

考试前，周十八拿出考试顺利符狠狠地亲了一下，然后开始看题、答题。

月考结束后迎来了国庆节。

大家都趁机释放压力，赵明明打算去外省旅游，刘小兰在家躺着。

"周十八呢？"

周十八懒懒散散地回答："打工还债。"

他不再桀骜不驯，变得柔和多了。

宋燃燃道："我也想去。"

周十八将胳膊肘搁在她的头上："不可以，你老实回家休息。"

"休息不了。"

她倒是想休息。张玫瑰和宋志国给三人买了县城游乐场的门票，让他们三兄妹去疯玩。

游乐场里人满为患。宋燃燃站在大摆锤面前，耳边传来一阵阵尖叫声，有一瞬间她只想回去。

宋淼淼则一脸兴奋："我要玩这个！"

宋柏犹豫了一会儿，道："我陪你吧。"然后嘱咐宋燃燃，"燃燃，你在下面等我们一下，我们玩完就来。"

游乐场里的刺激项目，宋燃燃一个也玩不了，她找了张椅子坐下。

秋天仿佛只来了一瞬便退回去了，又恢复了之前的高温天气。她喝了一口矿泉水，用手不断地扇风。

前面卖冰激凌的小店排起了长队，店门口站着好几个玩偶人，每个身边都围了一群小朋友。

她旁边坐着两男一女，年纪小点儿的女孩正在哭闹："你有了女朋友就忘了妹妹，你眼里哪里还有我这个亲妹妹？"

267

"说好一块儿来玩，我都成电灯泡了！"

"我不管，我回去就要告诉爸爸妈妈！"

男孩手足无措地哄着："对不起，对不起，是哥哥错了。"

宋燃燃不知道想到了什么，轻笑出声。

一个熊猫玩偶人出现在女孩的面前，憨憨地伸出手给了她一个粉色的气球。虽然没说话，但能看出来是想安慰女孩。

这招果然奏效了，女孩得到气球后就不再哭闹了，三人又开开心心地去玩下一个项目了。

果然还是大人有手段，宋燃燃想。

三人走了，玩偶熊却没走，反倒走到了她的面前，伸出胖乎乎的手在肚子上的口袋里翻找着什么。

宋燃燃听说游乐场里的玩偶工作人员会给心情不好的人发糖果，她心想，这玩偶熊从哪里看出来她不太开心了？

"我不用……"

她的话还没有说完，玩偶熊递给了她一个冰激凌，还是她小时候经常吃的那种，不过她已经很久没吃过了。

宋燃燃接了过来。玩偶熊站在她的面前没走。宋燃燃后知后觉地说了一句："谢谢。"

玩偶熊指了指她的旁边，似乎在问能不能坐。

宋燃燃点点头，玩偶熊便乖巧地坐在她的身边，还特意隔开了一点儿距离。

宋燃燃狐疑地看着它："是我身上有味道吗？"

玩偶熊立马摆手，表示没有。它身上毛茸茸的，在这样天气光是看着就觉得热，更何况挨着。

"周十八？"宋燃燃试探性地喊了一声，然后站起来去薅它的脑袋。玩偶熊取下头套，果然是周十八。

"还真是你啊！"宋燃燃那双明亮的眼睛里满是惊喜。

这就是他认识的、让他讨厌又喜爱的宋燃燃。

"你在这边打工吗？"

"嗯。"

宋燃燃打开冰激凌，从盖子上取下小木勺，舀了一口进嘴里，冰冰凉凉，舒爽极了。

她将冰激凌递到了周十八的面前，又猛然想起周十八的双手还套在玩偶服里，于是用木勺子的另一端舀了一些冰激凌递到周十八的嘴边。

周十八也不矫情，两人你一口，我一口，将冰激凌分食了。

宋燃燃问周十八："热不热？"

这简直是废话，不可能不热的。

周十八说瞎话道："还行。"

宋燃燃突然站了起来，笑着说："我知道有个地方肯定不热。"

周十八："嗯？"

等他被宋燃燃拉着到了鬼屋，他才明白她为什么那么问了："换一个吧。"

"你害怕了？"宋燃燃故意激他，付了钱直接走了进去。

周十八咬了咬牙，还是跟了上去。

洞穴里阴暗潮湿，甚至还有点儿森冷。

诡异的灯光和恐怖的音效将这里烘托得格外瘆人。宋燃燃走了几步也有了退缩之意。周十八快走了两步，走在宋燃燃的前头。

她看着他的背影，突然就不那么害怕了。

前面是一扇门，宋燃燃不敢去开，这种明知道里面有可怕的东西，还不得不打开的感觉很折磨人。

周十八干脆利落打开了门，一个骷髅头跳了出来，两人被吓了一跳。宋燃燃有些腿软。危急时刻，她听到了周十八的声音："燃燃，上来！"

宋燃燃一看，周十八就在前面半蹲着。

宋燃燃像一只轻盈的蝴蝶，纵身跳上了周十八的后背，跟着周十八冲向了另外一边洞穴的出口，周围恐怖的布景不再那么令人害怕了。她只感觉到了安心。

离亮光处越来越近,她听到周十八说道:"燃燃,你信我吗?我一定会和你去一个学校的。"

她听到了周十八强健有力的心跳声,以及自己的心跳声。

"好呀。"她笑着说。

——正文完——

番外
我们的后来

【1】

宋淼淼和宋柏读高三的下半学年,家里变得十分冷清。

他们两人在学校住宿,接受学校的封闭式管理,备战高考。

宋燃燃想见两人一面都难,只能等周末放假,但周末也没有多少时间相处,两人依旧在学习。

宋柏的成绩虽然上来了,但远远达不到他自己的目标,他像是拼了命一样学习,或者说像是沙漠里干旱了很久的植物渴望雨水,他对学习的渴求是发自内心的,有了机会,他就要拼命。

宋燃燃没办法不支持他,宋淼淼也没办法不帮他。

家里两个孩子高考,张玫瑰和宋志国简直忙坏了。担心他们在学校吃不好,每天都变着法地准备各种营养餐送到学校门口。

宋燃燃也被逼着一块儿吃,长了不少肉。

宋淼淼越来越爱捏她的脸,她不让,宋淼淼说能解压,她就没办法了。

宋柏也有样学样,于是两人一人捏一边。

张玫瑰看着觉得有趣:"你们多沾沾燃燃的好运,她上次说自己靠运气挺进了前十。"

宋淼淼"啊"了一声,嫌弃地松手:"我可是要考第一的。"

宋柏也默默地松手了,他现在也能考到普通班第八了。

受到巨大伤害的宋燃燃表示："你们等着，我下次一定可以考得更好！"

张玫瑰和宋志国笑得前仰后合。

高考前一天，张玫瑰和宋志国开车去了寺庙祈福，还带回来了三个考试顺利符。宋燃燃说："我没考试。"

高三的学生高考，他们放假。

张玫瑰说："他们有的，你肯定也要有。"不管有没有考试，都是美好的祝福。

宋淼淼和宋柏不再看书了，也不看电视，他们就坐在院子里乘凉，耳机里是英语听力练习。

宋燃燃和宋淼淼挤坐在一起。

"焦虑吗？"她问。

"没什么可焦虑的，我是第一名哎。"宋淼淼对自己很有信心，这种信心是大大小小各种测试累积下来的，所以她的状态一直很松弛。

宋柏也摇头。高考对他来说，是求之不得的检验，他等这一天等了很久。

"那我们来玩个游戏吧。"宋燃燃说。

她想玩一个和运气有关的游戏。

"一人一局啊。"

她在地上捡了一颗小石子，说这颗石子是幸运石，然后将手背到身后，将石子随机藏在一只手心里，再伸出双手放在宋柏面前："猜猜看。"

宋柏选了右手。

宋燃燃摊开手，眼睛里像是有星星在闪光："恭喜，你最近要走大运了。"

她又故技重施，让宋淼淼选，宋淼淼选了左手。

宋燃燃神神秘秘地摊开左手，手心正好躺着那颗小石子："哇！宋淼淼，你最近也要走大运了！"

宋淼淼刚刚明明看到宋燃燃把石子偷偷换到左手里了。

她是想给他们两个正面暗示吗？

"宋燃燃，你信不信，我高考肯定会第一个出考场。"她信心满满地说。

宋燃燃眼里满是崇拜："那我拭目以待。"

高考的那两天，宋燃燃什么事都没做，就跟着张玫瑰和宋志国等在学校门口。他们挤在一大群家长中间，焦急地等待着。

头顶是六月的骄阳，他们一个个都全身汗津津的。

周围所有的噪音都像是被清除掉了，只剩下清脆的考试铃声和蝉鸣声。

她在心里一遍遍地祈祷，为宋柏，也为宋淼淼。

据宋燃燃观察，宋柏和宋淼淼每次走出校门时的心情都很不错。

她稍微安心了一点儿。

只等最后一科考试结束铃声响起，这一场硬仗就终于打完了。

宋淼淼果然说到做到，第一个走出考场。她穿着短袖，单手插兜，闲庭信步，自信满满的样子。

家长们没有不认识她的，纷纷为她鼓掌喝彩。宋志国一直在按快门，张玫瑰则唠唠叨叨："第一个交卷，有没有认真检查啊？"

宋燃燃想，宋淼淼真酷啊！她真的是第一个出考场的！她真想为她尖叫！

她走得很慢，很快她的身后响起了各种兴奋的尖叫声。考生们像开闸的洪水一样，蜂拥而出。为了保持住第一，宋淼淼不得不拔腿狂奔起来。

"跑快点儿，宋淼淼！"宋燃燃朝她大喊。

但宋淼淼不太擅长跑步，很快就被人反超了。她急了，正在这时，她的手腕突然被人拉住了，一股力道带着她往前跑。

快到校门口时，宋淼淼觉得自己的身体都要腾空了，下一秒，宋柏直接将她抱了起来，两人一块儿跨出了校门。

咔嚓！画面定格了下来。

宋淼淼第一时间从宋柏身上跳了下来，着急地问："我是不是第一个？"

"是，是一个。"张玫瑰无奈地给两个孩子递水。

宋淼淼拍拍胸脯："好险！"又拍拍宋柏的肩，"谢了。"

宋柏的脸有些红。

高考就这样结束了。

宋柏和宋淼淼的付出都得到了相应的回报，宋淼淼去了全国最好的大学，宋柏去了另外一个城市的普通二本学校。

两个人离开家在外求学，宋燃燃却并不感觉孤独。

他们经常在晚上开三人视频聊天，宋淼淼还会给她讲题目。

宋淼淼变成熟了，举手投足都透着别样的气质。

宋柏则戴上了眼镜。

宋燃燃记得宋柏不近视的。她记得有一天,他看见宋燃燃戴了眼镜，觉得新奇。宋淼淼无意间说了一句："宋柏戴眼镜应该挺好看的。"后来每次视频，宋柏就都戴上了眼镜。

宋燃燃觉得好笑。宋柏的一些小心思明显就写在脸上，他自己还不知道。就是不知道宋淼淼发觉了没有。

除夕那天晚上，宋燃燃揭晓了答案。

那天晚上，一家人聚在一起其乐融融，张玫瑰和宋志国格外高兴，喝了不少的酒，晕晕乎乎地坐在椅子上烤火。

宋燃燃在看春节联欢晚会，不知不觉打了个盹，醒来后就发现张玫瑰和宋志国已经回房间睡下了，宋柏和宋淼淼也不见了踪影。她上二楼去找人，结果两个都不在。

窗户外面是不断升起的烟花，夜空被照亮的时候有什么东西在一闪一闪。

宋燃燃站到窗户边仔细去看，是雪花。

接着，她就看到了宋柏和宋淼淼。他们就坐在院子里的长椅上，两个人靠得很近,手牵着手,头发都被雪染白了。

但两个人没有说话,只是静静地坐着。

宋燃燃站得腿有点儿麻了,她将双手拢在嘴边喊了一句:"我说你们,真的不亲一个啊?"

宋柏的手瞬间撤了回去,有些不好意思。

宋淼淼看了一眼宋燃燃,又看了一眼宋柏,突然伸手扣住了宋柏的后脑勺,直接凑了上去。

那个亲吻很漫长。

宋燃燃想了很久都没想明白,以后应该怎么称呼他们。是叫姐姐、姐夫呢,还是叫哥哥、嫂子?

太为难她了,她决定请周十八帮她解题。

【2】

周十八也没有答案。

他在遥远的他乡,一套三居室里。

屋子里的气氛热闹喜庆,电视里在唱《难忘今宵》。

他是被钟藜和周晴晴特意接去过年的,就当着周年辉的面。这一年,母女两人努力工作,还完了所有的债务,她们面对周年辉时再也不畏惧了。她们现在过得很好,很有底气。

和落魄潦倒的周年辉相比,钟藜和周晴晴可以说得上是光鲜亮丽,他自卑得甚至不敢面对从前那个任他揉搓的女人。

钟藜完全当他不存在,她只是来接儿子的。

周年辉一个人待在破旧的出租屋里,喝得醉醺醺的。

他也不敢再赌博了,仇老板的人一直盯着他。

周十八过了一个真正意义上的好年,他曾想象的母亲忙着给他做好吃的菜,一家人团团圆圆的画面,成了现实。

周晴晴带了一个男生回来过年,两个人坐在一块儿,笑得十分羞涩。

周十八知道,自己快要有个姐夫了。

电视里已经开始倒计时了："三，二，一。"

"新年快乐，宋燃燃。"

"新年快乐，周十八。"

两人几乎是异口同声。

零点的烟花盛大而璀璨，经久不息。

宋燃燃的高三就和天底下所有的高三学子一样，复习、考试、摸底、模拟、复盘……试卷叠起来比膝盖都高。

她陪伴过宋柏和宋淼淼的高三，轮到自己时心态平和了很多。而且因为赵明明、刘小兰和周十八一直在她的身边，所以她其实没有感觉到多少压力。

高考来临，张玫瑰和宋志国重走流程时熟练多了。

宋淼淼和宋柏还没放假，也没办法赶回来，只能在视频上叮嘱她放松心态。宋柏碎碎念了各种注意事项，千叮万嘱她带好准考证之类的。

宋淼淼在一边听得脑壳痛："宋燃燃她知道的，再说了，宋燃燃的成绩你就放心吧！宋燃燃，我在学校等你啊，考到我的学校来。"

宋柏也给自己学校拉票："我觉得我们学校也是个不错的选择，燃燃也可以考虑一下。"

宋燃燃有些无奈："要不然，你们先打一架？"

挂断视频后，她也和那年的宋柏和宋淼淼一样，坐在小院子的秋千上。

说不紧张是假的。她并不是那种学习成绩很好的学生，她也有很多担心，担心考试发挥失常，担心辜负自己三年的努力，也担心辜负父母的期盼。

"宋燃燃。"小院外有人在悄声喊她，宋燃燃一度以为自己出现了幻听。

又喊了一声。

宋燃燃往门口一看，外面整整齐齐地探出了三个脑袋，是周十八、赵明明和刘小兰。

她立马起身和他们会合。

周十八骑车带着宋燃燃,赵明明带着刘小兰去了周十八的秘密基地。

这一年的野雏菊开得比前年还要茂盛,萤火虫不计其数。刘小兰和她第一次来时一样,惊叹不已。

"它们好像星星。"刘小兰双手合十,"我们来许愿吧!我先来,我就许愿我们四个考试都超常发挥!考的全会!蒙的全对!"

赵明明双手放在嘴边做喇叭状:"我许愿我们四个人考去同一个城市!最好同一所大学!"

宋燃燃也大喊:"希望大家都考上自己想去的学校!"

赵明明拍了拍周十八:"到你了。"

周十八笑了一下:"我许愿他们三个都美梦成真!"

"周十八,你可以啊!这叫什么?双重愿望加持!效果加倍!"

几个人都笑成一团。

傍晚的风,带来一丝清凉。

天上繁星闪烁,大家都十分放松。

考试的那两天像是做梦一样,很快就过去了。

张玫瑰和宋志国问她考得如何,她也不好说,反正做是做完了,就是不知道做对了没有。

查分数的那天,宋燃燃一直把自己关在房间里。

张玫瑰和宋志国有些发愁,犹豫了很久才敲开门,语重心长地跟她说:"燃燃,别灰心,实在不行,我们陪你再战一年。"

宋燃燃被逗笑了,露出了小虎牙:"我过了二本线。"

张玫瑰和宋志国这才松了一口气。

宋燃燃选了一个比较远的城市上学,这让张玫瑰和宋志国有点儿惊讶,但他们遵从孩子的意愿,一直表现得挺开心,还特意办了谢师宴。

只是等真的送走了宋燃燃,两口子回到空荡荡的家里,差点儿双双流泪了。

孩子们一年才回来两次,宋柏去打暑假工的话,可能一年才回来一次。

张玫瑰有一次做梦,梦到自己种的白菜被猪拱了,吓得她半夜坐起来，再也睡不着了。

她很早就叫醒了宋志国，两口子打算瞒着三个孩子，开车去看看他们，顺道也旅游一下，转移注意力。

他们去的第一站是离得最近的宋柏的学校。

宋柏来家里后基本上没拿过他们的钱，每次张玫瑰给他塞钱，隔天就会出现在她的口袋里。她只能悄悄地往他的卡里打钱，千叮万嘱，让他照顾好自己，别省着。

他们买了不少宋柏爱吃的水果和零食。舍友说他不在，出去和女朋友约会去了。

张玫瑰和宋志国感到意外之余又有些欣慰。孩子大了，谈谈恋爱也是好的，也能学习到很多东西，他们是不反对的。

"看，他女朋友就在楼下。"一个舍友突然兴奋地喊道，其余的舍友都纷纷趴到窗台上去看热闹。

"你们这是做什么啊？"

"叔叔，阿姨，你们家儿子真的特别厉害，找了一个特别漂亮的女朋友，还是全国最好大学的学霸。真的特别漂亮，不信你们看看。"

张玫瑰和宋志国听他们这么说，也好奇地往窗外看去。

两个年轻人先是拥抱在一起，然后又拉着手摇啊摇，依依不舍的模样，一看就是在热恋。

张玫瑰想起自己年轻时和宋志国也有过这样的时光，脸上不禁露出了笑容。宋志国却觉得好像有哪里不太对劲。

"玫瑰，我看那个姑娘怎么像是淼淼啊？"

张玫瑰被他这么一提醒，也是越看越像是宋淼淼。她拿出手机拨通了宋淼淼的电话，下面的女孩果然松开了宋柏的手，接通了电话，声音甜腻道："妈，怎么了？"

她的心一沉："宋淼淼，你胆子越来越大了啊！谈恋爱都瞒着我们！"

宋淼淼一回头，就看到张玫瑰和宋志国。

【3】

宋志国和张玫瑰被气得不轻。

可宋柏跪在他们面前时,他们又不知道应该指责他什么。宋柏是个好孩子,跟他们也没有血缘关系,两个孩子都是单身,也成年了,谈恋爱也是正常的。比起在外面找个陌生人,宋柏至少是知根知底的。

但他们就是莫名生气,且一时半会儿消不了气。他们将东西放下就匆匆走了。

宋淼淼和宋柏给他们打了好几个电话,他们都没接。

他们径直去找宋燃燃了。

宋燃燃的城市离得很远,他们也只在开学时去过,好在宋志国记性不错,还记得路。

郁闷了好几天,在宿舍见到还在床上躺着的宋燃燃时,他们的心情好转了很多。张玫瑰像在家一样,轻轻地拍了拍她的屁股:"起来了,还睡懒觉啊?"

"妈,我再睡一会儿。"宋燃燃甚至没睁开眼睛,下意识就喊了一声。

等她反应过来后,一骨碌坐了起来,大眼睛里全是诧异:"妈,你怎么来了?"

她这副模样实在可爱,张玫瑰的心都化了:"你爸也来了,就在校门口。"

张玫瑰给宋燃燃带了不少家里自制的零食,还有她最喜欢的剁椒酱。她将东西放下,带着宋燃燃出去吃好吃的,又顺便说起了宋淼淼和宋柏的事情。

宋燃燃表现得很乖巧,一直在"嗯嗯嗯"地附和她。

"他们两个太不像话了,还偷偷谈恋爱,不跟我们说。"

"对,不像话。"说了就会像现在这样啊!

"也不知道什么时候开始的,肯定是最近才开始的,之前我都没发现什么苗头啊!"

"估计是的。"早就有苗头啦!

279

发泄了一通后，张玫瑰的心情舒畅了很多。

宋志国冷不丁地问宋燃燃："燃燃呢？你谈恋爱了吗？"

"啊？我？"宋燃燃一下就噎住了，猛喝了一口水，"爸，你在开什么玩笑？"

没有正面回答就很可疑，张玫瑰说："燃燃，你给我说老实话。"

"当然没有。"宋燃燃斩钉截铁道。

张玫瑰这才放心。

张玫瑰和宋志国要在这里待三天，宋燃燃给他们找了一个环境不错的酒店住下，自己回了学校住。

刚出酒店就被人从身后拉住了手。

闻到熟悉的气味，宋燃燃笑了一下："黏人精。"

和所有陷入热恋中的男人一样，他的语气很轻，又带着点儿狠劲："就黏你！"

他举起两人交握的双手，和她十指相扣。

宋燃燃笑他："幼稚。"

两人一路慢慢悠悠地散步到了宿舍，男生不想走，和宋燃燃站在宿舍楼下腻歪："你是不是还欠我点儿什么？"

宋燃燃觉得好笑。这人以前不是这样的，甚至还有点儿刻薄，怎么恋爱起来比她还会撒娇？

但又有什么办法呢？自己的男朋友，也不能扔了。

她伸手摸了摸他的脑袋，又轻轻地抱了抱他："好了吧？"

男生却突然将她抱紧，再抱紧。

"我都好几天没抱你，没亲你了。"低沉的声音在耳边炸开，带着一丝委屈。宋燃燃觉得自己的耳朵有些痒。

她拍了拍男生的后背："好了，再忍一忍。幸好我姐提前给我通风报信了，不然这次跪的就是你了。"

"其实我没关系的。"男生说，下一秒，唇就贴了在她的脖颈上轻轻地吮吸了一下。

"周十八!"她提高了音量。这可是在宿舍楼下,这么多人呢!

周十八举起双手:"好了,你上去吧。"

宋燃燃和周十八考入了同一所学校的不同专业,好像谁也没表白,自然而然地就在一起了。在一起后,周十八就彻底变了性子。

如果宋燃燃不是从小和他一块儿长大,她会觉得他换了个人。

他变得幼稚、黏人了。

但有时候,她觉得这样的周十八也挺可爱的。

刘小兰说她这是"恋爱滤镜",她和赵明明每次见面就要起一身鸡皮疙瘩。

张玫瑰和宋志国在这里的几天,都是宋燃燃负责安排吃喝玩乐。

宋淼淼给她转了不少钱,叮嘱她要让两口子心情愉快,又贿赂她,让她帮着说说好话。

宋燃燃带张玫瑰和宋志国去了当地有名的景点逛了一圈,吃饭的时候,张玫瑰总是往她身上瞄。

"怎么了?"宋燃燃一脸蒙。

"你脖子怎么了?"张玫瑰抬手在她脖子上擦了一下。

宋燃燃猛然想起周十八在脖子上吸的那一下。她伸手捂住了那个位置,心虚地解释道:"不小心抓的,没什么事。"

"哦。"张玫瑰也没有深究。

宋燃燃惊出一身冷汗,也顾不上帮宋淼淼说话了。

她想,他们两个自求多福吧,她这边也自顾不暇了。

张玫瑰和宋志国逛了景点,也累了,提出要回去,宋燃燃用奖学金给老两口买了不少特产,还有两件新衣服。

张玫瑰和宋志国笑得合不拢嘴,走的时候再三叮嘱她要好好学习,放假了回家去。

"爸,你开车慢点儿,不要疲劳驾驶。"

宋志国有这么个贴心的小棉袄,心里自然美滋滋的:"知道,知道。"

"妈也要记得多保重身体,要多锻炼。"

"知道了,你比我还啰唆。"

车开走了,宋燃燃和张玫瑰两人还在挥手。

直到车子渐渐成为一个小黑点,最后彻底消失,宋燃燃才长长地舒了一口气。

"好累啊。"她说。

有人一把抱住了她,将她包裹在怀里:"我带你去吃点儿好吃的。"

"不要,我想睡觉。"

"那我给你开个房间,我给你按摩一下,你睡觉,我不吵你,就看看你。"

宋燃燃的脸有些红,但也没拒绝。

她谈恋爱后也有了一些变化,比如,越来越难以拒绝周十八;又比如,好像一天比一天更喜欢他。

两人对面,不远处停着一辆外地牌照的私家车。

张玫瑰手里还拿着一个红包,那是她给宋燃燃准备的,车子开出去老远才想起忘记给了。

宋志国默默叹了一口气,他偏头看张玫瑰,生怕张玫瑰气出心梗。他小心翼翼地给张玫瑰按肩膀,让她放松:"老婆,你别生气。"

能不生气吗?

那天她做的噩梦都成真了,两个水灵灵的女儿就这么被拐走了。

"那让她们两个都分手,不分手断绝父女、母女关系!"宋志国恶狠狠地说,简直像是电视剧里的大反派。

"那……是不是太过分了?"张玫瑰说,"其实——"

其实两个女儿找的男朋友,长得都还挺帅的。